Inhalt

Sleepy Hollow

**Der Roman zum Film
mit der klassischen Kurzgeschichte
von Washington Irving**

Der Roman zum Film von Peter Lerangis
Nach der Geschichte von Kevin Yagher
und Andrew Kevin Walker
Nach dem Drehbuch von Andrew Kevin Walker
Basierend auf der Geschichte
von Washington Irving

Aus dem amerikanischen Englisch
von Katrin Marburger

WILHELM HEYNE VERLAG
MÜNCHEN

HEYNE ALLGEMEINE REIHE
Nr. 01/20054

Titel der Originalausgabe
SLEEPY HOLLOW

Umwelthinweis:
Dieses Buch wurde auf
chlor- und säurefreiem Papier gedruckt.

Redaktion: Verlagsbüro Dr. Andreas Gößling
und Oliver Neumann GbR

Taschenbuchausgabe 3/2000
Umschlaggestaltung: Nele Schütz Design, München
Satz: Schaber Satz- und Datentechnik, A-Wels
Druck und Bindung: Ebner Ulm

ISBN 3-453-17460-7

http://www.heyne.de

Sleepy Hollow

Prolog

Oktober 1799.
Sleepy Hollow, New York.
An die New York City Polizeiwache:
Drei Morde. Brauchen Hilfe. Sofortige Antwort erbeten.
                    B. VAN TASSEL.

So lautete die letzte von zahlreichen Mitteilungen. Jede klang verzweifelter als die vorhergehende. Natürlich waren alle unbeachtet geblieben. Niemand bei der Polizei hatte je etwas von Sleepy Hollow gehört, und vermutlich auch sonst niemand in der Stadt.

Für einen New Yorker war die Welt im Grunde bei der Wall Street zu Ende. Selten wagte sich jemand hinaus in die Felder und Sümpfe von Manhattan Island, geschweige denn über den Fluß zu dem sanften Ackerland, das nach einer Familie Broncks genannt wurde. Sleepy Hollow, zwei Tagesreisen weiter, hätte ebensogut der Mond sein können.

Was manche als Unnahbarkeit bezeichneten, nannten die New Yorker eine Notwendigkeit. Die Stadt wuchs einfach zu schnell, als daß man sie noch unter Kontrolle haben konnte. Morde, die sich weit weg ereigneten, regten kaum jemanden auf an einem Ort, wo der Tod etwas Alltägliches war. Wo die Straßen übersät waren mit den Opfern von Wutausbrüchen und Bagatellen, von Schulden und allzu lange nicht beglichenen Rechnungen. Wo das Gelbfieber Tausende dahinraffte, sich die Armut ungehindert ausbreitete und die sozialen Einrichtungen aus sechzehn Constables und vierzig Marshalls, drei

9

Gefängnissen, einer Besserungsanstalt und einem Armenhaus bestanden.

In New York wie auch in Sleepy Hollow konnte einem raffinierten Verbrecher der perfekte Mord gelingen denn 1799 verrieten die Toten noch keine Geheimnisse.

War das Leben eine rauhe, unversöhnliche Reise in der Öffentlichkeit, so war der Tod ein feierliches Geheimnis, das man am besten der Familie und der Kirche überließ, denn ein Opfer ohne Familie wurde für den Staat ein Entsorgungsproblem. Die Leiche war nutzlos, konnte sie doch keinerlei Hinweise mehr geben. Es sei denn, man wußte, wo man danach suchen mußte.

1

*E*r war tot. Daran bestand kein Zweifel. Sein Kopf bewegte sich in dem dunklen, brackigen Wasser auf und ab; seine Haare trieben zwischen dem Unrat wie ein erschöpftes Tier, das sich verirrt hatte.

Eine ertrunkene Wasserratte, hatte Constable Ichabod Crane zuerst gedacht. Vielleicht hätte er es dabei bewenden lassen sollen, doch irgend etwas ließ ihn innehalten: die trägen Bewegungen, die Andeutung von etwas Schwerem unter dem Haar.

Ichabod Crane trat ans Ufer des Hudson River und schluckte. In solchen Momenten wünschte er, er hätte nicht so viel gesehen. Aber das war nun einmal seine Art. Er war sehr vorsichtig, hatte einen scharfen, argwöhnischen Blick und eine gesunde Respektlosigkeit gegenüber den üblichen Methoden der Polizei. Deshalb galt er unter den Constables von New York City entweder als der einfallsreichste oder lästigste Mensch der Welt.

Als Ichabod sich über den Rand des Piers beugte, konnte er im Schein seiner Laterne einen Umriß unter der Wasseroberfläche erkennen. Eine Leiche … männlich. Mit seiner freien Hand läutete er seine Alarmglocke, so laut er konnte.

Vom Kopfsteinpflaster hinter ihm erklangen Schritte. »Wo sind Sie?« rief eine Stimme.

»Hier drüben!« rief Ichabod. Über die Schulter sah er zwei vertraute Gestalten im Lichtschein einer Straßenlaterne auftauchen: die Constables Green und Witherspoon. »Helft mir mal!«

Ichabod legte seine Glocke beiseite, griff ins Wasser und packte die Leiche unter den Armen.

»Constable Crane … Ichabod Crane?« hörte man Greens mißtrauische Stimme. »Sind Sie das?«

Die Leiche war schwer, unglaublich schwer. Ichabod stemmte einen Fuß fest gegen einen Holzpfahl, um nicht ins Wasser zu fallen. »Genau der«, ächzte er. »Aber ich bin nicht allein. Ich habe etwas gefunden.«

Die Leiche tauchte aus dem trüben Wasser auf. Ichabod stemmte sich gegen das Gewicht und zerrte den Toten auf den Pier. Das Gesicht war zu einer Grimasse aufgedunsen, wie das Bild eines Mannes auf einem Luftballon. Die Kleidung spannte über dem aufgequollenen Körper. Ichabod zwang sich, tief durchzuatmen, um die aufkommende Übelkeit zu unterdrücken.

»Ich habe etwas gefunden. War wohl früher einmal ein Mann«, berichtete er seinen Kollegen. Trotz der Dunkelheit konnte er ihre Gesichter erkennen. Green murmelte etwas von einer Schubkarre, und schon waren die beiden wieder weg.

Wie ist das passiert? fragte sich Ichabod. Ein Unfall. Nach einer durchzechten Nacht betrunken ins Wasser gefallen. Das war die übliche Erklärung. Das – und Selbstmord. Der Hudson River forderte seinen Tribut an Opfern, deren Träume nicht in Erfüllung gegangen waren.

Oder war es Mord? Vielleicht eine schwere Schuld? Ichabod hielt seine Laterne über den Toten, um nach Prellungen oder Schnittwunden zu suchen. Doch das Licht flackerte zu sehr und war zu schwach. Die Leiche mußte auf jeden Fall untersucht werden, denn wenn es Mord war, lief ein Mörder frei herum.

Das Quietschen und Kreischen von Metallrädern kündigte Green und Witherspoon an. Als sie schließlich im

Lichtschein auftauchten, sah Ichabod dankbar, daß sie außer der Schubkarre auch eine Decke mitgebracht hatten. Doch schon jetzt schienen sich die Augen des Toten in Ichabods Gedächtnis eingebrannt zu haben. Die drei Constables hievten die Leiche auf die Schubkarre. Sorgfältig breitete Ichabod die Decke so darüber, daß das Gesicht verhüllt war. Grimmig und ohne ein Wort zu sagen schoben die Männer die quietschende Schubkarre in Richtung Stadtzentrum.

Der leere Hof der Polizeiwache wirkte absurderweise friedlich. Das würde sich freilich ändern, sobald der Morgen dämmerte. Tagsüber konnte jeder Besucher, der sich in New York nicht auskannte, die Wache fälschlich für ein Irrenhaus halten. Doch nun, im leeren Dunkel der Nacht, hallte das Geräusch der Schubkarrenräder laut im Hof, bevor Ichabod und seine Kollegen den Hauptraum der Wache betraten. Durch die Gitterstäbe der Gefängniszellen verfolgten die Häftlinge sie mit Blicken aus gelblichen Augen. Der High Constable wartete bereits. Seine Gesichtszüge, die unter einem dichten Vollbart fast verschwanden, blieben unbewegt, als er die Decke hob, um sich den Toten genau anzusehen.

»Verbrennen Sie ihn.«

»Jawohl, Sir«, sagte Constable Green. Sogleich machte sich Witherspoon daran, die Leiche wegzurollen. Ichabod war fassungslos. Der High Constable wußte doch, daß man Beweismittel nicht vernichten durfte.

»Einen Augenblick, bitte«, platzte er heraus. »Wir kennen die Todesursache noch nicht.«

»Wenn man sie im Fluß findet«, entgegnete der High Constable langsam, »handelt es sich um Tod durch Ertrinken.«

»Ja, möglicherweise. Wenn sich Wasser in den Lungen befindet«, sagte Ichabod. »Aber durch eine Obduktion könnten wir feststellen, ob er schon tot war, als er im Fluß gelandet ist, oder nicht.«

»Ihn aufschneiden?« fragte der High Constable frostig. »Sind wir etwa Heiden? Lassen wir ihn in Frieden ruhen. Und zwar unversehrt, so wie es Gott und das Gesundheitsamt von New York gebieten.«

Ichabod unterdrückte seinen Protest. Es hatte keinen Zweck. Der High Constable duldete keinen Widerspruch, von niemandem. Das angespannte Schweigen wurde von aufgeregten Stimmen und einem Handgemenge unterbrochen. Zwei andere Constables zerrten ein weiteres Opfer hinein, diesmal lebendig, doch blutend und halb besinnungslos.

»Was ist ihm zugestoßen?« erkundigte sich der Oberinspektor.

»Nichts, Sir«, antwortete einer der Constables. »Festnahme wegen Diebstahls.«

Die beiden Männer stießen den Verletzten gegen die Gitterstäbe. Mit einem lauten, scheppernden Geräusch prallte er gegen das Eisen und schrie auf vor Schmerz. Einer der Constables stieß die Zellentür auf, dann zog er seinen ledernen Knüppel hervor. Er und sein Kollege prügelten so lange auf ihr Opfer ein, bis es sich vor Schmerzen wand und in der Zelle zusammenbrach. Ichabod wandte den Blick ab.

»Gute Arbeit«, lobte der High Constable.

Nein, schlechte Arbeit, sagte Ichabod zu sich selbst. Die Arbeit einer Gesellschaft, die schneller wächst als ihr Mitgefühl und ihre Logik.

Für den Fall, daß der High Constable es ablehnte, sein Gesuch persönlich anzuhören, hatte Ichabod den Entschluß gefaßt, es öffentlich vorzutragen. Am nächsten

Morgen sollte auf der Wache die halbjährliche Präsentation von Vorschlägen zur Verbrechensbekämpfung stattfinden. Man hatte die Polizei bestürmt, den Bürgern die Möglichkeit zu geben, ihre Konzepte vorzustellen. Der High Constable, der Bürgermeister, die Ratsherren und Richter würden dem Bürger, der den besten Vorschlag machte, seine Idee abkaufen. Ichabod beschloß teilzunehmen – als Bürger, nicht als Constable.

Er kam kurz nach Tagesanbruch auf die Wache. Durchs Fenster drang der ohrenbetäubende Lärm eines Morgens in New York: Milchmänner, Schornsteinfeger, Bäcker, öffentliche Ausrufer und junge Mädchen, die heiße Maiskolben verkauften. Aus ihren übervollen Körben stieg ein süßer, milder Duft und mischte sich mit dem Mief der Wachstube. Die Präsentation war laut und hektisch. Sämtliche Erfinder, Sonderlinge und Spinner schienen dort versammelt. Viele waren bereits vor dem Morgengrauen gekommen. Ein Vorschlag war grotesker als der andere, und hinter den meisten steckte eher Geldgier als Gerechtigkeitssinn, wie Ichabod feststellte.

»In ein paar Wochen gehört die Plage der Taschendiebe der Vergangenheit an!« verkündete ein Mann mit nicht gerade vertrauenerweckendem Blick. Er brüllte, damit man ihn überhaupt hörte, und hielt eine merkwürdige Brieftasche aus Leder hoch. Darauf war eine Vorrichtung aus Metall festgenäht, die einer Mausefalle ähnelte. »Geben Sie mir ein Dutzend Polizisten in Zivil, die sich dort unter die Leute mischen, wo es viele Taschendiebe gibt.«

Er steckte die Falle in die Tasche. Dann schwenkte er einen kurzen Stab, an dessen einem Ende eine hölzerne Hand befestigt war. Langsam führte er diese in die Nähe seiner Tasche. »Verstohlen greift eine Hand in die Tasche des Herrn in Zivil, und …«

Zack! Die Falle schnappte zu. Mit triumphierendem Grinsen zog der Mann die hölzerne Hand wieder heraus. Die Finger waren abgetrennt. Ichabod zuckte zusammen. Die Methode war absurd, barbarisch.

»Vielen Dank.« Der Bürgermeister nickte höflich. »Wir werden Ihren Vorschlag überdenken. Der nächste!«

Ichabod beugte sich vor, um die Aufmerksamkeit des Stadtoberen auf sich zu lenken. Sie würden doch bestimmt eher ihm Gehör schenken, als sich eine weitere groteske Greueltat vorführen zu lassen.

Der High Constable beachtete ihn nicht. »Mr. Tomkins!«

Mr. Tomkins war noch zerlumpter als sein Vorgänger. Seine Erfindung sah aus wie ein großer Käfig. Ichabod sprang auf, er konnte sich nicht mehr beherrschen. »Meine Herren!« rief er. »In wenigen Monaten leben wir im neunzehnten Jahrhundert …«

»Warten Sie, bis Sie an der Reihe sind, Constable Crane«, unterbrach ihn der High Constable.

Doch schon sprach Ichabod weiter. »Diese Methoden sind einer modernen, zivilisierten Gesellschaft nicht würdig …«

»Ruhe!« schnauzte der Bürgermeister. »Der nächste!«

»Vielen Dank, Sir«, rief Tomkins und öffnete die Tür des Käfigs. Der Boden war aus massivem Stahl gefertigt. An den Gitterstäben baumelte eine Schreibunterlage an einer Schnur, und eine Metallkralle hing wie ein Kronleuchter von der Decke.

»Der ›Tomkinssche selbstschließende Beichtstuhl‹ ist billig … und hält jahrelang. Man muß ihn nur hin und wieder feucht auswischen.«

Ichabod begann, wild auf einem Blatt Papier zu kritzeln.

»Wenn der Übeltäter den Metallboden betritt«, fuhr Tomkins fort ...

»Nehmen Sie diesen Mann fest!« rief Ichabod.

Der High Constable funkelte ihn zornig an. »Festnehmen?«

»Ich beschuldige ihn des Mordes!« beharrte Ichabod.

»Was redest du denn da, bist du wahnsinnig?« fragte Tomkins.

Ichabod versetzte ihm einen Stoß, so daß er rückwärts in den Käfig taumelte. Augenblicklich schlug die Tür zu. Die Kralle senkte sich herab und umklammerte Tomkins' Kopf. Tomkins begann zu schreien, worauf sich im Raum Stimmengewirr erhob. Ichabod knallte seinen Zettel auf die Schreibunterlage.

»Unterschreiben Sie hier.«

»Auf ... aufmachen!« stöhnte Tomkins.

»Erst wenn Sie gestanden haben«, entgegnete Ichabod. Hastig unterschrieb Tomkins mit schmerzverzerrtem Gesicht. Ichabod schnappte sich den Zettel, dann löste er die Kralle. »Damit liegt mir ein Geständnis vor!« rief er. »Bezüglich des Mordes an einem Mann, den ich gestern abend aus dem Fluß gefischt habe!«

Tomkins sackte auf dem Boden in sich zusammen. Einige Männer trampelten lärmend zu ihm in den Käfig und zogen ihn fort. Das Podium war in hellem Aufruhr. Wutschnaubend erhob sich der High Constable. »Wegtreten!«

»Nein, ich trete *ein*, und zwar für Vernunft und Gerechtigkeit«, wehrte sich Ichabod. »Unsere Gefängnisse quellen über vor Männern und Frauen, die aufgrund von Geständnissen verurteilt worden sind, die keinen Deut mehr wert sind als dieses hier!«

Während der High Constable mit seinem Hammer auf den Tisch klopfte, um für Ruhe zu sorgen, beugte sich der Bürgermeister über sein Pult: »Constable, dieses Lied haben wir bereits mehr als einmal von Ihnen gehört, allerdings noch nie begleitet von solchen Mißtönen. Ich habe jetzt zwei Möglichkeiten. Entweder lasse ich Sie in der Zelle Däumchen drehen, bis Sie gelernt haben, der Würde meines Amtes mit gebührendem Respekt zu begegnen …«

»Verzeihung«, warf Ichabod ein. »Ich habe es nur gut gemeint. Warum sieht denn außer mir keiner, daß wir Verbrechen nur dann *aufklären* und die Schuldigen *überführen* können, wenn wir unseren Verstand anstrengen? Um entscheidende Hinweise zu erkennen, mit zeitgemäßen wissenschaftlichen …«

»Womit wir bei der zweiten Möglichkeit wären«, fuhr der Bürgermeister fort. »Constable Crane, zwei Tagesreisen von hier in Richtung Norden liegt ein Dorf, oben in den Hudson Highlands. Ein Ort namens Sleepy Hollow. Haben Sie davon schon einmal etwas gehört?«

»Nein«, antwortete Ichabod mißtrauisch.

»Ein abgelegenes Bauerndorf, überwiegend Niederländer«, erklärte der Bürgermeister. »Dort sind drei Menschen ermordet worden, innerhalb von vierzehn Tagen. Allen dreien wurde der Kopf abgehackt.«

Ichabod erbleichte. »Abgehackt?«

»So sauber wie bei Löwenzahnköpfen, heißt es. Also, Ihre Ideen sind ja noch nie auf die Probe gestellt worden …«

»Man hat mir bisher nie die Erlaubnis dazu erteilt!«

»Die haben Sie hiermit. Also, Sie fahren mit Ihren Experimenten nach Sleepy Hollow und überführen den Mörder. Bringen Sie ihn hierher, damit wir ihm Gerechtigkeit widerfahren lassen. Wollen Sie das tun?«

Das waren fürchterliche Aussichten. Grauenhaft. Und eine einmalige Gelegenheit.

Ichabod schluckte seine Bedenken hinunter. »Aber ja. Sehr gern.«

Der Bürgermeister lächelte. »Und denken sie daran, Ichabod Crane: Damit werden *Sie* auf die Probe gestellt.«

2

*S*leepy Hollow, schläfrige Schlucht. Bei diesem Namen dachte Ichabod an Farmer und unbefestigte Straßen. An Menschen, die sehr kräftig, aber kaum gebildet waren. An zugige Häuser, in denen es von Mäusen und Spinnen wimmelte.

An das meiste davon konnte er sich gewöhnen, nur an die Spinnen nicht. Er ekelte sich vor Spinnen. Es ist ja nur vorübergehend, sagte er sich.

Seine Kutsche sollte bei Tagesanbruch abfahren. Schon begann der Himmel über den Giebeln auf der anderen Straßenseite heller zu werden. Ichabod hatte die ganze Nacht nicht geschlafen, nur aus dem Fenster gestarrt, als würde er die Stadt nie wiedersehen.

Er sagte seinem Gerümpel stumm für eine Weile Lebewohl: seinen Büchern und Papieren, seinen Vergrößerungsgläsern und Chemikalien, seinen vollgekritzelten Schiefertafeln und vergilbten anatomischen Schaubildern.

Mit einem wehmütigen Lächeln trug er einen Vogelkäfig ans Fenster und öffnete das Türchen. Drinnen legte ein zahmer Kardinal zweimal den Kopf schief, als ob er sein plötzliches Glück gar nicht fassen könne.

»Der richtige Tag für einen so traurigen Abschied«, sagte Ichabod. »Es heißt Lebewohl sagen, mein Kleiner.«

Der Kardinal hüpfte von seiner Stange und flog davon. Ichabod sah ihm nach, bis sein leuchtend rotes Gefieder in den Strahlen der aufgehenden Sonne verschwand. Unten auf dem blaugrauen Straßenpflaster hielt eine Kutsche.

Sie erreichten den Meilenstein von Sleepy Hollow nach zweieinhalb Tagen und zweieinhalbtausend Schlaglöchern. Die Kutsche holperte brutal. Ichabod neigte den Kopf, um mit den zahlreichen Beulen, die er schon hatte, nicht noch einmal anzustoßen. Er fühlte sich wie zusammengestaucht, zerknittert, wie eine Vogelscheuche. Seine Nerven waren zum Zerreißen gespannt. Wegen der heulenden Wölfe hatte er nachts nicht schlafen können

Sorgfältig überprüfte er den Inhalt seiner Ledertasche. Die tiefstehende Nachmittagssonne schien durchs Fenster und blitzte auf seinen Vergrößerungsgläsern und Instrumenten für die Detektivarbeit.

Die Narben, die seit Ichabods Kindheit die Linien in seinen Handflächen durchschnitten, fielen in dem Licht besonders auf. Er bemerkte sie selten und dachte kaum noch darüber nach, woher er sie hatte. Er befaßte sich lieber mit Rätseln, die sich lösen ließen, und bei diesem hier zog sich sein Scharfsinn ins Dunkel zurück wie eine verschreckte Kellerassel.

Da – die Straße nach Sleepy Hollow. Sie war lang, gerade und ausgetreten. An ihrem Anfang standen zwei steinerne Pfeiler.

Das Pferd wurde langsamer und blieb stehen, ohne in die Straße einzubiegen. »Sie geht nur bis hierhin«, brummte der Kutscher. »Jetzt müssen Sie allein weiter.«

Das fängt ja gut an, dachte Ichabod. Er entlohnte den Kutscher und marschierte schwerbeladen die lange Straße hinunter. Bei einem Blick nach oben hätte er drei seltsame dunkle Punkte in den überhängenden Ulmenästen bemerkt: tote Raben, die an einer Schnur aufgehängt waren.

Er ging weiter. Das Blut pochte in seinen Armen, als er sich der Mitte des Dorfes näherte. Der Schein der sinkenden Sonne breitete eine düstere Ruhe über die aneinandergedrängten Wohnhäuser und Läden. Etwas abseits stand eine Kirche mit Kirchturm, umgeben von einem schmiedeeisernen Zaun.

Ein ruhiger Ort ohne jede Besonderheit. *Ein bißchen zu ruhig,* dachte Ichabod. Dann entdeckte er eine ältere Frau auf der Veranda ihres Schindelhauses. Grüßend tippte er an den Hut, doch sie zog sich ins Haus zurück und knallte die Tür ins Schloß. Ein Mann, der im ersten Stock aus dem Fenster schaute, zog plötzlich die Fensterläden zu.

Als Ichabod nach oben blickte, erspähte er auf den Dächern einige Männer, mindestens vier oder fünf, die Gewehre umklammert hielten und den Horizont absuchten. Er verließ den Dorfplatz und ging an ihnen vorbei, bis er auf eine sanft hügelige Wiese kam. In deren Mitte stand eine Art Unterstand aus Holz mit einer großen Glocke auf dem Dach. Weitere Männer aus dem Dorf standen um das Gebäude herum, grobschlächtige Kerle in Farmerkleidern. Auch sie waren alle mit Gewehren bewaffnet.

Plötzlich erregte eine Bewegung am anderen Ende der Wiese Ichabods Aufmerksamkeit. Dort, wo diese an einen dichten Wald grenzte, hatte man in regelmäßigen Abständen Holzpfähle in den Boden gerammt, und nachdem die Sonne gerade hinter den Bäumen untergegangen war, zündeten einige Dorfbewohner auf den Pfählen befestigte Fackeln an.

Ein Junge von höchstens zehn Jahren kam über die Wiese auf die Baracke zu. Er brachte einem der Schützen etwas zu essen, eingeschlagen in ein Tuch. Der Mann lächelte ihn dankbar an. »Keine Angst, mein Junge.«

Es ist, als befände sich das ganze Dorf im Belagerungszustand, dachte Ichabod. Könnte es sein, daß das eine

Reaktion auf die Morde ist? Es wirkte, gelinde gesagt, übertrieben.

Ichabod stellte sein Gepäck ab und zückte eine kleine Karte. Darauf hatte der Bürgermeister die Adresse von Baltus van Tassel geschrieben, dem Mann, der die Stadt um Hilfe gebeten hatte.

Um zu dem Anwesen der van Tassels zu gelangen, mußte Ichabod durch ein Waldstück gehen und einen von einer Brücke überdachten Fluß überqueren. Das Haus stand auf einer Anhöhe über weitläufigem, hügeligem Land. Es war groß und solide; das Dach reichte von dem hohen First bis weit herunter. Soweit Ichabod dies beurteilen konnte, war das Haus weder im holländischen noch im französischen oder englischen Stil gebaut, sondern hatte von jedem etwas. Ein Stück entfernt stand auf einer Wiese eine alte Windmühle, deren verwitterte Schindeln einen scharfen Kontrast zu dem feudalen Anwesen bildeten.

Die Fenster des Gutshauses waren hell erleuchtet, die Wände und Zäune waren mit Lampions aus ausgehöhlten Kürbissen und anderen herbstlichen Dingen geschmückt. Als Ichabod näher kam, hörte er Musik und Gelächter. Durch die bernsteinfarben leuchtenden Fenster sah er beschwingt tanzende Paare in einem Ballsaal. Die düstere Stimmung, die das Dorf erfaßt hatte, schien hier merkwürdig weit weg zu sein.

Ichabods Puls ging rascher, seine Kehle war wie ausgedörrt. Er hatte gehofft, in aller Ruhe mit Baltus van Tassel sprechen zu können. Gesellschaften verabscheute er, fand sie schwierig, da dort so eigenartige Verhaltensmaßregeln galten. Er blieb stehen und strich seine zerknitterte Kleidung glatt, dann ging er steif zur Eingangstür hinüber und stieg die Stufen hinauf. Als er auf die unbeleuchtete Veranda vor dem Haus trat, stolperte er über jemanden. Erschrocken sprang er zur Seite. Ein Toter? Dann sah er, daß dort sogar zwei Menschen lagen: ein sehr wohlhabend wirkender Mann mittleren Alters und ein Dienstmädchen, beide höchst lebendig und höchst überrascht, daß sie bei ihrem heimlichen Techtel-mechtel erwischt worden waren.

Ichabod nickte hastig zum Gruß und öffnete die Haustür. Ohrenbetäubender Lärm schlug ihm entgegen. In der Eingangshalle spielte ein kleines Orchester einen Walzer. Überall sah er in lächelnde Gesichter, die ihn eingehend und prüfend musterten und ihn zugleich willkommen hießen.

Wie können sie sich nur in so einer Zeit vergnügen, fragte sich Ichabod, während die anderen Dorfbewohner sich verhalten, als ob ihnen ein Angriff bevorstünde?

Der Schweiß rann ihm in den Hemdkragen, als er sich einen Weg durch das Haus bahnte. Er fragte nach Baltus van Tassel, und eine junge Frau zeigte ihm den Weg zum Salon. Dort standen die Gäste dicht gedrängt im Kreis, Seite an Seite, ganz vertieft in ein Spiel. In der Mitte des Kreises wurde eine junge Frau mit verbundenen Augen von einem kräftigen, breitschultrigen Mann schnell um die eigene Achse gedreht. Als er sie losließ, verstummten die Gäste. Die junge Frau lief taumelnd in dem Kreis herum und sang dabei: »Die kleine Hex', die kleine Hex', wer hat 'nen Kuß für die kleine Hex'?«

Mit ausgebreiteten Armen schwankte sie auf die Leute zu, die mit unterdrücktem Gelächter zur Seite sprangen. Beinahe hätte sie den jungen Mann erwischt.

Ichabod schlängelte sich durch den Raum und ließ seinen Blick über die Gesichter schweifen. Er versuchte herauszufinden, welcher der Männer wohl Baltus van Tassel war.

»Die kleine Hex', die kleine Hex', wer hat 'nen Kuß

für die kleine Hex'?« Als ihn plötzlich jemand umarmte, verlor Ichabod das Gleichgewicht. Sie hatte ihn erwischt. Er spürte die neugierigen, mißtrauischen Blicke sämtlicher Gäste auf sich gerichtet.

Bitte nicht. Nein, bitte nicht. Ichabod versuchte zu entkommen, doch die junge Frau legte ihm eine schlanke, zarte Hand auf die Wange. Sie duftete nach Geißblatt, betörend und süß. Ihr Haar war flachsblond, und die schlichte Geste ihrer Hand schien jegliche Erschöpfung der letzten Tage einfach wegzuwischen.

Quer durch den Raum starrte der breitschultrige junge Mann Ichabod haßerfüllt an. Sein Gesicht war dunkel angelaufen vor Eifersucht.

»Einen Kuß, einen Kuß!« rief ein Kind.

»Erst muß sie raten!« flötete eine elegant gekleidete Dame und ergriff leicht den Arm ihres Mannes, ein Herr mittleren Alters. Ichabod erkannte ihn wieder: Es war der Mann von der Veranda, den er dort mit dem Dienstmädchen gesehen hatte.

»Ist es … Theodore?« fragte die junge Frau mit den verbundenen Augen. Alle lachten schallend. Offenbar ein nachbarschaftlicher Witz für Eingeweihte.

»Verzeihung, Madam«, sagte Ichabod gepreßt, »ich bin nur ein Fremder.«

Die junge Frau lächelte. »Dann bekommen Sie eben einfach so einen Kuß.« Bevor Ichabod protestieren konnte, drückte sie ihm die Lippen auf die Wange und sprang mit schelmischem Lächeln davon. Als sie sich die Augenbinde abnahm, versagten Ichabod fast die Beine. Ihre Augen schlugen ihn völlig in ihren Bann. Sie hatte Augen wie ein Luchs, so scharf und leuchtend, und doch sanft und sonderbar. Stark und intelligent, und doch voller Geheimnisse.

Sie war wundervoll.

»Ich … äh … ich …« *Reiß dich zusammen, Mensch.* »Ich suche Baltus van Tassel.«

»Ich bin seine Tochter«, erwiderte die junge Frau, »Katrina van Tassel.«

Der breitschultrige junge Mann tauchte hinter ihr auf. »Und wer sind Sie, mein Freund? Wir kennen ja noch nicht einmal Ihren Namen.«

»Den habe ich auch noch nicht genannt. Verzeihen Sie …«

Plötzlich ging der Mann auf Ichabod los und packte ihn am Kragen. »Ihnen muß wohl mal jemand Manieren beibringen!«

»Brom!« schrie Katrina auf.

»Sachte, sachte!« ertönte eine tiefe Stimme. »Wer wird denn hier so herumschreien.«

Brom lockerte seinen Griff. Ichabod drehte sich um und erblickte einen großen, vornehm gekleideten Mann von kräftiger Statur mit freundlichem, doch von Sorgen gezeichnetem Gesicht. An seiner Seite stand eine elegante Dame, sehr gepflegt und attraktiv.

»Wir wollten die Leute in dieser düsteren Zeit nur ein bißchen aufmuntern, deshalb geben meine Frau und ich diese kleine Gesellschaft«, fuhr der Mann fort.

Brom ließ Ichabod los und verschwand. »Junger Mann«, sagte Baltus van Tassel, »Sie sind herzlich willkommen, auch wenn Sie vielleicht nur etwas verkaufen möchten.«

»Vielen Dank, Sir. Ich bin Constable Ichabod Crane, und man hat mich aus New York hierher geschickt, damit ich die Mordfälle in Sleepy Hollow untersuche.«

Ein Gemurmel ging durch den Raum. Vier Männer zeigten besonderes Interesse. Ichabods durch die Arbeit bei der Polizei geschultes Auge bemerkte sie sofort. Einer war der Mann von der Veranda, der untreue Ehemann.

Neben ihm standen ein kurzsichtiger Tattergreis und ein offensichtlich betrunkener Bürgermeister. Der vierte, ein Geistlicher mit teigigem Gesicht, sprach als erster:

»Was nützt uns denn ein Constable?«

Baltus' Gattin, Lady van Tassel, warf dem Alten einen tadelnden Blick zu, dann wandte sie sich rasch an Ichabod: »Ganz Sleepy Hollow ist Ihnen sehr dankbar, Constable Crane. Ich hoffe, Sie erweisen uns die Ehre, hier im Haus zu wohnen, bis …«

»Bis zur Festnahme!« platzte Brom heraus. Auf diese Bemerkung folgte zwar allgemeines Gelächter, doch es war voller Unbehagen, Sarkasmus und Furcht.

Soviel Angst und Skepsis, dachte Ichabod. Sie brauchen mich hier. Eigentlich sollten sie doch erleichtert und voller Hoffnung sein – aber sie machen abfällige Bemerkungen. Hat der Mörder denn solche Macht, ist er so schwer zu fassen?

»Kommen Sie, Sir. Ich lasse Ihnen Ihr Zimmer zeigen«, sagte Baltus und wandte sich zur Tür. Ichabod folgte ihm. Er spürte Brom van Brunts Blick im Nacken, bis er den Raum verlassen hatte.

Anatomie. Physiologie. Fallstudien: Mord. Ichabod stellte seine Bücher ins Regal in seinem Zimmer. Der Raum war behaglich, wenn nicht gar luxuriös eingerichtet. Es gab einen Mahagonischreibtisch und einen großzügigen Kamin.

Baltus hatte Ichabod eingeladen, wieder in den Salon zu kommen, nachdem er sich ausgeruht und etwas erfrischt hatte. Er könne dann den Ortsvorstehern sein Vorhaben erläutern. Doch so sehr er sich auch bemühte, sich auf letzteres zu konzentrieren, Ichabod mußte immer wieder an Katrina denken. Mit jedem Atemzug roch er den Duft von Geißblatt, jedes Flackern im Kamin entfachte von neuem die Erinnerung daran, wie ihr Haar im Licht des Kronleuchters geschimmert hatte.

Halt. Du hast doch den Blick ihres Geliebten gesehen. Du willst das Rätsel der Morde lösen und nicht dafür sorgen, daß es noch mehr Tote gibt.

Das Zurückschnappen des Türriegels ließ Ichabod herumfahren. Sarah, das Dienstmädchen und die heimliche Geliebte des Doktors, war hereingekommen. Ichabod spürte, wie er rot wurde. Sie brachte einen Krug voll Wasser, den sie auf den Waschtisch stellte. »Danke«, sagte Ichabod. »Sagen Sie Mr. van Tassel bitte, daß ich gleich hinunterkomme.«

»Ja, Sir.« Sarah verließ den Raum, doch bevor sie die Tür schloß, hielt sie inne und rief: »Gott sei Dank, daß Sie da sind!« Ichabod war überrascht, doch er vermutete – und hoffte – daß noch mehr Leute so empfanden.

Die letzten Takte der Musik klangen von unten herauf. Die Gesellschaft ging zu Ende. Er würde nun hinuntergehen müssen. Er goß das Wasser in eine Schüssel. Ihn schauderte, als er es sich übers Gesicht spritzte.

Die letzten Gäste gingen, nur vier Männer blieben noch bei Baltus und Lady van Tassel im Salon. Angespannt warteten sie auf Ichabod, während die Bediensteten um sie herum geschäftig aufräumten. Der Bürgermeister Philipse nahm einen Schluck von seinem Verdauungs-Cognac. Baltus van Tassel war bekannt dafür, die edelsten Tropfen im ganzen Dorf zu besitzen, und Philipse konnte die Güte jeder einzelnen Flasche aus eigener Erfahrung bestätigen. In Krisenzeiten trank er doppelt soviel wie sonst und sprach nur sehr wenig. Heute abend war er sehr schweigsam.

Der alte Notar Hardenbrook rückte blinzelnd seine Brille zurecht. Nachdem gut fünfzig Jahre lang alle amtlichen Dokumente von Sleepy Hollow durch seine Hände gegangen waren, war er nun blind wie ein Maulwurf, oder jedenfalls beinahe. »Den ganzen Weg von New York«, brummelte er.

»Zeitverschwendung!« stimmte Dr. Lancaster zu. Er wandte den Blick nicht von Sarah, als sie auf ihrem Weg nach oben durch den Salon ging. Lancaster war gerade jenseits der Fünfzig, seit fünfundzwanzig Jahren glücklich verheiratet und fest entschlossen, diesen Fehler wiedergutzumachen. Sein Kragen fühlte sich unangenehm feucht an, wie immer, wenn ihn Schuldgefühle plagten – was fast immer der Fall war.

Reverend Steenwyck reagierte auf alles, was die anderen sagten, mit der ihm eigenen Verachtung. Sein Gesicht war noch aufgedunsener und selbstgefälliger als gewöhnlich, als er den faltigen Hals zu Baltus hin reckte. »Was kann der schon ausrichten?« fragte er.

»Aber meine Herren«, sagte Baltus beruhigend und forderte die anderen auf, abzuwarten und Ichabod erst einmal anzuhören.

Als Sarah an dem guten Doktor vorbeiging, reckte dieser sich kaum merklich. Seine Finger berührten den Saum ihres Kleides, und der Anflug eines Lächelns glitt über sein Gesicht. Lady van Tassel zog eine Augenbraue hoch und wandte sich ab.

Ichabod atmete tief durch und öffnete die Tür zum Salon. Sarah war gerade auf der anderen Seite der Tür, hielt sie für ihn auf und schloß sie hinter sich, als sie den Raum verließ.

Ein Exekutionskommando. Diesen Eindruck hatte Ichabod. Nur die van Tassels schienen froh zu sein, daß er da war.

»Ausgezeichnet! Kommen Sie herein!« rief Baltus.

Dann neigte er sich zu seiner Frau hinüber: »Laß uns allein, Liebes.« Lady van Tassels Lächeln verflog, doch sie nickte und verließ den Raum.

»Dr. Thomas Lancaster leistet uns Gesellschaft«, fuhr Baltus fort, »und zu seiner Linken sitzen Reverend Steenwyck und unser guter Bürgermeister Samuel Philipse. Und schließlich dieser Prachtkerl hier, das ist James Hardenbrook, unser Notar.«

»Und Sie selbst, Sir?« wollte Ichabod wissen.

»Ich bin ein einfacher Farmer«, war Baltus' Antwort auf das plötzlich einsetzende vielsagende Hüsteln und Kichern der vier anderen, »der es zu gewissem Wohlstand gebracht hat. Für das Dorf bin ich ein Freund und Ratgeber.«

»Und Großgrundbesitzer und Bankier«, ergänzte Philipse. »Fahren wir fort?«

»Danke.« Ichabod kam ohne Zögern zur Sache. »Also. Drei Menschen sind umgebracht worden. Zuerst Peter van Garrett und sein Sohn Dirk. Beides starke, tüchtige Männer. Gemeinsam aufgefunden, enthauptet. Eine Woche später die Witwe Winship, ebenfalls enthauptet. Ich werde Ihnen einige Fragen stellen müssen. Zunächst würde mich interessieren, ob es einen Verdächtigen gibt?«

Baltus sah ihn verständnislos an. »Ich verstehe Sie nicht.«

»Ich meine, gibt es irgend jemanden, der tatverdächtig ist?« fragte Ichabod.

Die vier Männer rutschten auf ihren Stühlen herum. Niemand sah Ichabod an, doch die Blicke, die sie einander zuwarfen, sprachen Bände. Sie hatten kein Vertrauen zu dem Neuankömmling.

»Constable«, sagte Baltus nachsichtig, »was genau haben Ihnen Ihre Vorgesetzten eigentlich mitgeteilt?«

»Nur, daß die drei auf freiem Feld umgebracht wurden und man ihre Köpfe vom Rumpf abgetrennt gefunden hat.«

»Man hat die Köpfe nicht vom Rumpf abgetrennt gefunden«, unterbrach Reverend Steenwyck. »Man hat die Köpfe überhaupt nicht gefunden.«

»Die Köpfe sind fort?« fragte Ichabod erstaunt.

»Mitgenommen worden.« Hardenbrook beugte sich vor und bemühte sich, Ichabod mit seinen wäßrigen Augen zu fixieren. »Der Kopflose Reiter hat sie mitgenommen. Wieder zurück in die Hölle.«

Damit hatte Ichabod nun gar nicht gerechnet. Auf so etwas hatten ihn seine Fallstudien kein bißchen vorbereitet. »Ver ... Verzeihung«, stammelte er. »Ich ...«

»Am besten setzen Sie sich erst einmal«, schlug Baltus vor. Ichabod nahm vor dem Kamin Platz, während Baltus sich nachdenklich eine Pfeife anzündete. Er schenkte seinem Gast einen Drink ein, dann lehnte er sich zurück, um die Geschichte von dem Kopflosen Reiter zu erzählen.

3

*D*er Reiter war ein hessischer Söldner«, begann Baltus van Tassel, »den deutsche Fürsten zu uns herübergeschickt haben, damit die Amerikaner unter dem Joch Englands blieben. Doch im Gegensatz zu seinen Landsleuten, die wegen des Geldes herkamen, reizte den Reiter das Gemetzel. Er war nicht wie die anderen.«

Die vier Männer beobachteten Ichabod, doch dieser beugte sich vor und versuchte, sie nicht zu beachten.

»Er ritt ein riesiges schwarzes Roß namens Daredevil«, erzählte Baltus weiter. »Und war dafür berüchtigt, daß er sich mit dem Pferd unerschrocken in den Kampf stürzte und in vollem Galopp Köpfe abschlug. Seine Streitaxt war so groß, daß zwei gewöhnliche Männer sie nur mit Mühe hätten hochheben können. Die Klinge war scharf wie ein Rasiermesser. Und das war nur eine der zahllosen Waffen, die er stets an seiner Uniform befestigt hatte, darunter auch ein Schwert mit Widerhaken. Wer ihn nur ansah, dem lief es schon eiskalt über den Rücken, denn er hatte seine Zähne ganz spitz zugefeilt, um noch grausamer auszusehen.«

Baltus fletschte die Zähne, und obwohl diese vergleichsweise harmlos aussahen, lief Ichabod ein Schauder über den Rücken. Die anderen dagegen lachten nur in sich hinein. Mit ironischem Lächeln nippte Baltus an seinem Cognac und fuhr fort. »Vor zwanzig Jahren, im Winter 1779, fand der Schlächter endlich den Tod, nicht weit von hier in den Wäldern, die wir die Western Woods nennen. Er hatte sich dort verborgen, um einen weiteren Beutezug vorzubereiten, aber er hatte die

Unabhängigkeitskämpfer unterschätzt. Diese machten ihre zerschlissene Kleidung und ihre abgemagerten Arme durch reichlich Mumm und Gerissenheit wett. An jenem unfreundlichen Tag hatten sie dem Reiter bis zu seinem Unterschlupf nachgespürt und ihre schlagkräftigsten Waffen mitgebracht. Eine Kanonenkugel schoß zwischen den Bäumen hindurch. Sie verfehlte den Hessen, aber Daredevil wurde durch die Explosion verletzt. Da der ohnehin schon blutrünstige Reiter seinem Pferd große Zuneigung entgegenbrachte, wurde er dadurch noch rachsüchtiger. Er war allerdings nicht auf den Hinterhalt der sechs Soldaten vorbereitet. Diese waren zwar ein rechtes Gesindel in verrußten, zerlumpten Kleidern, aber sie waren mit Musketen bewaffnet. Dem Reiter blieb nichts anderes übrig als zu fliehen. Als er seine Angreifer abgehängt hatte, hielt er auf einer verborgenen Lichtung hinter ein paar Bäumen inne, um zu verschnaufen. Dort bereitete er dann seinen eigenen Überraschungsangriff vor.«

Baltus machte eine Pause, um sich erneut eine Pfeife anzuzünden. Er genoß Ichabods gespannte Aufmerksamkeit. »Aber er war nicht vorsichtig genug«, erzählte er weiter. »Aus seinem Versteck hörte man einen Ast knacken – so laut, daß es in dem einsamen Wald wie ein Pistolenschuß hallte. ›Da!‹ schrien die Soldaten. Rasch umzingelten sie den Hessen. Ein Gewehrschütze ging in die Knie und zielte. Der Reiter reagierte blitzschnell: Mit der einen Hand zog er sein Schwert, mit der anderen griff er nach einem Dolch und schleuderte ihn so, daß die Klinge genau ihr Ziel traf, mitten ins linke Auge des Schützen.«

Ichabod spürte, wie sich ihm der Magen umdrehte. Er stellte sein Cognacglas ab.

»Dann schoß noch ein Soldat«, fuhr Baltus fort. »Die

Kugel zerfetzte den Arm des Reiters, so daß dieser sein Schwert fallen lassen mußte. Einen schwächeren Mann hätte das umgeworfen, doch die körperlichen Kräfte des Hessen wurden nur noch von seiner Blutrünstigkeit übertroffen. Mit seinem unverletzten Arm ergriff er seine Streitaxt und ging auf die übrigen fünf Soldaten los. An jenem Wintertag hörte man deutlich das Geräusch von klirrendem Metall über den Hudson River schallen. Bis schließlich ein wohlgezielter Schwerthieb die Seite des Hessen durchbohrte und ihn in die Knie zwang. Doch selbst in seinem geschwächten Zustand nahm er seinem Angreifer noch mit einem überraschenden, gräßlichen Axthieb das Leben. Als der Reiter sich bemühte, sich das Schwert aus dem eigenen Leib zu ziehen, überwältigten ihn die restlichen vier Soldaten. Der Hesse wäre zwar vermutlich ohnehin verblutet, doch sie wollten kein Risiko eingehen. Während er mühsam versuchte, die Klinge herauszuziehen, umzingelten sie ihn erneut. Mit seinem eigenen Schwert schlugen sie ihm den Kopf ab. Dann legten sie seinen Rumpf in ein flaches Grab und warfen den Kopf hinterher. Der verletzte Daredevil soll zu dem Grab gehinkt und an der Seite seines Herrn gestorben sein. Und bis zum heutigen Tag spukt es in den Western Woods. Selbst tapfere Männer wagen sich nicht dorthin, denn was an jenem Tag in die Erde gelegt wurde, war die Saat des Bösen. Und so geht es nun seit zwanzig Jahren.«

Baltus van Tassel nahm einen tiefen Zug aus seiner Pfeife. Der aromatische Rauch ringelte sich ihm um den Kopf und bildete kleine Wölkchen, die langsam verflogen.

Plötzlich fuhr ein Windstoß heulend durch den Kamin. Ichabod schauderte. *Ganz ruhig, Junge. Das ist eine Sage aus dieser Gegend über einen längst vergangenen Vor-*

fall. Völlig belanglos. Ich darf mich nicht vom eigentlichen Thema abbringen lassen, von den Mordfällen.

»Aber jetzt erwacht der Hesse«, sagte Baltus. Er geht wieder auf Beutezug und schlägt Köpfe ab, wo immer er kann.

Ichabod hätte sich fast an seinem Cognac verschluckt. »Wollen Sie damit sagen ... daß Sie das glauben?«

»Wir glauben, was wir sehen«, sagte der alte Hardenbrook.

»Niemand weiß, warum der Hesse ausgerechnet jetzt aus dem Grab zurückkommt«, ergänzte Dr. Lancaster.

»Satan hat einen der seinen auferweckt!« rief Reverend Steenwyck.

Die glauben das wirklich. Sie denken tatsächlich, ein Geist hätte diese Verbrechen begangen. Kein Wunder, daß es hier noch niemandem gelungen ist, für Gerechtigkeit zu sorgen.

»Man hat mir gesagt, Sie hätten Bücher und alle möglichen Geräte für wissenschaftliche Untersuchungen mitgebracht.« Reverend Steenwyck stand nun neben dem Beistelltisch und nahm die van Tasselsche Familienbibel in die Hand. »Dies ist das einzige Buch, dessen Lektüre ich Ihnen empfehle.«

Er knallte die Bibel vor Ichabod auf den Tisch. Es war eine in Leder gebundene Ausgabe mit Goldschnitt, weit kostbarer als irgendeines von Ichabods Büchern. Bewundernd schlug dieser den Buchdeckel um und betrachtete den Goldschnitt. Auf der ersten freien Seite hatte jemand sorgfältig einen Stammbaum gezeichnet. Instinktiv überflog Ichabod die über mehrere Generationen zurückreichende Auflistung der van Tassels und ihrer Vorfahren.

Verdammte Ablenkungen. Konzentrier dich. Nicht abschweifen. Ichabod schloß das Buch und blickte auf. »Reverend Steenwyck ... meine Herren ... für einen Mord braucht es keinen Geist, der aus dem Grab aufersteht. Wer von Ihnen hat denn den Kopflosen Reiter mit eigenen Augen gesehen?«

Die Männer sahen einander voller Unbehagen an. Niemand bejahte die Frage, genau wie Ichabod es erwartet hatte.

»Andere haben ihn gesehen«, verkündete Hardenbrook. »Viele andere.«

»Sie werden ihn auch noch sehen, wenn er wiederkommt«, fügte Baltus hinzu. »Die Männer aus dem Dorf stehen auf dem Posten und halten nach ihm Ausschau.«

Ichabod lächelte nachsichtig. »Nun ja, bei uns in New York geschehen Morde auch ohne die Hilfe von Gnomen und Geistern.«

»Sie sind hier weit von New York entfernt, Sir«, sagte Baltus.

»Mindestens ein Jahrhundert«, erwiderte Ichabod. »Der Mörder ist ein Mensch aus Fleisch und Blut, und ich werde ihn finden.«

Reverend Steenwycks spöttisches Lächeln verstärkte sich noch. »Und wie gedenken Sie dies zu tun?«

»Indem ich seine Beweggründe herausfinde. Wir nennen das sein Motiv. Dieses Geheimnis wird einer vernünftigen Untersuchung nicht standhalten.« Ichabod gestikulierte mit den Armen, um seinen Worten Nachdruck zu verleihen, dabei entglitt ihm sein Glas und segelte quer durchs Zimmer.

Die fünf Männer sahen sich an und mußten sich das Lachen verbeißen. Ichabod schaute betreten zu Boden. Das Glas war zersprungen, und ähnlich – soviel war ihm klar – stand es um seine Glaubwürdigkeit.

Die Unterhaltung der Männer klang gedämpft durchs Haus und bis hinauf in Katrina van Tassels Zimmer. Sie konnte mehr oder weniger gut die Stimmen unterscheiden, aber nichts verstehen. Nur eine einzige Stimme außer der ihres Vaters schien freundlich und voller Mitgefühl zu sein. Zu dumm, daß der Constable ansonsten so ein Trampel war.

Das Gespräch war schon lange beendet, und der junge Mann saß grübelnd in seinem Zimmer, als Katrina sich zum Schlafengehen fertigmachte. Wie immer kam Lady van Tassel herein, um ihr eine gute Nacht zu wünschen. Sie nahm eine Bürste zur Hand und begann langsam und gleichmäßig, ihrer Stieftochter das Haar zu bürsten.

»Ich bin enttäuscht«, begann Katrina. »Unser erster Besucher aus New York weiß gar nicht, wo er hingucken soll, und seine Füße sind ihm ständig im Weg.«

Lady van Tassel nickte. »Ja, nicht wie dein Brom.«

Als es an der Tür klopfte, reichte sie Katrina die Haarbürste. »Hier, mach selbst weiter. Ich war bei vierundvierzig Strichen.« Sie öffnete die Tür. Draußen stand Sarah.

»Der Constable verlangt nach der Bibel, Madam«, sagte sie mit einem braven Knicks.

»Nach der Bibel?« wiederholte Lady van Tassel.

»Ich bringe sie ihm«, bot sich Katrina an.

Sarah knickste noch einmal und verschwand. Als das Mädchen den Korridor hinuntergegangen war, sah Lady van Tassel Katrina mit einer wissend hochgezogenen Augenbraue an.

»Mal sehen, ob der Städter besser redet, als er sich anzieht«, sagte Katrina lächelnd.

An meinem ersten Tag hier haben sich mir mehr Hindernisse in den Weg gestellt als erwartet. Ich fürchte, mein Hauptfeind ist der Aberglaube dieser braven, aber recht unbedarften Leute vom Lande …

Zum hundertsten Mal las Ichabod seine Worte. Schließlich legte er den Federhalter hin. Er hatte weder Lust weiterzuschreiben, noch sich die Bücher anzuschauen, die er auf den Tisch gelegt hatte. Das hier würde eine Herausforderung sein, eine große sogar. Er würde ebensosehr die Unwissenheit wie das Verbrechen bekämpfen. Wenn seine Gedanken nur nicht immer abschweifen würden zu … zu ihr.

Sie ist schon einem anderen versprochen. Verlobt. Mit dem … dem Affen … dem lang aufgeschossenen Drecksfarmer. An die Arbeit, Ichabod. Nur so kannst du das hier schaffen.

Als Ichabod die Feder wieder zur Hand nahm, hörte er jemanden an die Tür klopfen. Endlich, das Dienstmädchen mit der Bibel. Es war schon so lange her, daß er sie losgeschickt hatte, daß er schon gedacht hatte, sie hätte es vergessen.

»Ja, nur herein!« rief er über die Schulter. Vielleicht würde ja der Stammbaum in der Bibel aufschlußreich sein. Als er ihn im Salon kurz überflogen hatte, war ihm etwas aufgefallen, ein bekannter Familienname, an den er sich jetzt nicht mehr erinnern konnte.

Hinter ihm öffnete sich die Tür. Leise Schritte erklangen auf dem Dielenboden. »Vielen Dank«, sagte Ichabod. »Legen Sie sie einfach auf das Lesepult. Das wäre alles.«

Nein. Sie ist eine Informationsquelle. Von ihr kannst du etwas erfahren. »Warten Sie. Erzählen Sie mir etwas von dem groben Klotz, der anscheinend Miss Katrinas …« Bei diesen Worten drehte er sich um und vor ihm stand Katrina van Tassel.

Er sprang von seinem Stuhl auf und stieß dabei mit der Hüfte an den Tisch, der dumpf gegen die Wand schlug. Ein Stapel loser Blätter wirbelte zu Boden. »Verzeihen Sie! Ich hatte Sarah gebeten, mir die Bibel …«

»Ihre schlauen Bücher helfen Ihnen demnach nicht weiter«, sagte Katrina und lächelte amüsiert, »und jetzt wenden Sie sich doch der Bibel zu.«

Ichabod riß sich zusammen. »Wie ich sehe, spricht man unten über mich.«

»Nur ganz beiläufig. Wir reden hier über alles Mögliche, selbst in dieser rückständigen Gegend.«

»Es tut mir leid. Entschuldigen Sie bitte mein Benehmen. Ich bin nicht daran gewöhnt ...« *Sprachlos. Sie macht mich sprachlos.*

»... in Gesellschaft einer Frau zu sein?«

»... in Gesellschaft zu sein.«

»Wie können Sie es denn in New York vermeiden, in Gesellschaft zu sein? Ach, ich würde dort so gerne in die Oper gehen, ins Theater ... zum Tanzen! Ist das nicht herrlich?«

Ichabod kämpfte gegen den Drang an, zu lügen und sich selbst als kultiviert und weltmännisch darzustellen. Sie würde ihn ja doch durchschauen. Sie sah alles. »Ich bin noch nie dort gewesen.«

»Aber es *gibt* doch ein Kunstmuseum? Einen Konzertsaal?«

»Ich weiß es nicht.«

»Dann gibt es nichts, was Sie mir beibringen könnten.«

Bei diesen Worten sackte Ichabod vor Enttäuschung in sich zusammen, doch kam ihm ein Gedanke. »Vielleicht doch«, sagte er. »Glauben Sie, daß die van Garretts und die Witwe Winship von einem Kopflosen Reiter umgebracht worden sind?«

»Nicht alle hier glauben, daß es der Reiter ist.«

Endlich. Jemand mit Sinn für die Wirklichkeit. »Gut!« sagte Ichabod.

»Manche sagen auch, es sei die Hexe aus den Western Woods, die einen Pakt mit Luzifer geschlossen habe.«

Ichabods Schultern sanken herab. Also war Katrina doch eine von ihnen, provinziell und irrational. »Hexen oder galoppierende Geister gibt es auch nicht. Ist denn in diesem Dorf jeder dem Aberglauben verfallen?«

»Warum fürchten Sie sich denn so sehr vor der Magie? Nicht jede Magie ist schwarz. In diesen Wäldern haben uralte Wahrheiten überlebt, die man in euren Stadtparks vergessen hat.«

»Wenn es Wahrheiten sind, dann ist es keine Magie, und wenn es Magie ist, sind es keine Wahrheiten«, erklärte Ichabod.

»Sie Dummkopf. Es ist doch allgemein bekannt, daß man bei Fieber Weidenröschenwurzeln und einen Krähenfuß in der Milch einer schneeweißen Ziege über dem Feuer kochen und dabei bestimmte Zaubersprüche aufsagen muß, damit das Fieber zurückgeht.«

»Versuchen Sie es beim nächsten Mal nur mit den Weidenröschen, ohne den Rest.« Ichabod hatte genug gehört. »Und jetzt entschuldigen Sie mich bitte.«

»Aber gern. Ich hätte unseren Retter nicht stören sollen. Gute Nacht.« Katrina drehte sich um und ging zur offenstehenden Tür. »Und was Ihre Frage betrifft, der grobe Klotz, nach dem Sie sich erkundigt haben, hat um meine Hand angehalten.«

Darauf war Ichabod nicht vorbereitet. »Ich … ich … ich freue mich, daß …«

Katrina schaute über die Schulter zurück. »Er hat um meine Hand angehalten … *schon mehrmals*.«

Sie hielt inne und lächelte. Ihre letzten Worte hingen noch im Raum. Als sie aus dem Zimmer ging, schien sie die ganze Luft mit sich hinauszunehmen.

Ichabod mußte sich setzen. Er starrte die Bibel an und machte ein paar tiefe, befreiende Atemzüge. Es gab viel zu tun. Schwierige geistige Arbeit, die logisches Denken und einen klaren Kopf erforderte. Da war kein Platz für Sentimentalitäten und die rätselhaften, versteckten Andeutungen einer Frau. Er schlug die Seite mit dem Stammbaum auf und begann, sich Notizen zu machen:

Katrina van Tassel – geboren 1777.
Baltus van Tassels erste Ehefrau (Elizabeth Kierstadt) – gestorben 1797.

Da wurde ihm klar, daß Katrinas Mutter erst seit zwei Jahren tot war. Aus irgendeinem Grunde überraschte ihn das nicht. Er hatte die Traurigkeit hinter Katrinas Lächeln gesehen, hinter ihrer sprühenden Fröhlichkeit die Andeutung von dunklen Ecken und Winkeln, in die sie niemanden hineinlassen würde. Sie mußte ihre Mutter von ganzem Herzen geliebt haben.

Natürlich. Der Tod der Mutter reißt eine Wunde, die nie verheilt, egal wie fest das Narbengewebe ist. Man kann die Narbe nur schützen, sie vor anderen verbergen. Und wenn nötig auch vor sich selbst.

Jedes Wort, jeder Gedanke führte zu Katrina. Er ließ die Vorstellung zu, sie im Arm zu halten, sie zu trösten und ihr zuzuflüstern, daß er sie verstand. Daß sie gar nichts zu sagen brauchte, weil *er verstand.* Und als er an ihr Gesicht dachte, verschmolz dieses mit einem anderen, das in mancher Hinsicht ähnlich war, so liebenswert und hübsch. Es riß die Wunde wieder auf und ließ die Dunkelheit aus seinem eigenen kalten, verbotenen Winkel heraus. Das Gesicht seiner Mutter ...

Nein. Jetzt nicht. Bleib bei deiner Aufgabe. Endlich ergibt sich etwas. Wieder griff er nach seiner Feder und schrieb entschlossen:

Die heutige Lady van Tassel – Baltus' *zweite* Frau.
Der Name von Baltus' angeheiratetem Onkel
(dem Ehemann der Schwester seines Vaters) lautet
van Garrett.

Van Garrett – zwei der Mordopfer, Vater und Sohn.
Konnte es sein, daß van Tassel selbst etwas mit der Sache
zu tun hatte? Hatte er irgendein Motiv?

Ichabod machte sich wieder an die Arbeit. Das entfernte Grollen draußen hörte er kaum.

Jonathan Masbath aber hörte das Grollen laut und deutlich in seiner Baracke am Rand des Dorfes. Nervös kauerte er sich auf den Boden und spähte aus dem Fenster.
Am anderen Ende der Wiese bildeten die Bäume einen pechschwarzen Vorhang, der in regelmäßigen Abständen von den Fackeln erleuchtet wurde.

Das Geräusch kannte er nur zu gut, ebenso wie den Nebel, der dicht und gespenstisch vom Boden aufstieg und eine Fackel nach der anderen verschluckte.

»Komm raus, Teufel«, murmelte Masbath und spähte in die Richtung, in die sein Gewehrlauf zeigte.
»Komm …«

Wie als Antwort darauf kam tatsächlich jemand. Plötzlich tauchte er auf, wie aus dem Nebel entstanden. Doch er war keine Nebelschwade, keine luftige Erscheinung.
Er ritt ein schwarzes Pferd, dessen Flanken im Mondschein glänzten wie das blankgeputzte Metall eines Gewehrs und unter dessen galoppierenden Hufen die Erde bebte. Der Umhang des Reiters bauschte sich über starken, breiten Schultern – und wenn er der Teufel war, so hatte er jedenfalls keine Hörner, an denen man ihn hätte erkennen können: Er hatte keinen Kopf.

Der Hesse hatte schon die Hälfte der Strecke bis zu der

Baracke hinter sich gebracht, als Masbath den ersten Schuß abfeuerte. Der Knall übertönte das Donnern der Hufe. Die Kugel zischte dort vorbei, wo eigentlich der Kopf hätte sein müssen, doch der Reiter ritt weiter.

Masbath lud nach, seine feuchten Hände zitterten. Er zielte, so gut er konnte. Der Reiter war immer deutlicher zu erkennen. Diesmal traf Masbath, aber der Hesse ritt nur noch schneller. Mit einemmal schien die Baracke nur spärlichen Schutz zu bieten. Masbath rappelte sich hoch und rannte auf die Wiese hinaus.

Zass!

Noch im Laufen hörte Masbath dieses Geräusch. Er wußte, was es war: die Axt des Reiters. Sie hatte das Dach der Hütte zertrümmert – doch war dieser Hieb für ihn bestimmt gewesen. Masbath trug schwere Stiefel, aber er spürte kaum, wie sie den Boden berührten.

Die Bäume. Sie werden mir Schutz geben.

Der Reiter war nun etwas zurückgefallen. Der Angriff auf die Baracke hatte ihn Zeit gekostet, doch er holte rasch wieder auf. Masbath tauchte ein in die pechschwarze Dunkelheit des Waldes. Äste peitschten ihm ins Gesicht. Wurzeln zerrten an seinen Stiefeln. Die Hufschläge folgten ihm, fanden ihren Weg zwischen den Bäumen hindurch.

Er hat doch gar keine Augen. Wie kann er dann …?

Plötzlich hörte Masbath etwas durch die Luft zischen. Doch er sollte die glänzende Klinge der Axt nicht mehr sehen, die ihm den Hals durchtrennte.

4

*E*r heißt Gunpowder«, sagte Mr. Killian, der Besitzer des Reitstalls von Sleepy Hollow. Mit liebevollem Lächeln öffnete er die Tür zu einer Box, in der ein kleines, müde wirkendes Pferd stand.

Das soll wohl ein Scherz sein. Ichabod wäre an diesem Morgen gerne forsch und zügig aufgebrochen. Daraus schien nun nichts zu werden. Sleepy Hollow, im wahrsten Sinne des Wortes. Alles hier war schläfrig, sogar die Pferde.

Er stellte seinen schweren Ranzen ab, der voller detektivischer Gerätschaften war. Zwar hatte er nicht allzuviel Geld, um sich ein Pferd auszuleihen, aber normalerweise müßte es für ein robustes, einigermaßen schnelles Tier reichen, das einen möglicherweise bewaffneten Mörder verfolgen konnte. Gunpowder jedoch sah aus, als habe er den gesamten Unabhängigkeitskrieg mitgemacht, und das nicht unbedingt auf der Siegerseite.

»Ein kühner Name«, bemerkte Ichabod. »Aber haben Sie nicht eins, das ein bißchen jünger ist? Größer?«

Killian sah ihn verständnisvoll an. »Sie meinen schneller.«

»Ja.«

»Ein Pferd, mit dem Sie richtig losstürmen können.«

»Ja«, bekräftigte Ichabod eifrig.

»Nein.«

»Oh.«

»Nicht zu dem Preis.«

Der redet wie ein New Yorker, dachte Ichabod verächtlich. »Also gut, er wird's schon tun. Vielen Dank, Mr. Killian.«

»Viel Glück, Sir«, erwiderte dieser. »Und wenn Sie mal Hilfe brauchen, sagen Sie Bescheid.«

Er drehte sich zu einer Ecke des Stalls um, wo sein kleiner Sohn ein anderes Pferd fütterte: »Geh frühstücken, Tom! Gib deiner Mutter einen Kuß, und dann noch zwei von mir.«

Lächelnd rannte der Junge davon. Ichabod beneidete den Mann um sein häusliches Glück. Einen Moment lang stellte er sich vor, wie es wäre zu tauschen und, statt auf der Suche nach der Wahrheit zu sein, ein ruhiges Leben mit einer Gleichgesinnten zu führen, die er mehr lieben könnte als sich selbst.

Gerade wollte er das Pferd satteln, als ihm plötzlich etwas einfiel: »Mr. Killian, ich habe nachgedacht. Über die alte Witwe ...«

»Die alte Witwe?«

»Die Witwe Winship.«

Killian lachte. »Wer hat Ihnen denn gesagt, daß sie alt war? Sie sah gut aus, war jung verwitwet und ist gestorben, bevor sie zu verwelken begonnen hat.«

Peng!

Draußen war ein Schuß zu hören. Ein Reiter stürmte auf sie zu und schwenkte wild seine Muskete.

»Das ist van Ripper«, brummte Killian. »Was ist bloß passiert?«

»Mord! Mord!« schrie van Ripper. »Der Reiter hat wieder zugeschlagen!«

Für Zweifel blieb Ichabod nun keine Zeit mehr. Gunpowder mußte genügen.

Schon waren die Straßen von Sleepy Hollow erfüllt von Rufen, Pferdegewieher und quietschenden Kutschenrädern. Als Ichabod endlich sein Pferd gesattelt hatte, war er der letzte, der das Dorf verließ. Er bohrte Gunpowder die Absätze in die Flanken, doch der alte Klepper schien verwirrt, als ob er eher ein Nickerchen bräuchte.

Vor Ichabod ritten Brom van Brunt auf einem Rappen und Philipse, der gekonnt einen leichten Einspänner lenkte. Sie alle verschwanden in den Western Woods, weit vor Ichabod und Gunpowder. Es schien Stunden zu dauern, bis das alte Pferd endlich am Ende der Wiese ankam. Als Ichabod schließlich auf die versammelten Dorfbewohner stieß, war Baltus gerade dabei, Anweisungen zu erteilen:

»Mr. Miller, Sie reiten zurück und holen den Leichenkarren. Die anderen halten gründlich Ausschau.«

Ein junger, anscheinend etwas beschränkter Bursche reckte den Hals und starrte Baltus an.

»Nein, nicht nach *mir*, Glen«, schnauzte Baltus. »Ich habe mit abgeschlagenen Köpfen nichts zu tun. Schaut euch im Wald um!«

Ichabod lenkte Gunpowder zu den Leuten, die im Kreis um den Toten herumstanden. Viele hatten sich abgewandt. Andere standen wie angewurzelt da, zwischen Ekel und krankhafter Faszination hin- und hergerissen. Im Inneren des Kreises beugte sich Dr. Lancaster über das, was von dem Opfer noch übrig war.

Sauber am Hals abgetrennt. Ichabod kämpfte gegen die aufsteigende Übelkeit an. Das wurde nicht eben leichter dadurch, daß er Brom grinsend auf sich zu kommen sah, als ob es sich hier um eine Jahrmarktsattraktion handelte.

»Ein schönes Tier, Crane!« sagte er lachend.

Ichabod beachtete ihn nicht. Er konnte den Blick nicht von der Leiche abwenden. Als er vom Pferd stieg, mußte er sich an den Zügeln festhalten, so sehr zitterten seine Beine.

Himmelschreiende Grausamkeit. Als ob das Opfer für den Metzger abgeschlachtet worden wäre.

Ichabod kannte den fauligen Geruch von Krankheit und Armut, er hatte die übel zugerichteten Opfer von Bandenfolter gesehen und war den täglichen Verwüstungen in der gewalttätigsten Stadt des Landes unmittelbar begegnet – doch das hier war schlimmer.

Als Ichabod sich näherte, schaute Dr. Lancaster auf. »Das vierte Opfer. Jonathan Masbath.«

Der Gewehrschütze. Ein Vater.

»Und« – Ichabod schluckte, seine Kehle fühlte sich rauh an wie Sandpapier – »der Kopf?«

»Mitgenommen«, antwortete Richter Philipse.

»Mitgenommen?« wiederholte Ichabod.

Nachdenken. Es mußte einen Grund geben. Jedes Motiv läßt sich erklären. Man muß sich nur an die Stelle des Mörders versetzen, um zu verstehen, welches Bedürfnis er hat.

Ichabod ging im Geiste die Bände mit den Fallstudien durch, die er gelesen hatte, die grausigen Mordfälle, die scheinbar nicht aufzuklären waren. Aus dem Augenwinkel sah er, wie Dr. Lancaster den Richter heftig am Arm faßte. Philipse schüttelte ihn ab und suchte in seiner hinteren Hosentasche nach einem Flachmann. Es war nur ein Detail am Rande des Tumults, doch Ichabod kam dieses Verhalten sonderbar vor. Die beiden schienen weniger schockiert denn besorgt, so als ob sie schuldig wären; allerdings kam ihm das absurd vor.

Blanke Nervosität, folgerte Ichabod. Man konnte von niemandem verlangen, in einem solchen Moment gelassen zu bleiben. Außer vielleicht von einem erfahrenen Ermittler.

Überleg dir, welche Beweggründe der Mörder hat.

Eine Lösung nahm in seinem Geiste Gestalt an. »Interessant«, sagte Ichabod, »sehr interessant.«

»Was ist?« fragte Baltus.

»In solchen Fällen, bei denen der Kopf der Leiche fehlt«, antwortete Ichabod und machte eine Pause, um sich zu vergewissern, daß alle zuhörten, »wird dieser entfernt, um die Identifizierung der Leiche zu verhindern!«

Baltus sah ihn zweifelnd an. »Aber wir wissen doch, daß das hier Jonathan Masbath ist.«

»Genau!« gab Ichabod wie aus der Pistole geschossen zurück. »Warum also wurde der Kopf entfernt?« Er blickte in die Runde. Alle schauten ihn erwartungsvoll an.

»Ja, warum?« fragte Baltus.

»Ich weiß es nicht.«

Philipse nahm noch einen Schluck. Ichabod zwang sich, die Leiche zu betrachten. Sie lag ordentlich da, mit ausgebreiteten Armen, wie zur Zurschaustellung. »Sie haben die Position der Leiche verändert?« rief Ichabod plötzlich.

»Ja, ich«, bestätigte Dr. Lancaster.

Aha. Ungenaues Protokoll, wie es im Buch zur polizeilichen Vorgehensweise hieß. »Sie dürfen *niemals* die Position einer Leiche verändern!«

»Warum denn nicht?« fragte Dr. Lancaster.

»Darum!«

Die Entschiedenheit seiner eigenen Stimme überraschte Ichabod und schien die Dorfbewohner zu beeindrucken. Mit neuem Selbstvertrauen begann er, den Tatort näher zu untersuchen.

Die Menge machte Ichabod Platz, als er bei einem großen, tiefen Hufabdruck niederkniete. Er schnallte seinen Ranzen auf und holte eine Schüssel, eine Flasche Wasser und eine Tüte Gipspulver hervor. Sorgfältig und gekonnt mischte er Wasser und Pulver in der Schüssel, bis die Masse die richtige Konsistenz von Gips hatte.

»Was ist das denn für ein Gebräu?« erkundigte sich Brom.

»Sie sind doch Schmied, Brom«, entgegnete Ichabod. »Schon mal ein Pferd mit so einem großen Huf beschlagen?«

Brom nickte widerwillig. »Der ist wirklich groß.«

Ichabod schwang sich den Ranzen über die Schulter, und während der Gips trocknete, suchte er nach weiteren Abdrücken. Unter einem Haufen Laub fand er einen, der wiederum auf einen anderen verwies, weiter weg, als Ichabod erwartet hatte. Er setzte seinen eigenen Fuß in den ersten Hufabdruck, sprang dann zum nächsten, zum übernächsten und zum überübernächsten. Es sah aus, als ob er auf dem Schulhof irgendein komisches Spiel spielte.

»Der Kerl hat sie nicht mehr alle«, flüsterte Dr. Lancaster Philipse zu.

»Er hat sie nicht mehr alle, und wir werden auch zum Narren gehalten!« Philipse sprach undeutlich und etwas zu laut. »Aber im Tod sind wir alle gleich.«

»Schsch!« zischte Dr. Lancaster.

»Das sind Riesenschritte!« rief Ichabod. Während er sich umdrehte und wieder von Hufabdruck zu Hufabdruck sprang, erklärte er den merkwürdigen Weg. »Der Angreifer hat Masbath über den Haufen geritten … sein Pferd gewendet … und ist zurückgekommen« – nun stand er wieder neben dem Toten –, »um sich den Kopf zu holen.«

Sogar Brom hörte jetzt wie gebannt zu.

»Ich fasse zusammen« – Ichabods Gedanken überschlugen sich förmlich – »den Kopf mitgenommen … ein großes Pferd … Hatte dieser Mann Feinde?«

»Na ja, da war schon jemand, der ihn nicht leiden konnte«, lallte Philipse.

Ichabod wandte sich van Ripper zu. Aus dessen dumpfen Gesichtszügen schloß er, daß das Licht der Erkenntnis ihn wohl eher selten streifte. »Zeigen Sie mir, wo der Kopf gelegen hat.«

Van Ripper schluckte vor Angst und zeigte auf eine Stelle auf dem Boden. Ichabod holte eine Flasche mit einem grünen Pulver aus dem Ranzen. Davon streute er eine dünne Schicht auf die Stelle, auf die der Kopf gefallen war. Das Pulver enthielt einen Bestandteil, der bei Kontakt mit Blut schäumte. Je mehr Blut vorhanden war, desto heftiger war die Reaktion. Ichabod machte sich auf eine kleine Explosion gefaßt.

Das Pulver schäumte ganz leicht, dann passierte gar nichts mehr.

Seltsam. Hier ist immerhin einer enthauptet worden, Herrgott. »Eine chemische Reaktion«, erklärte Ichabod. »Sie zeigt, daß nur ein paar Tropfen Blut geflossen sind, mehr nicht.«

Van Ripper zuckte die Achseln. »Ich hab' keins gesehen.«

Untersuch den Rumpf auf Spuren. Ichabod schluckte seine Übelkeit hinunter. Er fischte einen Satz spitzer medizinischer Zangen und eine Brille mit herunterklappbaren Vergrößerungsgläsern aus dem Ranzen. Er wußte, daß er damit sonderbar aussah, doch so hatte er wenigstens die Hände frei. Er würde sie brauchen.

Mit der Zange in der Hand betrachtete er den Hals. Eine klaffende, böse, rote Wunde. Für einen Moment begann sich alles um ihn zu drehen. Er glaubte, ohnmächtig zu werden.

Ganz ruhig, Crane. Seine Hand zitterte unkontrolliert, als er die Zange um die Wunde schloß und an den Fleischfetzen zog. So etwas hatte er noch nie gesehen.

Verschlossen. Fest verschlossen. Als ob …

Plötzlich bewegte sich das Fleisch. Ichabod wurde blaß. Die Bewegung kam von einem Käfer, der es sich schmecken ließ.

Ichabod unterdrückte einen Schrei und sprang auf. »Interessant!« rief er aus.

»Was denn?« fragte Baltus.

»Die Wunde wurde augenblicklich ausgebrannt und zugeschmolzen, als ob die Klinge selbst rotglühend gewesen wäre. Aber es gibt keine Brandblasen, und das Fleisch ist auch nicht versengt.«

»Höllenfeuer.« schrie Philipse.

Die Dorfbewohner verzogen ängstlich das Gesicht. Ichabod konnte es ihnen nicht verdenken, ganz und gar nicht.

5

eid nüchtern und wachet« — so heißt es im ersten Petrusbrief, Kapitel fünf, Vers acht —, *»denn euer Widersacher, der Teufel, geht umher wie ein brüllender Löwe und sucht, wen er verschlingen kann ...«*

Die Worte, die Reverend Steenwyck aus einer Bibel vorlas, schallten laut über das offene Grab von Jonathan Masbath hinweg. In der eisigen morgendlichen Stille klang die Stimme des Geistlichen dumpf und hohl.

Ichabod stand neben Baltus und Lady van Tassel. Wie alle anderen hatte auch er respektvoll den Kopf gesenkt, doch seine wachsamen Augen beobachteten die Trauergemeinde.

Ein Junge stand allein neben dem Grabstein. Seine Schultern waren gramgebeugt; eine Traurigkeit, viel größer, als sie seiner Jugend zukam, schien auf ihm zu lasten. Es war Masbaths Sohn.

Nicht weit von ihm ließ Katrina ihren Tränen freien Lauf. Brom, der unbewegt und trockenen Auges neben ihr stand, hatte ihr beschützend den Arm um die Schultern gelegt. Einen Moment lang stellte Ichabod sich vor, wie es wäre, mit ihm zu tauschen.

Als der Reverend zu Ende gesprochen hatte, verließen die Dorfbewohner langsam den Friedhof. Verzweifelt versuchten sie, einander zu trösten. Ichabod ging mit den van Tassels. In seinem Kopf überschlugen sich die Gedanken. Bilder von Katrina wechselten sich ab mit Fragen zu dem Verbrechen.

Wer würde eine Wunde verschließen? Und wie? Und warum? Es gab eine Antwort, das wußte er. Doch vielleicht ging sie über das hinaus, was seine Bücher und seine Ausrüstung zu leisten vermochten. Er würde kühne, neue Methoden anwenden müssen.

»Mister Constable, Sir!«

Als Ichabod sich umwandte, stand Masbaths Sohn vor ihm. »Du bist Masbath Junior«, sagte er.

»Ich *war* Masbath Junior«, entgegnete der Junge leise, »aber jetzt bin ich der einzige Masbath. Ich stehe Ihnen zu Diensten, denn es ist Ehrensache für mich, meinen Vater zu rächen.«

Ichabod lächelte. Der Junge hatte Schneid. »Ich danke dir, einziger Masbath. Aber deine Mutter braucht dich bestimmt dringender als ich.«

»Meine Mutter ist im Himmel, Sir, und hat dort jetzt meinen Vater, der sich um sie kümmert. Aber Sie haben niemanden, der Ihnen hilft, und ich bin der Richtige für Sie.«

»Und tapfer außerdem.« Ichabod hatte Mitleid mit dem Jungen, doch er war ein junger Hitzkopf ohne Ausbildung. Bei einer objektiven polizeilichen Untersuchung würde er nur im Weg sein. »Aber ich kann nicht auf dich aufpassen, so leid es mir auch tut, daß du einen solchen Verlust erleiden mußtest, junger Mr. Masbath.«

Als Ichabod sich umdrehte und wegging, kam Richter Philipse an seine Seite getorkelt und zog ihn am Ärmel. »Constable.«

»Mr. Philipse?«

Philipse schaute sich verstohlen um, dann raunte er: »Was Sie noch wissen sollten: Jonathan Masbath war nicht das vierte Opfer, sondern das fünfte.«

»Das fünfte?«

»Ja. Fünf Tote in vier Gräbern!«

»Wie das?«

Doch aus Philipse war nicht mehr herauszubekommen, er schien von etwas abgelenkt zu werden. Ichabod folgte seinem Blick – Reverend Steenwyck beobachtete ihre Unterhaltung mit ärgerlich zusammengekniffenen Augen. Als Ichabod sich wieder umdrehte, war Philipse verschwunden, eilig in der Menge untergetaucht.

Zum Verrücktwerden. Ein Dorf voller nachtragender, zänkischer Sonderlinge. Doch Ichabod war neugierig geworden. Fünf Tote in vier Gräbern – was sollte das bedeuten? Es gab nur eine Möglichkeit, es herauszufinden, aber dazu würde er Hilfe brauchen. Hilfe von jemandem mit starken Armen und starken Nerven.

Auf dem Friedhof setzten ein paar Arbeiter gerade die Grabsteine auf zwei frische Gräber. Auf einer der Marmorflächen konnte Ichabod den eingravierten Namen *van Garrett* lesen. Ganz in der Nähe lag ein anderes neues Grab mit einem schlichten Holzkreuz. Die Witwe Winship, vermutete Ichabod.

Killian, der noch am Grab seines Freundes verweilt hatte, ging an Ichabod vorbei. Ein geeigneter Kandidat. »Mr. Killian! Ich brauche die Hilfe, die Sie mir angeboten haben.«

Killian sah ihn prüfend an, dann nickte er grimmig. Er ging mit Ichabod über die Wiese zu seinem Stall. Sobald sie eingetreten waren, blieb er plötzlich regungslos stehen und schaute sich um, als ob er spürte, daß irgend etwas nicht stimmte. Er deutete auf eine große Futterkiste an der Wand. Ichabod öffnete sie vorsichtig. In der Kiste lag, auf einem Lager aus Körnern zusammengerollt, Masbath Junior.

Ein provisorisches Zuhause, erkannte Ichabod. Wahrscheinlich das erste von vielen weiteren.

Bei diesem Anblick schmolz sein Widerstand dahin. Der Junge war Waise wie er selbst. Ichabod konnte ihm helfen, und vielleicht würde er ja im Gegenzug auch Hilfe bekommen.

»Such dir einen Platz in den Gesinderäumen der van Tassels«, sagte er zu dem Jungen. »Weck mich, bevor es hell wird. Ich hoffe, du hast gute Nerven.«

»Danke, Sir!«

Das Graben war eine dreckige, ermüdende Arbeit, die durch die stockdunkle Nacht nicht eben erleichtert wurde. Killians Laterne spendete nicht genug Licht, und seine Schaufeln und Spaten waren zu klein.

Ichabod grub Seite an Seite mit Killian, dessen beiden Gehilfen und Masbath Junior, doch trotzdem gelang es ihnen erst kurz vor Tagesanbruch, die drei Särge freizulegen: den von Peter van Garrett, Dirk van Garrett und den der Witwe Winship.

Mit einem Spaten hebelte Killian den Sargdeckel des älteren van Garrett auf. Masbath Junior würgte: Die Leiche war ganz eingefallen, verwest und von Würmern zerfressen. Der Kopf fehlte.

Nur ein Toter.

Auf Ichabods Nicken hin rückte Killian den Deckel wieder an seinen Platz zurück.

Die beiden Gehilfen fackelten nicht lange. Sie öffneten die beiden anderen Särge und stellten die Deckel daneben. Ichabod warf einen Blick in Dirk van Garrets Sarg. Auch dieser enthielt nur eine Leiche ohne Kopf. Rasch verschloß einer der Arbeiter den Sarg wieder, während Ichabod zum Sarg der Witwe Winship ging und mit einer Laterne hineinleuchtete.

Auch sie ist allein. Zusammen mit Masbath ergibt das vier Tote in vier Gräbern.

Das Ganze war reine Zeit- und Energieverschwendung gewesen. Auf Philipse' Worte durfte er nichts mehr geben; er war ein betrunkener Spinner. Ichabod wandte sich ab, woraufhin einer der Männer begann, den Sargdeckel wieder aufzusetzen.

Es sei denn ...

»Wartet!« Er kniete sich neben den Sarg auf den Boden. Die Witwe Winship lag unter einem Leichentuch. Mit einem Taschenmesser schlitzte Ichabod den Stoff über ihrem Unterleib auf und versuchte, eine Schwellung zu ertasten. Eine Schwangerschaft würde die Zahl der Toten auf fünf erhöhen.

Die Frau hatte eine Stichverletzung unterhalb der Magengegend. Falls sie schwanger gewesen war, wäre das Kind sofort tot gewesen. Doch das ließ sich so unmöglich feststellen. Er würde die Tote aufschneiden müssen.

Ichabod beugte sich tiefer über sie und zückte sein Messer.

»Aah!«

Ichabod blieb fast das Herz stehen. Aus dem Dunkel der Nacht tauchte eine geisterhafte Gestalt mit dürren Beinen und dickem Bauch im weißen Nachthemd auf und schwankte mit einer Laterne in der Hand auf sie zu.

»Sakrileg!«

Ichabod erkannte die Stimme und das Profil sofort. Es war Reverend Steenwyck, dessen Gesicht da so verzerrt und fahl im Schein der Laterne schimmerte. Er atmete tief durch. Kein Grund zur Beunruhigung. Steenwyck war nichts als ein frömmlerischer alter Narr.

»Wissenschaft!« gab Ichabod zurück. »Wissenschaft, Reverend Steenwyck! Irgend jemand in Sleepy Hollow benutzt die Geschichte vom Kopflosen Reiter für seine eigenen mörderischen Absichten, und ich gedenke, der Sache auf den Grund zu gehen!«

Reverend Steenwyck wurde leichenblaß und wich zurück, worauf Ichabod sich wieder an die Arbeit machte.

Bevor es hell wurde, mußten die van Garretts wieder begraben und die Witwe in ein Haus gebracht werden, wo man vor den haßerfüllten Blicken Steenwycks und seiner Gefolgsleute geschützt war.

Grau und nebelverhangen war der Tag angebrochen, als Ichabod an Dr. Lancasters Tür klopfte. Ungehalten öffnete der Doktor und schien gerade eine Schimpfkanonade loslassen zu wollen, doch sein Gesichtsausdruck schlug in blankes Entsetzen um, als sich Killian, Masbath Junior und Ichabod mit dem Sarg an ihm vorbeidrängten. Sie gingen schnurstracks ins Behandlungszimmer.

»Das ist äußerst unüblich, Constable!« brüllte Dr. Lancaster.

»Das will ich hoffen, Herr Doktor, aber in diesem Fall ist es unumgänglich«, beharrte Ichabod, während er und Killian den Sarg auf den Boden stellten. »Ich muß operieren.«

»Operieren?« ereiferte sich der Doktor. »Sie ist doch tot!«

»Mit ›operieren‹ meine ich natürlich, nun ja, daß ich den Operationstisch brauche«, erklärte Ichabod. »Legt sie bitte zurecht.« Masbath Junior wich schaudernd zurück. »Komm schon«, sagte Ichabod. »Du brauchst keine Angst zu haben.«

Während die beiden die Tote aus dem Sarg hoben, studierte Ichabod sorgfältig die Aufzeichnungen in seinem Notizbuch, in der Hoffnung, einen Abschnitt oder einen Hinweis darauf zu finden, daß er auf dem richtigen Weg war. »Irgend etwas haben diese Opfer gemeinsam«, murmelte er.

»Und was soll das sein?« fragte Dr. Lancaster.

Mit einem tiefen Seufzer schloß Ichabod das Buch. »Ich weiß es nicht.«

Der Leichnam lag nun auf dem Operationstisch; er war dreckverschmiert und stank. Masbath Junior stolperte in eine Ecke und hielt sich den Magen.

Ichabod untersuchte zunächst den Hals, dann die Stichverletzung. »Die Wunde am Hals ist auch bei ihr zugeschmolzen, ebenso die Verletzung durch den Schwerthieb, der sie in der Magengegend getroffen hat. Vielleicht aufgrund eines chemischen Mittels. Aber zu welchem Zweck?«

Behutsam legte er der Toten die Hand auf den Unterleib, drückte darauf und tastete nach etwas, das ein Kind der Witwe hätte gewesen sein können.

Der Doktor wurde zornig: »Welchen Zweck verfolgen *Sie* eigentlich, das ist doch die Frage.«

Er ahnt, was ich vorhabe. Natürlich, er ist Arzt und muß es ja wissen.

Ichabod konnte nichts Eindeutiges ertasten. Es war nicht möglich, auf diese Weise Gewißheit zu erlangen. Er würde auf präzisere Methoden mit seinen Instrumenten zurückgreifen müssen – eine hervorragende Gelegenheit, diese erstmals auszuprobieren.

Aus seinem Ranzen beförderte er eine Handvoll chirurgischer Instrumente aus Metall zutage, sorgfältig in ein Samttuch eingerollt, welches er nun auf einem Tisch ausbreitete.

»Was sind das denn für Instrumente?« wollte Dr. Lancaster wissen.

»Nach meinen Entwürfen hergestellt«, antwortete Ichabod.

Ein Skalpell. Eine Spreizvorrichtung. Eine Klemme.

Zuerst mußte er den Schnitt setzen … aber wo?

Während sein Blick von dem Tisch zu der Toten wanderte, starrten Killian, Lancaster und Masbath Junior ihn an. Neugierig. Skeptisch. Angewidert.

»Geh nach draußen«, sagte Ichabod zu Masbath Junior. »Vielen Dank für Ihre Hilfe, Mr. Killian. Und wenn ich Sie auch bitten dürfte, Herr Doktor – ich kann mich nicht gut konzentrieren, wenn mir jemand zuschaut.«

Masbath Junior tappte eilig hinaus, gefolgt von den beiden anderen. Ichabod wartete, bis sich die Tür hinter ihnen geschlossen hatte, dann holte er ein großes Buch aus seinem Ranzen: *Anatomie des Menschen*. Er öffnete es auf der entsprechenden Seite, schaute sich die Zeichnungen genau an und versuchte, sich möglichst viel einzuprägen. Dann griff er zum Skalpell. Das Buch ließ er sicherheitshalber aufgeschlagen liegen.

Eine Stunde später kam Ichabod aus dem Behandlungszimmer. Er wischte sich die Hände gründlich an einem Tuch ab, wobei er sich wünschte, er könnte das, was er soeben gesehen hatte, ebenfalls aus seinem Gedächtnis wischen.

Zu Dr. Lancaster, Masbath Junior und Killian hatten sich inzwischen Reverend Steenwyck, Richter Philipse und einige andere Dorfbewohner gesellt. Beim Anblick von Ichabods blutbefleckten Händen lief ein Schauder des Entsetzens durch die kleine Gruppe, mit Ausnahme von Philipse, der nur ein bißchen schwankte und einen rülpsenden Laut von sich gab.

»Ich bin fertig«, sagte Ichabod.

»Was haben Sie mit ihr getan, in Gottes Namen?« fragte Reverend Steenwyck. »Richter Philipse, Sie sind hier der Arm des Gesetzes. Legen Sie ihn in Eisen!«

Philipse nahm einen Schluck aus seinem Flachmann und sah Ichabod zögernd an. »Und, was haben Sie herausgefunden, Constable?«

»Daß es nicht vier Tote sind, sondern fünf«, erwiderte

Ichabod. »Die Witwe Winship trug ein Kind unter dem Herzen.«

»Na und?« wetterte Dr. Lancaster. »Man hätte sie in Ruhe Frieden mit Gott schließen lassen sollen, statt sie von der Polizei zerstückeln zu lassen!«

Ichabod erschrak: Diese Worte hatte er schon einmal gehört, aus dem Mund eines kultivierten Städters, eines Fachmanns auf der Polizeiwache: von seinem Vorgesetzten, dem High Constable. Das schnitt ihm sozusagen ins Herz.

Als er seinen Blick über die Gesichter im Raum schweifen ließ, stieß er auf Entsetzen, Ekel und Verwünschungen – und all das galt ihm. Er hatte sich keine Freunde geschaffen.

Durchhalten. Nicht zweifeln. Die Seele der Witwe hat ihren Frieden mit Gott geschlossen. Das hier ist nicht mehr die Witwe Winship, es ist nichts als ein Körper.

»Das Schwert wurde ihr in die Gebärmutter gestoßen, nicht weiter«, berichtete Ichabod. »Ein symbolischer Mord. Wir haben es hier mit einem Verrückten zu tun.«

Ein ganzer Tag – und keine weiteren Hinweise.

Ichabod betrachtete seinen und Gunpowders langen, tanzenden Schatten, der gegen die Bäume der Western Woods geworfen wurde. Auf dem Weg vom Dorf zum Anwesen der van Tassels hielt er nach einer verlorengegangenen Waffe Ausschau, nach einem Kleidungsstück, nach irgend etwas, das es ihm erlauben würde, eine Theorie zu ersinnen. Er würde eine brauchen, und zwar schon bald.

Die Ereignisse des Morgens hatten in Sleepy Hollow für Aufregung gesorgt. Gerüchte und Verleumdungen machten die Runde: Ichabod sei ein Betrüger, ein Perverser, der Umgang mit dem Teufel habe. Daß er in New York wohnte, schien dies hinlänglich zu bestätigen.

Hatte sich die Untersuchung des Leichnams gelohnt? Was war mit dem toten Kind? Warum war es wichtig? Wer war der Vater?

Die Fragen blieben, während das Tageslicht schwand. Unter den dichten, düsteren Ästen wich der Nachmittag rasch dem Abend. Ichabod hörte das Rauschen eines Flusses und steuerte darauf zu, in der Hoffnung, nicht mehr weit von der überdachten Brücke entfernt zu sein, die zum Gelände der van Tassels führte.

Als die lange, hölzerne Überdachung der Brücke in Sicht kam, lächelte Ichabod erleichtert. Das Geklapper von Gunpowders Hufen klang laut und rhythmisch auf den Brückenplanken, und in dem langen Gang hörte man ihr Echo widerhallen. Durch die Zeitverzögerung entstand der Eindruck, ein weiteres Pferd hätte die Brücke betreten.

Nach kurzer Zeit schien das Echo einen eigenen Rhythmus anzunehmen, doch als Ichabod sich umdrehte, hörte das Getrappel auf. In der Dunkelheit hinter sich konnte er nichts erkennen. »Wer ist da?« rief er.

Keine Antwort. *Es war nur das Echo. Deine Nerven sind überreizt, das ist alles.*

Ichabod begann, vor sich hin zu summen. Gunpowder war am Ende der Brücke angekommen und hatte bald wieder festen Boden unter den Hufen. Doch die Hufschläge hinter ihnen waren immer noch zu hören. Ichabod riß Gunpowder herum und stand nun der Brücke genau gegenüber. Aus der dunklen Öffnung der Überdachung tauchte ein Pferd auf. Seine Augen glänzten wachsam im Mondschein, als es langsam auf sie zu kam. Zuerst war ein langer Hals zu sehen, dann ein kräftiger Widerrist, schließlich auch der Reiter, der hohe, blankgeputzte Stiefel und einen langen Umhang trug. Ichabod kniff die Augen zusammen, um das Gesicht des Mannes zu erkennen.

Er hatte keins. Über seinen Schultern war nichts.

Ichabod stieß Gunpowder die Absätze in die Flanken. Das Pferd raste los in den Wald; vor lauter Angst lief es schneller, als Ichabod es je für möglich gehalten hätte.

»Los!« schrie Ichabod.

Gunpowder sprang über Stock und Stein, und als sie auf freiem Feld waren, stürmte er so behende vorwärts wie ein Pferd, das gerade einmal halb so alt war. Doch hinter ihnen wurden die Hufschläge lauter.

»Uaah!«

Der Schrei klang schauerlich und schien von den Bäumen selbst zu kommen. Ichabod schaute über die Schulter zurück. Der Reiter holte zu einem Wurf aus. Etwas Großes, annähernd Rundes flog auf Ichabod zu – mit drei klaffenden Löchern, aus denen Flammen schlugen. Zwei Augen und ein Mund. *Ein Kopf.*

Ichabod schrie auf. Der Kopf traf ihn im Gesicht, so daß er stürzte. Um ihn herum waren überall Flammen; sie züngelten am Unterholz empor, und auch die Fleischfetzen, die zu Boden fielen, fingen Feuer.

Das Hufgetrappel kam näher und wurde langsamer. Das war nicht nur ein Pferd, sondern eine ganze Herde. Ichabod versuchte etwas zu erkennen, doch der Weg lag völlig im Dunkeln. Als er sich wieder aufrappelte, wäre er beinahe auf die Reste von verbranntem Fleisch getreten.

Nein. Kein Fleisch. Ein süßer, vertrauter Duft lag in der Luft – Kürbis! Ichabod schaute sich um. Aus einem Grasbüschel grinste ihn spöttisch ein Stück einer Kürbislaterne an. Angsthase, der er war. Daneben lag eine glimmende Papierkugel.

Nun bauten sich Pferd und Reiter vor ihm auf; im fahlen Mondlicht sah Ichabod die Silhouette der lächerlich breiten Schultern. Der Kopflose Reiter griff nach dem Kragen seines Umhangs und zog fest daran.

Er war gar kein Ungeheuer. Vor Ichabod stand Brom van Brunt.

6

*I*chabod! Ichabod!« Er träumt. Soviel weiß er. Auch die Stimme, die ihn ruft, kennt er, eine hinreißende Frauenstimme.

Die bedrohlichen Gedanken verflüchtigen sich. Die Verfolgungsjagd. Broms Streich. Wie Brom und seine Freunde Glen und Theodore im Wald über ihn gelacht hatten, sich an seinem Entsetzen geweidet und sich auf Kosten seines klaren Verstandes über ihn lustig gemacht hatten.

Sie hatten ihn dort sich selbst überlassen, so daß er allein das Feuer austreten mußte. Nur Gunpowder war bei ihm geblieben. Jetzt ist er in Sicherheit, in seinem Zimmer bei den van Tassels. Katrina ist auch im Haus, sie schläft in ihrem Zimmer ganz in der Nähe.

In seinen Träumen ist sie ihm sogar noch näher.

Sie hat die Augen verbunden, so wie im Salon, als er sie zum ersten Mal gesehen hatte. Aber dort ist sie jetzt nicht, sie ist überhaupt nicht im Haus der van Tassels, sondern steht in einer Küchentür. Die Küche seiner Familie, in seinem Elternhaus. Sie hat die Arme weit ausgebreitet, und er läuft auf sie zu, über den Hof. Das hohe Gras streift seine Beine, und ihm wird klar, daß er kein Mann mehr ist. Er ist wieder ein Junge, vielleicht sieben Jahre alt, und in der Hand hat er Wildblumen, die er gepflückt hat. Für sie. Immer für sie.

Katrina lacht, als er an ihr vorbei in die Küche stürmt. Mit ausgestreckten Armen folgt sie ihm unbeholfen, die kleine Hex'.

Er versucht, nicht zu lachen. Ganz still zu sein. So geht

Sleepy Hollow

Ein ruhiger Ort ohne jede Besonderheit. ›Ein bißchen zu ruhig‹, dachte Ichabod (Johnny Depp).

Oben: Bevor Ichabod protestieren konnte, drückte Katrina Van Tassel (Christina Ricci) ihm die Lippen auf die Wange.
Unten: Baltus Van Tassel (Michael Gambon) und seine Gattin Lady Van Tassel (Miranda Richardson).

Oben: Ichabod zwang sich, die Leiche zu betrachten. Neben ihm v.l.n.r.:
Baltus, der Bürgermeister Philipse (Richard Griffiths) und
Dr. Lancaster (Ian McDiarmid).
Unten: Ichabod begann seine Untersuchungen.

*Die Worte, die Reverend Steenwyck (Jeffrey Jones)
aus seiner Bibel vorlas, schallten laut über das offene Grab
von Jonathan Masbeth hinweg.*

*Oben: Ein Junge stand allein neben dem Grabstein –
Es war Masbeths Sohn (Marc Pickering).
Unten: Erst kurz vor Tagesanbruch gelang es Ichabod, Killian
(Steven Waddington) und Masbeth Junior, die Särge freizulegen.*

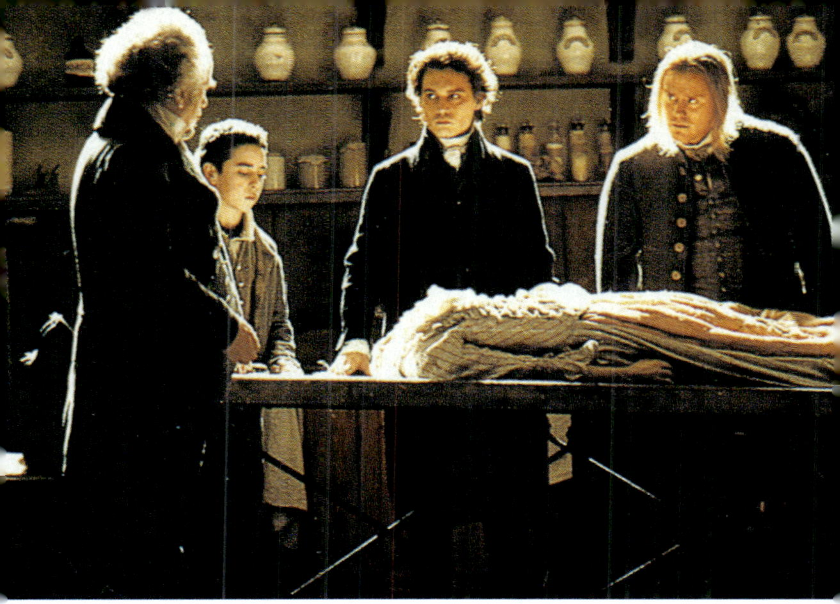

Oben: Der Leichnam der Witwe Winship lag nun auf dem Operationstisch. »Ich muß operieren« sagte Ichabod zu dem Arzt. Unten: Katrina blickte erschreckt auf, als ob sie Angst hätte, ertappt zu werden.

Der Kopflose Reiter hat im Hause der Killians zugeschlagen.

das Spiel. Doch die Erwartungen sind übermächtig. Die Angst, daß sie ihn erwischt. Die Hoffnung, daß sie ihn erwischt. Er möchte am liebsten aufkreischen.

»Aah!« schreit sie und stürzt auf ihn zu.

Jetzt hat sie ihn. Er quietscht vor Vergnügen.

Sie hat so lange Arme, so liebevoll und kuschelig und beschützend. Sie gibt ihm einen Kuß und nimmt sich die Augenbinde ab.

Es ist gar nicht Katrina. Es ist seine Mutter. Jung und schön und lieb, genau wie er sie in Erinnerung hat. Er gibt ihr die Wildblumen, und sie jauchzt vor Freude auf, zieht eine heraus und steckt sie sich ins Haar, in ihr glänzendes, vollkommenes Haar.

Und dann, als er gerade auf einer Wolke des Glücks davonschweben will, schleudert sie die Blumen ins Herdfeuer. Als sie in Flammen aufgehen, steigen Rauchwölkchen auf, doch er ist ihr nicht böse.

Sie hockt sich ans Feuer und winkt Ichabod zu sich heran. Mit geschlossenen Augen atmet sie den süßen, berauschenden Duft ein, dann greift sie zu einem Zweig und beginnt, seltsame magische Zeichen in die Asche zu malen. Sie sind zauberhaft, aber gefährlich, deshalb darf Ichabod sie nicht anschauen.

Er wird von einer plötzlichen Bewegung abgelenkt. Die Tür! Sie öffnet sich von allein. Ganz langsam.

Zauberei.

Nein, es ist nur die Katze mit ihrem schwarzen, samtigen Fell und der einen weißen Pfote, die immer aussieht wie ein schneebedecktes Stiefelchen. Sie schleicht sich herein, doch sie ist nicht allein: Etwas anderes Schwarzes erscheint im Türrahmen, bedrohlich und zugleich vertraut. Ichabod setzt sich gerade hin und wirft der Mutter einen warnenden Blick zu. Er darf nicht sehen, was sie da tut.

Abrupt aus ihren Träumereien herausgerissen, stellt sie sich vor das Feuer. Sein Vater kommt herein, den durchdringenden Blick fest auf die Mutter gerichtet.

Er weiß es.

Der Traum verblaßt, dafür erscheint nun ein anderer …

Es ist Nacht. Ichabod liegt im Bett in seinem Zimmer, neben sich die schwarze Katze mit der weißen Pfote. Beide schauen Mutter zu, die eine Papierscheibe hochhält, ein neues Spielzeug. Auf der einen Seite der Scheibe sieht man einen Käfig, auf der anderen einen Vogel. An einer Schnur mit einer Schlaufe am Ende kann man die Scheibe drehen.

Mutter beginnt, die Scheibe kreiseln zu lassen. Vogel und Käfig verschwimmen für einen Moment, dann taucht der Vogel wieder auf: im Käfig. Eine optische Täuschung. Wundervoll. Ichabod kann den Blick gar nicht davon abwenden.

Plötzlich erschüttert ein Donnerschlag das Zimmer. Mit lautem Knall fliegt das Fenster auf. Die Katze springt vom Bett, doch als ein Blitz herunterzuckt, scheint sie zu erstarren. Das Spielzeug fällt zu Boden.

Ichabod vergräbt sich in den Kissen und zieht sich die Decke übers Gesicht. Er spürt, wie seine Mutter ihn sanft in die Arme nimmt.

Beschütztwerden. Wärme. Liebe.

Ichabod schreckte aus dem Schlaf empor. Sein Nacken war verschwitzt, die Bettwäsche ganz klamm. Die Luft war schneidend kalt, das Feuer im Kamin erloschen; und es war niemand mehr wach, um es wieder anzuzünden.

Er würde nicht mehr schlafen können, soviel stand fest. Er war völlig durchgefroren, außerdem verfolgte ihn sein Traum. Es tat weh, an Mutter zu denken, zu weh.

(»Sie ist selbst schuld, mein Sohn. Bald müssen wir alle für unsere Sünden büßen.«)

Nein. Er mußte Vaters Gedanken abwehren. Eine lange Zeit waren sie ihm nicht mehr in den Sinn gekommen, und so sollte es auch sein.

Manche Fragen bleiben besser unbeantwortet. Am besten, man vergißt sie ganz. Ichabod zündete eine Lampe an, und allmählich konnte er in dem flackernden Schein etwas erkennen: seinen Koffer, seine Kleidung, seine Bücher und das aufgeschlagene Notizbuch auf dem Tisch.

Mein Leben. Meine Aufgabe. Nicht seine. Niemals seine. Es gab noch viel zu tun. Ichabod war jetzt hellwach. Es wäre eine Schande, Zeit zu vergeuden.

Aber dieser Raum war ungeeignet. Er würde in einen anderen Raum gehen, damit er den Kopf freibekam von dem Traum und dem tiefsitzenden Schock, den er durch Broms Streich am Vorabend erlitten hatte und der sich nun, da der Traum verblaßte, noch höher vor ihm aufzutürmen schien. Vielleicht würde ihn eine kleine Zwischenmahlzeit oder eine Tasse warmer Milch bei der Arbeit beruhigen.

Er stand auf, nahm sein Notizbuch und schlich mit der Lampe in der Hand auf Zehenspitzen aus dem Zimmer und nach unten. In der Küche war niemand. Als er das Notizbuch auf den Tisch legte, bemerkte er einen Lichtschein am anderen Ende des Korridors. Da war noch ein Raum erleuchtet, war noch jemand wach.

Neugierig begab er sich zum Ursprung des Lichts, einem kleinen Nähzimmer. Dort saß Katrina und las. Im Kerzenschein schimmerte der Titel ihres Buchs auf: eine Kindergeschichte, *Die Ritter der Tafelrunde.*

Sie blickte erschreckt auf, schloß das Buch und bedeckte es mit den Armen, als ob sie Angst hätte, ertappt zu werden.

67

»Oh … entschuldigen Sie die Störung«, sagte Ichabod. »Ich habe gesehen, daß Licht brannte.«

»Sie stören nicht«, erwiderte Katrina. »Ich setze mich zum Lesen hierher, wenn ich nicht schlafen kann.«

»Zum Lesen von Büchern, die keiner sehen soll?«

»Sie haben meiner Mutter gehört. Meinem Vater waren sie damals schon ein Dorn im Auge, und ebenso wäre es ihm ein Dorn im Auge, daß ich sie jetzt lese. Er glaubt, daß solche Abenteuerromane die Ursache der Hirnhautentzündung waren, an der meine Mutter gestorben ist. Mitten im Winter, vor bald zwei Jahren.«

Hirnhautentzündung. Katrina wußte, woran ihre Mutter gestorben war. Deren Todesursache hatte einen Namen. Ichabod fragte sich, ob ihr klar war, wie wichtig dieses Wissen war, und wie elend man sich fühlte, wenn man über dieses Wissen *nicht* verfügte.

Er nickte traurig. »Ich habe es vorne in der Bibel gelesen.«

»Die Schwester, die sich während ihrer Krankheit um sie gekümmert hat, heißt jetzt Lady van Tassel.«

Merkwürdig. Ichabod hätte Baltus nicht für jemanden gehalten, der sich der erstbesten mitfühlenden Frau in die Arme warf. »Noch etwas stand dort geschrieben. Warum hat niemand etwas davon gesagt, daß die van Garretts Blutsverwandte der van Tassels sind?«

»Ach, weil in kaum einem Haus in Sleepy Hollow Leute wohnen, die nicht mit allen anderen im Dorf durch Abstammung oder Heirat verwandt sind. Ich habe mehr Cousinen und Cousins, als ich an meinen Fingern und Zehen abzählen kann.«

»Verstehe.«

Draußen krähte ein Hahn. Vor dem Fenster sah Ichabod eine zögernde, silbergraue Dämmerung heraufziehen und fragte sich, wie oft der Morgen wohl noch grauen mußte, bevor er in diesem Fall weiterkam.

»Diese Ländereien haben den van Garretts gehört«, erklärte Katrina. »Mein Vater hat sie bekommen, als ich noch in den Windeln lag.«

»Von dem verstorbenen van Garrett?«

Katrina nickte. »Die van Garretts waren damals schon die reichste Familie in dieser Gegend. Als mein Vater mit uns nach Sleepy Hollow gezogen ist, hat van Garrett ihm einen Morgen Land, ein baufälliges Cottage und ein Dutzend seiner Hühner geschenkt. Mein Vater hat einigen Erfolg gehabt und uns ein neues Haus gebaut. Ihm verdanke ich mein ganzes Glück. Ich erinnere mich noch gut, wie wir in Armut in dem Cottage gelebt haben. Soll ich es Ihnen mal zeigen?«

Daß sie wußte, was es bedeutete, arm zu sein, machte Katrina in Ichabods Augen nur noch wertvoller. Mit jedem Satz zog sie ihn mehr in ihren Bann.

»Ja«, sagte er. »Ich würde gerne sehen, wo Sie gelebt haben, als Sie so arm waren, wie ich es heute bin.«

Katrina erhob sich. Unter dem Saum ihres Kleides, der nun ein Stückchen über dem Boden hing, kam ein dünnes, zerfleddertes Buch mit festem Einband zum Vorschein. Sie hob es auf und reichte es Ichabod. »Hier, das schenke ich Ihnen.«

Ichabod schlug das Buch auf. Das Herz wurde ihm schwer, als er den Titel las: *Handbuch der magischen Zaubersprüche, Beschwörungsformeln und Symbole.*

»Aber ich brauche keine …«

»Sind Sie sich immer so sicher?«

Ichabod gab keine Antwort. Das Buch war ein Geschenk, mit dem sie ihm etwas sagen wollte, sozusagen ein Bindeglied zwischen ihnen. Verlegen blätterte er es durch. Auf der freien Seite am Anfang stand Katrinas Name, darunter der von Elizabeth van Tassel.

»Es hat Ihrer Mutter gehört?«

»Tragen Sie es immer bei sich. Dann kann Ihnen nichts geschehen.«

Ichabod lächelte. »Sind Sie sich immer so sicher?«

Ihr forschender Blick, ihre Augen, die alles zu sehen schienen, erfüllten ihn mit Unbehagen und Furcht und mit tiefer, tiefer Dankbarkeit. Er legte das Buch zu den anderen auf seinem Schreibtisch. Es gab eine Art von Aberglauben, die man respektieren mußte.

Während Ichabod und Katrina über die Wiesen ritten, bildete der verdunstende Tau um die Hufe ihrer Pferde wabernde Schleier, so als ob sie auf Wolken schwebten.

Das Cottage stand verfallen am Rand eines großen Gehöfts. Nur ein Kamin und ein Teil des Schornsteins waren noch erhalten. Ichabod stieg ab und hielt Katrina die Hand hin. Sie ergriff sie und sprang anmutig auf den weichen Boden, doch als er sie loslassen wollte, hielt sie ihn fest. Sie betrachtete seine Handfläche, die Narben, und nahm auch noch seine andere Hand.

»Die sehen ja seltsam aus. Woher haben Sie die?«

»Ich wünschte, das wüßte ich«, antwortete Ichabod. »Ich habe sie schon, solange ich denken kann.«

Zum ersten Mal im Leben hatte Ichabod nicht das Bedürfnis, seine Narben zu verbergen. Wie seltsam und wunderbar, nicht unsicher oder verlegen zu sein. Katrina sah ihn an, und in ihren Augen lag kein Urteil. Sie gaben ihm etwas, sagten ihm, daß er nicht allein war.

Als sie sich umdrehte und über die Schwelle des Cottages oder das, was von dieser Schwelle übrig war, ging, fiel Ichabods Blick auf etwas Hellrotes, das über ihm in den Zweigen aufblitzte. Ein Kardinal. Er lächelte:

Es war, als wäre ihm sein zahmer Vogel gefolgt. Ein gutes Omen, dachte er – wenn man an so etwas glaubt.

»Vor diesem Kamin habe ich immer gespielt«, sagte Katrina. Sie hockte neben den Ziegeln, ihm zugewandt, und flocht sich eine Blume ins Haar. »Hier habe ich Zeichnen gelernt, und meine Mutter war meine Lehrerin.«

Sie hob einen Zweig auf und begann, etwas in den Schmutz zu zeichnen. Ichabod sah ihr zu. Dabei bemerkte er, daß aus den Ritzen im rußgeschwärzten Boden des alten Kamins Wildblumen wuchsen. Plötzlich fühlte er sich ganz benommen: diese Ähnlichkeit mit … womit?

Die Blumen. Das Zeichnen. Das Haar.

»Oh, sehen Sie mal!« Katrina wischte mit dem Ärmel über die Rückwand des Kamins. Eine eingemeißelte Figur kam zum Vorschein, ein Mann mit Pfeil und Bogen. »Das hatte ich ganz vergessen! Sehen Sie? Der Bogenschütze, hinter dem Feuer in die Wand geritzt, lange bevor wir hier gelebt haben.«

Mein Traum. Es war genau diese Szene. Doch jetzt war Katrina seine Mutter und tat genau, was diese in der Küche getan hatte.

Katrina sah ihn forschend an. »Alles in Ordnung?«

Ichabod verscheuchte das Bild und nickte. Es gelang ihm, unbefangen zu lächeln.

»Oh, schauen Sie mal, ein Kardinal!« Katrina zeigte hinauf in den Baum. »Ich hätte so gern einen zahmen, aber ich würde es nicht übers Herz bringen, ihn in den Käfig zu sperren.«

Ichabod zog sich den Ranzen von der Schulter. »Dann habe ich etwas für Sie.« Behutsam holte er etwas heraus, das er aus New York mitgenommen hatte. Es hatte absolut keine Bedeutung für seinen Fall, trotzdem war es das einzige, was er einfach hatte mitnehmen müssen, und sei es nur, weil er es vermißt hätte, falls während seiner Abwesenheit seine Wohnung ausgeraubt werden sollte. Er besaß es seit seiner Kindheit: eine Spielzeug-Papier-scheibe mit einem Vogel und einem Käfig.

»Auf der einen Seite ein Kardinal, auf der anderen ein leerer Käfig. Und jetzt ...« Er ließ die Scheibe rotieren. Ihre beiden Seiten verschmolzen miteinander, so daß der Vogel im Käfig saß.

»Sie können ja zaubern!« Katrina grinste. »Zeigen Sie mir, wie das geht!«

»Das ist keine Zauberei. Es ist Optik.« Er reichte ihr das Spielzeug und zeigte ihr den Drehmechanismus. »Verschiedene Bilder erscheinen durch die Drehung als ein einziges ... so wie die Wahrheit, die ich hier zusam-mensetzen muß.«

Katrina hielt die Schnur fest. Ichabod betrachtete den Spielzeugvogel, der frei und arglos am Rand der Scheibe saß und nichts von dem Gefängnis ahnte, das sich in beruhigend sicherer Entfernung zu befinden schien. Nun gab Katrina der Scheibe einen kräftigen Schwung. Der Käfig rührte sich natürlich nicht von der Stelle, ebenso-wenig wie der Vogel. Und doch war die Falle allgegen-wärtig, ganz wie im richtigen Leben. Es kam nur darauf an, wie man die Sache betrachtete.

7

*I*chabod stand in der Dunkelheit auf Beobachtungs-
posten. Trotz der vorgerückten Stunde brannte bei
Richter Philipse noch Licht. Er hatte Besuch: Reverend
Steenwyck, Dr. Lancaster und den Notar Hardenbrook.
Doch es war kein freundschaftliches Treffen. Wild gesti-
kulierend redeten die drei Männer lautstark auf Philipse
ein, während dieser einen Koffer packte.

Er haut ab. Ergreift die Flucht. Philipse war der einzige
gewesen, der ihm wenigstens ein bißchen geholfen hatte.
Ihm war bekannt gewesen, daß die Witwe Winship ein
Kind erwartete. Zweifellos wußte er noch mehr. Ichabod
konnte es sich nicht leisten, Philipse zu verlieren.

In seinem Versteck gegenüber dem Haus bestieg
Ichabod lautlos sein Pferd. Er mußte den Richter abfan-
gen, vielleicht auf der Straße außerhalb des Dorfes, außer
Reichweite der drei, die sich überall einmischten. Er
wendete Gunpowder und lenkte ihn behutsam auf die
Straße; erst nach und nach trieb er ihn zu einer immer
rascheren Gangart an, bis sie schließlich davongaloppier-
ten. Ein Stück weiter dirigierte er das Pferd in ein
Dickicht, um dort zu warten.

Es schien Stunden zu dauern, bis er das Pferd des
Richters näher kommen hörte. Aus Protest gegen das
schwere Gepäck auf seinem Rücken schnaubte es
laut. Ichabod und Gunpowder waren mucksmäuschen-
still, bis das Pferd fast genau auf ihrer Höhe war, dann
stürzten sie aus dem Dickicht hervor, versperrten
dem Richter den Weg, und Ichabod ergriff das Pferd
beim Zügel.

Der Alte wäre beinahe heruntergefallen. »Was machen Sie denn da? Lassen Sie los!«

»Wovor laufen Sie weg, Richter Philipse?«

»Verdammt noch mal, Crane!«

»Schsch! Sie wecken ja das ganze Dorf auf.« Ichabod beugte sich zu Philipse hinüber. »Sie waren doch gewillt, mir zu helfen.«

Philipse schaute über die Schulter zurück und senkte seine Stimme zu einem erregten Fauchen. »Ja, und seitdem habe ich Todesangst vor ...«

»Wovor?«

»Vor Mächten, gegen die man völlig wehrlos ist.«

»Woher wußten Sie, daß die Witwe ein Kind erwartet hat?«

»Sie hat es mir erzählt.«

»Daraus schließe ich, daß Sie der Vater waren.«

»Ich hoffe, in Ihrem Kampf gegen den Hessen ziehen Sie bessere Schlüsse«, schnauzte Philipse. »Ich war nicht der Vater.«

»Hat sie Ihnen den Namen des Vaters genannt?«

»Ja ... das hat sie.«

Das entfernte Blöken von Schafen lenkte Ichabod kurz ab, doch er achtete nicht weiter darauf. Endlich wurde Philipse weich.

»Sie ist zu mir in meiner Eigenschaft als Richter des Dorfes gekommen«, berichtete der Alte, »um mich um Rat zu fragen ... und die Rechte ihres Kindes zu wahren. Aufgrund meiner Schweigepflicht durfte ich das Geheimnis niemandem verraten.«

»Glauben Sie, der Vater hat sie umgebracht?«

Philipse starrte ihn feindselig an. »Der Kopflose Reiter hat sie umgebracht! Sie Vollidiot, glauben Sie etwa, der nimmt sich Zeit, mit unseren Frauen anzubandeln?«

»Der Kopflose Reiter?« Ichabod spürte die Wut in sich

aufsteigen. »Wie oft soll ich Ihnen denn noch sagen, es gibt keinen Kopflosen Reiter! Es hat nie einen gegeben und wird auch nie einen geben!«

Der alte Richter wich zurück, doch Ichabod versuchte, ihn festzuhalten. Dabei schloß sich seine Hand um ein Amulett, das Philipse um den Hals hängen hatte, einen eisernen Schlüssel.

»Lassen Sie los!« wehrte Philipse ab. »Das ist mein Talisman, der mich vor dem Kopflosen Reiter beschützt!«

»Wie können Sie als Richter nur so einen Unsinn glauben? Also, jetzt sagen Sie mir, wer der Vater ...«

Plötzlich waren die Schafe da. Ohne daß ein Schäfer in Sicht war, stürmten sie donnernd über die Straße, mit einem Getöse wie eine Herde Nashörner. Gunpowder bockte und wieherte, Philipse' Pferd bäumte sich auf, über ihnen flatterte ein Vogelschwarm auf wie eine schwarze Wolke, dazu begann auch noch der Wind zu heulen.

Ichabod schaute zum Wald hinüber, wo die Bäume sich zur Seite neigten und etwas Tiefschwarzem Platz machten. Brom, dachte Ichabod. Aber Broms Pferd war nicht so laut wie Kanonendonner gewesen, und als es sich näherte, hatten auch nicht sämtliche Tiere in Panik die Flucht ergriffen.

»O weh«, jammerte Philipse kläglich, »o weh, o weh ...« Während er seinem Pferd verzweifelt die Sporen gab, schien der Wald auseinander zu bersten, und aus dem Dunkel tauchte plötzlich ein riesiges Pferd auf. Mit seinem mächtigen Rumpf sprang es über dornige Zweige, als wäre es auf der Flucht – doch es stürmte geradewegs auf Ichabod zu.

Auf dem Pferd saß ein Mann ohne Kopf.

Mit bebenden Fingern griff Ichabod nach seiner Pistole. Ein Windstoß brachte ihn aus dem Gleichgewicht, so daß er in Todesangst davonstolperte, aber schon war das Pferd an ihm vorbei und hatte Philipse beinahe eingeholt.

Der Kopflose Reiter zog sein Schwert aus der Scheide, das unwahrscheinlich hell glänzte, als er es durch die Luft schwang. Als der Richter sich umdrehte, fand er sich plötzlich dem Angreifer gegenüber und hielt zitternd seinen Talisman hoch.

»Philipse!« schrie Ichabod.

Mit einem mächtigen, wohlgezielten Hieb sauste das Schwert durch die Luft. Der Talisman flog davon, zu Ichabod hinüber. Etwas anderes, etwas Rundes und Schweres, wurde in die entgegengesetzte Richtung geschleudert und schlug dumpf auf dem Boden auf, unmittelbar nachdem Philipse zusammengebrochen war.

Ichabod kam wieder auf die Füße und griff erneut zu seiner Pistole, denn nun umkreiste ihn der Reiter. Der Rappe stieß ein furchterregendes Wiehern aus, als Ichabod mit seiner Waffe hantierte.

Schieß! So schieß doch!

Er war zu langsam. Schon war das Pferd über ihm, so daß Ichabod der übelriechende Atem des Tieres in die Nase stieg.

Doch der Kopflose Reiter galoppierte einfach weiter und ritt im Bogen zurück zu Philipse, wo er sein Schwert auf den Boden senkte. Sogleich hob er es wieder und stieß es am ausgestreckten Arm hoch in die Luft, wie ein Offizier der Kavallerie, der seine Männer anspornt. Auf der Spitze des Schwerts stak Richter Philipse' abgeschlagener Kopf.

Ichabod sah den Reiter noch in den Western Woods verschwinden, dann wurde er ohnmächtig.

Er erwachte, als es an der Tür klopfte. »Constable Crane?« rief eine Stimme. Er schreckte auf und sprang aus dem Bett.

Nein! Geh weg! Ich habe nichts getan!

Langsam nahmen die Gegenstände in seinem Zimmer wieder Konturen an: die Bücherregale, der Kamin, der Schreibtisch. Er war bei den van Tassels, in Sicherheit. Nicht mehr auf der Straße nach Sleepy Hollow. Nicht mehr gegenüber dem …

Halt. Es war nur ein Traum. Ein schrecklicher Alptraum.

Sein Körper war ganz verkrampft, und die rechte Hand ballte er so fest zur Faust, daß es weh tat. Er versuchte, die Bilder zu verscheuchen, sich zu entspannen und öffnete die Faust. In der Hand hatte er einen kleinen, eisernen Schlüssel.

In diesem Augenblick öffnete sich die Tür, und Baltus trat ein, gefolgt von Katrina und Masbath Junior, alle mit sorgenvoll angespannten Gesichtern.

»Es war ein Kopfloser Reiter!« brach es aus Ichabod heraus.

»Sie dürfen sich nicht aufregen«, sagte Baltus beschwichtigend.

»Aber es war ein Kopfloser Reiter!« beharrte Ichabod.

»Ja, natürlich«, erwiderte Baltus.

Er macht sich über mich lustig. Er denkt, ich hätte den Verstand verloren.

»Nein, Sie müssen mir glauben, es war ein Reiter. Ein Toter ohne Kopf!«

Baltus nickte. »Ich weiß, ich weiß …«

»Gar nichts wissen Sie, weil Sie nämlich nicht dabei waren! Aber es ist alles wahr!«

»Ja, natürlich«, sagte Baltus. »Ich habe es Ihnen doch gesagt. Alle haben es Ihnen gesagt!«

Philipse' Kopf auf dem Schwert, aufgespießt. Und kurz vorher hat er noch mit mir gesprochen. Voller Angst, weil er wußte, daß er in Gefahr war. Und ich, ich …

»Ich habe ihn gesehen!«

Mit diesen Worten sank Ichabod ohnmächtig aufs Bett. Masbath Junior schaute Katrina mutlos an. »Ich schätze, jetzt geht er in die Stadt zurück.«

Seidenpflanzensamen. Millionen. Die Luft ist voll davon, wie wirbelnde Schneeflocken im Sommer.

Im Traum ist er weit weg vom Haus der van Tassels und von den schrecklichen Ereignissen, die ihn dorthin gebracht haben. Er ist wieder zu Hause, in den Wäldern hinter dem Haus, und Mutter ist bei ihm.

Sie öffnet die Seidenpflanzenkapsel und pustet. Die Samen fliegen heraus. Ganz viele. Sie können gar nicht alle in der kleinen Kapsel gewesen sein. Es muß Zauberei sein!

Wenn er kichert, hört sich seine hohe Stimme an wie ein klingelndes Glöckchen. Mutter gibt ihm eine Kapsel und zeigt ihm, wie er sie öffnen muß. Er macht sie auf und pustet. Doch als die Samen geschwind über die Wiese davongeflogen sind, ist Mutter nicht mehr da.

Da, zwischen den Bäumen! Sie läuft weg, sie spielt Verstecken. Er rennt hinter ihr her, aber sie ist größer und schneller als er, so daß er sie nicht mehr findet. Plötzlich ist er allein und hat Angst.

Nein. Da ist sie, auf einer kleinen, sonnenbeschienenen Lichtung. Sie würde ihm niemals weglaufen. Niemals.

Als er näher kommt, sieht er, daß sie in einem Ring aus orangefarbenen, weißen und blauen Pilzen steht, die aussehen wie bunte kleine Tische in einem Café für Salamander. Sie schaut in den Himmel hinauf und dreht sich um sich selbst, dann bückt sie sich, um einen Pilz abzupflücken. Sie beißt hinein, dabei fällt ein Stückchen auf den Boden.

Sie sieht so glücklich aus. Ichabod rennt zu dem

heruntergefallenen Pilzstückchen und schluckt es hinunter. Jetzt sieht Mutter, daß er da ist, nimmt seine Hände und dreht sich tanzend und lachend mit ihm im Kreis herum. Die Bäume verschwimmen zu einem sanften Grün, hüpfen auf und ab, werden schneller ... dunkler ... deutlicher ...

Bald sind es keine Bäume mehr, sondern Menschen ... Dutzende von Gestalten ohne Kopf, schwarz gekleidet. Ichabod fällt hin, ganz schwach, schwindelig und voller Angst. Als er nach oben schaut, wird das Bild vor seinen Augen scharf. Die Gestalten sind miteinander verschmolzen, nur ein Mann ist dort. Und der hat einen Kopf. Es ist sein Vater.

Die Mutter hat ihn noch nicht bemerkt und tanzt weiter, mit fliegenden Haaren. Ihr zuvor fest zusammengebundenes Gewand hat sich gelöst und flattert lose um ihren Körper.

Vater starrt sie mit wutverzerrten Zügen an, seine Augen funkeln wie glühende Kohlen. Er geht auf sie zu ... und Ichabod schließt die Augen.

Als er sie wieder öffnet, ist es Nacht, und er steht im Haus vor der geschlossenen Küchentür und späht durch eine Ritze im Holz. Mutter sitzt in der Küche und blickt traurig auf den Boden, während Vater brüllend auf und ab läuft. Er schwenkt die Bibel in der Hand, aus der er auswendig zitiert. Mutter hat gesündigt. Tanzen ist Teufelswerk. Er packt sie grob an der Schulter und stößt sie auf die Knie.

Jetzt liest er laut aus der Bibel vor. Ichabod kennt das Buch gut. Mit dem ledernen Einband und dem Goldschnitt sieht es genauso aus wie die Familienbibel der van Tassels!

Mutter muß Vater nachsprechen, was er liest, er zwingt sie, mit ihm zu beten und sich selbst zu verfluchen. Ichabod möchte am liebsten schreien und in die Küche stürmen, aber er kann nicht. Er kann … ihm nicht gegenübertreten.

Er tritt einen Schritt zurück, dreht sich um und rennt, rennt bis hinauf in sein Zimmer, in Sicherheit.

Rrrumms!

Bei diesem Donnerschlag verkriecht sich Ichabod blitzschnell im Bett. Als durch den peitschenden Regen sein Fenster auffliegt, läuft er hin, um es zu schließen, doch nachdem er kurz hinausgeschaut hat, bleibt er neugierig am Fenster stehen. Dort vor dem Haus wartet eine Kutsche. Ein Mann zerrt Mutter auf sie zu, während zwei andere Männer, deren Gesichter unter breiten Hutkrempen verborgen sind, danebenstehen und zuschauen. Mutter wehrt sich heftig, dabei wirft sie einen hilfesuchenden Blick hinauf zu Ichabods Zimmer, flehentlich und voller Angst.

Als die beiden Männer ihrem Blick folgen, kann Ichabod ihre Gesichter sehen. Einer von ihnen hat die unbarmherzigsten Gesichtszüge, die er je gesehen hat.

Der andere ist Vater.

Ichabod lehnt sich aus dem Fenster, streckt die Arme aus, doch der Mann drängt Mutter mit Gewalt in die Kutsche, die auf Vaters Befehl dann gleich davonfährt.

Lauf hinter ihr her! sagt Ichabod zu sich selbst. *Rette sie!*

Doch wieder kann er sich nicht rühren. Nicht, solange Vater dort steht.

Wieder zuckt ein Blitz und taucht Vater in ein kaltes, blaues Licht. Sein Gesicht ist wie versteinert.

Ichabod kann nichts fühlen und bekommt keine Luft. Er weicht vom Fenster zurück in sein Zimmer, gefolgt von den bernsteinfarbenen Augen der schwarzen Katze.

8

*B*altus van Tassel saß niedergeschlagen über den Wohnzimmertisch gebeugt. Es reichte ihm. Er hätte sich ja denken können, daß von der New Yorker Polizei mehr nicht zu erwarten war. Sie bewachten die größte, reichste Stadt der neugegründeten Nation, doch für kleine Dörfer im Norden ihres Staats hatten sie nicht viel übrig.

Baltus hatte Reverend Steenwyck, Dr. Lancaster und den Notar Hardenbrook zu einer Lagebesprechung zusammengetrommelt. Lady van Tassel und Katrina drückten sich in ihrer Nähe herum und hörten zu, doch viel hatte so kurz nach Richter Philipse' grausamem Tod niemand zu sagen.

»Diesmal gehe ich selbst nach New York«, verkündete Baltus, »und lasse mich nicht mit einem stümperhaften Deduktor abspeisen.«

»Detektor«, korrigierte Hardenbrook.

»Deduktiv«, warf Steenwyck ein.

»Nein«, sagte Lancaster und versuchte, ein anderes Wort zu finden. »Nein …«

»Mit einem stümperhaften Spürhund!« empörte sich Baltus.

Ichabod hörte die Unterhaltung durch die Wohnzimmertür, fühlte sich aber keineswegs entmutigt. Er war mit neuen Ideen im Kopf aufgewacht und hatte keine Angst mehr. Schwungvoll öffnete er die Tür und marschierte voller Zuversicht ins Zimmer. »Meine Herren, ich brauche ein paar tüchtige Männer, die mit mir in die Western Woods gehen! Freiwillige vor!«

»Sie?« Baltus war verblüfft. »Wir dachten, Sie hätten Ihr Pulver verschossen.«

»Ein Rückschlag, nichts weiter«, erklärte Ichabod, »und doch auch ein Schritt nach vorn. Wir wissen jetzt, wer diese schrecklichen ...«

»*Sie* wissen es jetzt«, unterbrach ihn Steenwyck. »*Wir* wußten es schon vorher.«

»Ganz recht!« räumte Ichabod ein. »Und nun scheint es, als hätte das Schicksal mich dazu auserwählt, mir durch einen Fall einen Namen zu machen, der bisher ohne Beispiel in der Verbrechensstatistik ist, nämlich mich mit einem mordenden Geist zu messen.«

»Nein!« stieß Katrina hervor. »Ichabod ... Inspektor ...«

»Wollen Sie ihn etwa festnehmen?« fragte Lady van Tassel scherzhaft. »Oder sein Pferd beschlagnahmen?«

»Weder noch«, entgegnete Ichabod. »Ich habe die Absicht, dem Morden ein Ende zu setzen, indem ich den Grund dafür herausfinde und beseitige. Wer kommt mit?«

Das Schweigen war einmütig.

Nur Masbath Junior begleitete Ichabod auf seinem Weg in die Western Woods. Trotz der zeitigen Stunde war es dunkel im Wald, und die knorrigen Bäume sahen aus, als krümmten sie sich verschüchtert zusammen.

Die Pferde trotteten mühsam voran, da sie nicht nur ihre Reiter, sondern auch noch Packtaschen trugen, unter anderem mit Schaufeln und Ichabods Ranzen.

»Die van Garretts, die Witwe Winship«, dachte Ichabod laut, »dein Vater, Jonathan Masbath, und jetzt Philipse. *Irgend etwas* müssen sie gemeinsam haben. Hast du eine Ahnung, was das sein könnte?«

Masbath Junior schüttelte den Kopf. »Ich wüßte nicht, daß wir mit dem Richter etwas zu tun gehabt hätten.«

»Und die Witwe? Hat dein Vater sie gekannt?«

»Jeder kannte die Witwe Winship.«

Ichabod zog eine Augenbraue hoch. »Hoffentlich nicht zu gut.«

»Dem alten Mr. van Garrett hat sie manches Mal einen Korb voll Eier gebracht.«

»Hatte dein Vater etwas mit den van Garretts zu tun?«

Die Frage schien Masbath Junior zu erschrecken. »Er hat für sie gearbeitet. Wir haben im Kutscherhaus gewohnt.«

Irgend etwas ging dem Jungen durch den Kopf. Ichabod schaute ihn prüfend an.

»Nichts von Bedeutung.« Masbath Junior schüttelte den Kopf. »Es waren viele Bedienstete dort, die jetzt natürlich alle entlassen sind. Aber da war etwas, an einem Abend, eine Woche vor dem Mord. Vater und Sohn haben sich oben gestritten, und später hat Mr. van Garrett nach meinem Vater geschickt.«

»Vater und Sohn haben sich gestritten«, murmelte Ichabod vor sich hin. »Und danach hat der ältere van Garrett seinen Diener Masbath zu sich gerufen.«

Masbath Junior hielt sein Pferd an. »Hören Sie mal.«

»Ich höre nichts«, erwiderte Ichabod.

»Ich auch nicht. Keine Vögel, keine Grillen – alles ist so still geworden.«

Unheimlich.

»Du hast recht!« rief Ichabod und trieb Gunpowder zum Galopp an. Masbath Junior ritt dicht hinter ihm. Auf einem Hügel, von dem aus man den Wald überblicken konnte, machten sie halt.

Der Kopflose Reiter war nicht gekommen. Sie hatten keine Spur von ihm gesehen. Vielleicht hatten sie sich etwas eingebildet. Vielleicht hatten ihre überreizten Nerven ihnen einen Streich gespielt.

Genau unter ihnen stieg Rauch aus einer Felsnische auf. Als Ichabod näher heranritt, sah er eine Höhle, deren Eingang mit einer primitiven Tür verschlossen war. Der Rauch kam aus einem Schornstein. Vielleicht wußte der Höhlenbewohner ja etwas über den Kopflosen Reiter. Ichabod und sein junger Helfer stiegen vom Pferd, bahnten sich einen Weg zu dem Eingang und klopften an die Tür.

Keine Antwort.

Ichabod stieß die Tür auf, und sie traten vorsichtig ein. In der Höhle war es schummerig, und es lagen seltsame Gerüche in der Luft, die Ichabod nicht genau definieren konnte. Tierfelle und Skelette hingen an den Wänden.

In der Mitte saß eine alte Frau. Sie hatte Ichabod den Rücken zugewandt und rührte sich nicht, sogar ihre grauen Haare hingen matt und leblos herunter.

»Die Hexe aus den Western Woods.« Ichabod mußte an Katrinas Worte denken. Das war natürlich Unsinn. Das hier war eine alte Einsiedlerin, weiter nichts, eine arme Frau mit ein paar unheimlichen Gewohnheiten.

Masbath Junior war blaß geworden. Ichabod versuchte ihn mit einem Blick zu beruhigen, doch er war selbst ebenso ängstlich, wie der Junge aussah.

»Entschuldigen Sie die Störung«, sagte Ichabod und trat einen Schritt näher.

Die Frau rührte sich nicht, als sie ihm antwortete. »Du kommst aus der Schlucht?«

»Gewissermaßen, ja. Ich … äh …« Nun konnte er einen Tisch mit ausgehöhlten Flaschenkürbissen sehen, die voller Blätter, Eicheln und toter Insekten waren; dazwischen lagen Messer, Scheren und ein wirres Durcheinander aus vergilbten Knochen.

Ichabod wurde flau im Magen.

»Ich ... äh ... ich möchte, daß Sie wissen ...«, stotterte er, »äh ... daß ich keine Vermutungen darüber anstelle, was Sie hier tun oder wie Sie hier leben, weil ... weil mir das völlig egal ist.«

Schweigen.

»Äh ... wer Sie auch sind«, stammelte Ichabod weiter, »jedem das Seine. Äh ...«

Jetzt regte sich die Alte: Sie legte den Arm auf den Tisch und öffnete ihre Faust. Ein toter Vogel fiel heraus – ein Kardinal. Ichabod wich entsetzt einige Schritte zurück, bis er wieder neben Masbath Junior stand.

»Wissen Sie etwas über den Reiter, Madam ... den Hessen?« fragte der Junge.

Die Alte fuhr sich ruhig mit dem Finger quer über die Kehle. Masbath Junior schluckte. »Das müßte er sein, Miss.«

Ichabod starrte auf den Hals der Frau. Dort hing an einer Schnur ein seltsamer Stein mit Gravuren, irgendein wertloser Tand. Nun stand die Alte auf und zeigte auf Ichabod: »Du kommst mit mir.« Dann richtete sie den Blick auf Masbath Junior. »Geh nach draußen, Kind. Und bleib dort. Egal, was du hörst, bleib draußen.«

Sie nahm eine Kerze und ging tiefer in die Höhle hinein. Der Boden hatte hier ein Gefälle. Ichabod folgte der Alten in einen niedrigen, engen Raum, der mit Stroh ausgestreut war. Auf dem Boden stand eine merkwürdige Sammlung von Gefäßen und Schüsseln; an der gegenüberliegenden Wand waren Ketten mit einem Paar Handschellen befestigt.

»Hm ... was könnte er denn hören, wovon er sich fernhalten sollte?«

»Setz dich dahin.« Die Alte zeigte auf einen schiefen Stuhl. Ichabod gehorchte. Die Frau wandte ihm nun den

Rücken zu, kniete sich auf den Boden, schob die Hände in die Handschellen und ruckte probeweise fest daran, bevor sie die Hände wieder herauszog. »Er reitet in die Schlucht und zurück. Ich höre ihn. Ich rieche das Blut an ihm.«

Bizarr. Gefährlich.

Ichabod schob sich ein Stückchen nach vorn. »W … Wirklich? Ich will ihn finden und … dafür sorgen, daß er aufhört.«

»Du willst in die Unterwelt hineinschauen. Ich kann sie dir zeigen.« Die Alte schob das Stroh auf dem Boden zu einem Haufen zusammen, auf den sie die Kürbis-schüsseln mit Gras und einem seltsamen Pulver legte.

»Was … was tun Sie denn da?« fragte Ichabod.

Die Alte nahm ein Gefäß und schüttelte es kräftig, drehte es auf den Kopf und nahm den Deckel ab. Eine junge Fledermaus purzelte heraus, ganz benommen und zerbrechlich. Das Weib schnappte sie sich mit einer Hand, mit der anderen griff sie nach einem Messer und schnitt dem Tierchen den Kopf ab.

Ichabod wurde übel. Als die Frau das Fledermausblut über das Stroh tropfte, machte er sich zur Flucht bereit.

»Rühr dich nicht, und sag kein Wort!« befahl die Alte. »Wenn der aus dem Jenseits kommt, halte ich ihn fest.«

Ichabod erstarrte, während das Weib mit der Kerze das Stroh in Brand setzte. »Der aus dem *Jenseits*?«

»Schweig!« Die Alte schloß die Augen und atmete den Rauch tief ein. »Er kommt.«

Durch die Höhle wehte ein Luftzug, der aus dem Feuer selbst zu stammen schien und sich pfeifend und heulend in einem Loch in der Wand verfing. Die Alte fiel vornüber, so daß ihr Gesicht auf dem Boden aufschlug.

Ichabod sprang auf. »Hallo? Madam?«

Keine Bewegung.

Der Wind war inzwischen so stürmisch, daß die Kerzen heftig flackerten und schließlich verlöschten.

»Hören Sie mich?« fragte Ichabod.

Plötzlich sprang die alte Frau auf – obwohl man sie kaum noch eine Frau nennen konnte. Ihre gebeugte Gestalt war auf einmal massig und behaart, und ihr Gesicht war das eines wilden Tieres, das Schaum vor dem Maul hatte und aus dessen Augen Schlangen krochen. Es war der aus dem Jenseits.

Er machte einen Satz auf Ichabod zu, der hastig zurückwich und dabei einen Tisch voller Knochen umstieß, die auf den Boden fielen. Doch plötzlich wurde der Unhold zurückgeschleudert. Die Ketten an den Handschellen gaben keinen Zentimeter nach.

»Aiih!«

Ein schriller Schrei, durchdringend wie Nadelstiche. Ichabod rappelte sich hoch und ging langsam rückwärts, bis er an die Felswand stieß.

»Du suchst den blutgetränkten Krieger, den Kopflosen Reiter!« Der Unhold scharrte so heftig auf dem Boden, daß er den Fels aushöhlte. Seine Stimme klang hohl und grimmig. »Folge dem Indianerpfad in Richtung der erlöschenden Sonne, bis du zu dem Totenbaum kommst.«

Mit einem mächtigen Ruck zerrte der Unhold an den Ketten, so daß sich der Bolzen ein paar Millimeter aus dem Fels löste. Die Wand gab nach. »Steig hinab zu der Ruhestätte des Reiters. Hörst du?«

Ichabod nickte und blickte zum Ausgang.

Kracks!

Der Bolzen flog in einer Staubwolke aus der Wand, worauf der von den Fesseln befreite Unhold mit Gebrüll einen Satz nach vorn machte. Ichabod rannte durch den gewölbten Gang, um in die Freiheit zu gelangen, doch es war zu spät: Von hinten legten sich ihm die Klauen um den Hals. Die Felshöhle verschluckte seinen Schrei, und als er sich gegen den festen Griff wehrte, rutschte er mit Händen und Füßen auf dem schlüpfrigen Boden aus.

Mit einemmal lockerte sich der Griff der Klauen, und sie sanken leblos auf Ichabods Schultern. Er sah, daß es gar keine Klauen mehr waren, sondern die trockenen, verschrumpelten Hände des alten Weibes. Sie war aus der Unterwelt zurückgekehrt, oder von wo auch immer sie gekommen war. Nun war sie halb bewußtlos, matt und erschöpft.

Ichabod arbeitete sich unter ihr hervor und rannte los. Draußen vor der Höhle saß nichtsahnend Masbath Junior.

»Wir hauen ab«, verkündete Ichabod und hastete weiter.

»Was ist denn passiert?«

»Wir hauen ab – sofort!«

Der Junge brauchte keine weitere Aufforderung. Die beiden stiegen auf ihre Pferde und jagten davon.

9

Woran erkennen wir denn den Totenbaum?« fragte Masbath Junior.

»Das dürfte nicht so schwer sein, fürchte ich«, erwiderte Ichabod. Sie waren nun mitten im Wald und folgten einem breiten, ausgetretenen Pfad. Das mußte der Indianerpfad gewesen sein. Masbath Junior hatte gebannt zugehört, was Ichabod über sein Erlebnis mit dem alten Weib erzählt hatte. Statt ihn abzuschrecken, hatte das den Jungen nur noch bestärkt.

Ichabod überlegte kurz, wie die nächste Anweisung gelautet hatte. »»Steig hinab zu der Ruhestätte des Reiters‹, hat sie gesagt.«

»Zu seinem Unterschlupf?« fragte Masbath Junior.

»Zu seinem Grab.«

Plötzlich verstummten sie beide. Da war ein Geräusch gewesen, ein leises Knacken, nicht weit hinter ihnen.

»Los, Beeilung«, flüsterte Ichabod. Sie ritten schneller und beschleunigten ihr Tempo noch, als der Pfad einen Hügel hinaufführte. Mit einemmal brachte Ichabod Gunpowder zum Stehen und sprang vom Rücken des Pferdes. »Reite du weiter«, wies er Masbath Junior an und reichte ihm Gunpowders Zügel. Der Junge nickte unsicher und gehorchte.

Ichabod zog seine Pistole aus dem Halfter und schlich auf dem Pfad zurück in die Richtung, aus der sie gekommen waren. Dann kauerte er sich auf den Boden und lauschte. Neben dem Vogelgezwitscher und dem Kreischen der Backenhörnchen war ein unverkennbares Schnauben zu vernehmen, von einem Pferd in unmittelbarer Nähe. Ichabod kroch ein Stück weiter, dann hielt er inne. Vor sich, fast vom Unterholz verborgen, sah er jemanden zu Pferd; er trug einen grauen Umhang mit Kapuze und ritt nur langsam.

Ichabod hob die Pistole und versuchte, ihn ins Visier zu nehmen. Seine Hand zitterte, und sein flacher Atem ging rasch. »Stehenbleiben und umdrehen!« rief er. »Ich ziele mit der Pistole auf Sie!«

Das Pferd blieb stehen, und die Gestalt drehte sich um und nahm die Kapuze ab: Katrina. »Ich bin's!« rief sie laut.

Rasch ließ Ichabod die Pistole sinken. »Katrina ... ich hätte Sie töten können. Warum sind Sie hergekommen?«

»Weil sonst niemand mit Ihnen gehen wollte.«

Ihre Worte gaben Ichabod Auftrieb wie der Wind einem schlingernden Kinderdrachen. Sie riskierte ihr Leben und widersetzte sich ihrem Vater, nur um ihn auf seiner hoffnungslosen und gefährlichen Mission zu begleiten.

Er ging auf sie zu und streckte ihr die Hand hin. »Jetzt bin ich doppelt so stark. Das macht Ihre weiße Magie.«

Katrina ergriff seine Hand und neigte sich langsam zu ihm herunter. »Ichabod ...« Ihr zauberhaftes Gesicht kam immer näher.

»Katrina ...« Ichabod schloß die Augen in der Erwartung, ihre Lippen auf den seinen zu spüren.

»Entschuldigen Sie, wenn ich störe.«

Beim Klang von Masbath Juniors Stimme fuhr Ichabod herum. Der Junge war ganz rot geworden. »Ich glaube, da ist etwas, das Sie sich ansehen sollten.«

Ichabod atmete tief durch und schaute Katrina an, in deren strahlendem Gesicht er immer noch ein Versprechen las, und er sehnte sich danach, daß sie es einlöste ...

Sie folgten Masbath Junior tiefer in den Wald, wo er

die beiden Pferde festgebunden hatte. Bald trabten alle drei den Indianerpfad hinunter. Auf einer unbewachsenen Lichtung machten sie halt. Von dem kahlen Boden stieg Nebel auf und verhüllte beinahe ein riesiges Gebilde in der Mitte der Lichtung.

Es war ein verwachsener Baumriese mit dicken, knorrigen Wurzeln, die abstanden wie die Gliedmaßen eines großen Reptils. Sein morscher Stamm nahm am Fuß soviel Raum ein wie ein kleines Häuschen; weiter oben war er gebeugt, als ob er sich vor Schmerzen krümmte. Die dürren Äste der dichten Baumkrone trugen keine Blätter.

»Der Totenbaum«, sagte Masbath Junior.

Katrina nickte. »So sieht er auch wirklich aus.«

Ichabod stieg vom Pferd und ging näher heran, gefolgt von den anderen. In der Mitte war der Stamm senkrecht gespalten, als wäre der Baum einmal vom Blitz getroffen worden. Die Wunde mußte jedoch bereits alt sein, denn sie war schon verheilt. Die Rinde, die darübergewachsen war, hatte eine Art Narbe gebildet.

Nein, keine Narbe, erkannte Ichabod. Das hier war noch frisch und näßte. *Eher wie Wundschorf.*

Er riß einen ausgefransten Rindenfetzen herunter. An der offenen Stelle trat etwas Saft aus, dann begann es zu tropfen, dickflüssig und dunkelrot. Ichabod tauchte einen Finger in den Saft und roch daran. »Blut.«

Katrina erbleichte. »Der Baum *blutet*? Wie kann das denn sein?«

Ichabod ging zu seinen Satteltaschen hinüber und holte eine Axt heraus.

»Was haben Sie vor?« fragte Masbath Junior.

»Bleibt hier stehen«, gab Ichabod zurück. Mit dem Rücken der Klinge schlug er auf den Baumstamm. Es schallte durch den ganzen Baum. Der Stamm war hohl.

Ichabod drehte die Axt um, so daß die Klinge auf den Baum gerichtet war, und begann drauflos zu hacken. Mit jedem Hieb quoll mehr von der dunkelroten Flüssigkeit hervor, wie aus einer schwärenden Wunde, und vermischte sich bald mit einem anderen, dickeren, grünlichweißen Saft. Ichabod hielt die Axt in beiden Händen und schlug mit aller Kraft zu.

»Was tun Sie?« fragte Katrina.

»Bleibt nur, wo ihr seid«, befahl Ichabod.

Doch Katrina und Masbath Junior kamen trotzdem näher. Hinter dem großen Rindenfetzen, der nun am Stamm herunterhing, konnte man tief in den Baum hineinschauen. Ichabod warf die Axt hin und begann an der Rinde zu zerren, doch sie ließ sich nicht abreißen. Erst als er sich zurücklehnte und mit seinem ganzen Gewicht ruckartig zog, gab sie nach. Aus dem hohlen Stamm sah man nun etwas Klebriges, Rundes, Bleiches herausragen, um das sich Wurzeln rankten.

Als Ichabod näher heranging, um es genauer unter die Lupe zu nehmen, lief es ihm eiskalt den Rücken hinunter. Es war ein blutüberströmter Kopf mit weit aufgerissenen Augen und offenem Mund, erstarrt in wahnsinniger Todesangst.

Diesen Gesichtsausdruck hatte Ichabod schon einmal gesehen, und zwar am Abend zuvor auf der Schwertspitze des Kopflosen Reiters. *Philipse.*

Ichabod taumelte zurück und hielt sich die Hand vor den Mund, während Katrina, die hinter ihm stand, einen Aufschrei unterdrückte. Als Ichabod sich zwang, genauer hinzusehen, entdeckte er, daß sich unter dem ersten noch weitere Köpfe befanden, vier an der Zahl, alle übel zugerichtet und verwest. Der oberste war der von Jonathan Masbath.

»Mein Gott ...«, murmelte Katrina und barg Masbath

Juniors Kopf an ihrer Schulter, so daß ihm der schreckliche Anblick erspart blieb.

Von hier kommt der Kopflose Reiter. Hier ist sein Zuhause.
»Er ... er versucht, die Köpfe mitzunehmen«, sagte Ichabod, »aber sie passen nicht durch ...«

»Wir müssen hier weg«, drängte Katrina.

»Der Baum ist ein Tor zwischen zwei Welten«, fuhr Ichabod fort. *Der Legende zufolge liegt er hier begraben.* Ichabod ging um den Baum herum und inspizierte den Boden, auf der Suche nach ...

Da! Da lag es, das Schwert des Reiters, das sein Grab kennzeichnete. Es war verrostet, und im Laufe der letzten zwanzig Jahre hatten sich Wurzeln herumgerankt.

Ichabod kniete sich hin und berührte den Boden. »Steig hinab zu der Ruhestätte des Reiters«, wiederholte er. »Bring mir die Schaufel.« Er blickte auf. Jetzt erst sah er, wie Masbath Junior sich an Katrina klammerte und das Gesicht an ihrer Schulter vergrub. *Du gefühlloser Trampel. Er hat seinen Vater da drin gesehen.* »Entschuldigt«, sagte er. »Ich ...«

Masbath Junior riß sich von Katrina los und wischte sich mit hoch erhobenem Kopf die Tränen von den Wangen. »Jawohl, Sir. Die Schaufel. *Zwei* Schaufeln ... und das Gewehr, würde ich sagen.«

Tapfer ging er hinüber zu den Satteltaschen. Ichabod tauschte einen Blick mit Katrina. Sie hatte Angst, so wie er, doch wenn der Junge das hier aushalten konnte, würden sie es auch schaffen. Das Treiben des Reiters mußte ein Ende haben.

»Ich helfe graben«, erbot sich Katrina.

Ichabod und Masbath Junior packten zwei Schaufeln und ein Gewehr aus. »Du hältst Wache«, wies Ichabod den Jungen an. Alle drei gingen zum Grab hinüber, wo Masbath Junior sich mit dem Gewehr auf den Knien hinhockte. Die Dämmerung senkte sich bereits herab, als Katrina und Ichabod zu graben begannen. Über ihren Köpfen flatterten Fledermäuse, deren fiepende Schreie die Stille unterbrachen.

»Hier hat sich schon jemand zu schaffen gemacht«, bemerkte Katrina. »Der Boden ist ganz locker.«

Sie stießen auf etwas Festes, das in Sackleinen gewickelt war. Masbath Junior verließ seinen Posten und kam näher. Das Sackleinen war vermodert und von Würmern zerfressen. Als Ichabod es auseinanderfaltete, fielen Erdklumpen zu Boden.

»Schaut euch das an!« rief er.

Unter dem Stoff kam eine zerlumpte, modrige Uniform zum Vorschein – die Uniform eines Hessen. Sie sah aus wie die der Söldner, an die sich Ichabod noch aus seiner Jugendzeit erinnerte, die Plünderer, die die Engländer während des Unabhängigkeitskrieges unterstützt hatten.

In der Uniform steckte das stämmige Skelett eines Mannes mit langen Armen und Beinen, einem mächtigen Brustkorb und breiten Schultern. Doch der Kopf fehlte.

»Der Schädel fehlt«, sagte Katrina. »Was hat das zu bedeuten?«

Ichabod sprang auf. »Es bedeutet, liebe Miss van Tassel, es bedeutet … ja, was genau bedeutet es? Also, wenn ich mich nicht gewaltig irre, dann bedeutet es ganz bestimmt etwas. Was das ist, wird sich zeigen. Aber ich habe das Gefühl, daß wir der Antwort hier ziemlich nahe sind. Wenn wir nur noch eine Spur hätten …«

»Ichabod!« schrie Katrina auf.

Ichabod spürte, wie der Boden unter seinen Füßen bebte. Die Baumwurzeln schienen plötzlich lebendig zu sein, wie das wallende Haar eines unterirdischen Monsters. Entsetzt sprang er zur Seite und sah fassungslos mit an, wie sich die Wurzeln um das Skelett schlangen und es in die Erde hineinzogen. Ein saugendes Geräusch hinter ihm ließ ihn herumfahren. Der Spalt im Baum schwoll an und strömte förmlich ins Innere des Stamms hinein, als ob er flüssig geworden wäre. Die abgeschlagenen Köpfe verschwanden im Sog der brodelnden Masse, worauf sich der Spalt gurgelnd schloß.

Weg hier. Schnell!

Ichabod drehte sich um, sprang mit einem Satz über das Grab und drängte auch Masbath Junior und Katrina, mit ihm zu fliehen. Die Pferde scheuten und bockten mit vor Entsetzen geweiteten Augen. Unter der Erde begann es leise und dumpf zu rumoren, wie bei einem Erdbeben.

Es blieb keine Zeit mehr, auf die Pferde zu steigen, deshalb rannten Ichabod, Katrina und Masbath Junior weiter, um hinter den Bäumen Schutz zu suchen. Von dort aus beobachteten sie, was auf der Lichtung geschah.

Mit lautem Krachen brach die Wunde auf, ein Regen glühender Kohlenstückchen wurde herausgeschleudert, und in der Mitte des Baumstamms glomm ein Licht auf, das rasch immer heller wurde. Schließlich mußte Ichabod die Augen abwenden, doch nicht, ohne zuvor noch zwei Gestalten auftauchen zu sehen: Daredevil und den Kopflosen Reiter. Mit einem Donnerschlag, der direkt aus der Erde emporzusteigen schien, explodierte das Licht. Als das Pferd über die Lichtung hinüber zum Indianerpfad galoppierte, sprühten seine Hufe Funken, wo immer sie den Boden berührten. Einen Augenblick später waren Pferd und Reiter verschwunden.

»Habt ihr das gesehen?« Ichabod blieb vor Schreck der Mund offen stehen.

Steh hier nicht so herum, Mensch. Hinterher!

Ichabod riß sich aus seiner Erstarrung und stürzte zu Gunpowder hinüber. »Bring Katrina nach Hause!« rief er über die Schulter zurück.

»Nein, Constable!« bettelte Masbath Junior.

Doch Ichabod saß schon auf seinem alten Pferd und trieb es unsanft zur Eile an. Ob Monster oder nicht, der Reiter würde ihm nicht entkommen.

10

Verfluchter Killian. Verfluchter Gaul. Wenn ich nur schneller wäre! In der zunehmenden Dämmerung waren Daredevils Hufabdrücke zwar noch zu erkennen, aber nur noch ziemlich undeutlich. Von dem Reiter war nichts mehr zu sehen. Ichabod verfolgte die Spuren einen Abhang hinunter. Diesen Teil des Weges kannte er. Auf einer Lichtung oben auf dem Hügel, der nun vor ihm lag, loderten Flammen empor, vor denen sich die Bäume schwarz abzeichneten. Als er den Hügel hinaufritt, zügelte Ichabod sein Pferd, denn nun sah er, wo die Feuersbrunst tobte: am Eingang der Höhle des alten Weibes.

Gunpowder scheute und stand nur auf den Hinterbeinen. Zunächst versuchte Ichabod noch, mit dem verängstigten Pferd fertigzuwerden, doch schließlich sprang er ab und lief zu Fuß weiter.

Aus der Höhle loderte Feuer wie aus einem riesigen Flammenwerfer. Ichabod kämpfte sich hustend durch den dicken schwarzen Rauch und versuchte, die Schwaden zu verscheuchen und etwas zu erkennen. Den felsigen Untergrund konnte er durch die Rauchwolken nicht sehen, so daß er ausglitt, stürzte und auf einem harten, abschüssigen Felsblock noch ein Stück über den Boden rutschte.

Er war auf den Händen gelandet; als er diese nun wieder hob, waren sie tiefrot. Der ganze Fels war blutüberströmt. Neben Ichabod lag reglos eine Leiche in zerlumpten Kleidern.

Entsetzt wich Ichabod zurück. Ohne Zweifel, das war die Alte, auch wenn ihr der Kopf fehlte. Die Haut an ihrem Hals hing in Fetzen herunter, und die Wunde blutete noch. Alles war voller Blut – es sammelte sich in Pfützen am Eingang der Höhle, sickerte über das Laub auf dem Boden, und auch die Felsen ringsumher waren schlüpfrig davon.

Ichabod bezwang seinen Ekel und versuchte, klar zu denken. Irgend etwas fehlte hier. Irgend etwas anderes.

Das Steinamulett. Es ist auch weg.

Durch das Toben der Flammen drang das Wiehern eines Pferdes. Das war nicht Gunpowder, dafür war es zu laut und zu kraftvoll. *Daredevil?*

Blinzelnd versuchte Ichabod, durch den Rauch zu spähen, doch das war unmöglich. Er hörte nur, wie Hufschläge sich im Galopp entfernten und langsam leiser wurden.

Tiefer im Waldesinneren brachte Brom van Brunt sein Pferd zum Stehen. Auf sein Handzeichen hin zügelten auch seine Freunde Theodore und Glen ihre Pferde. Brom nahm die Muskete ab, die er um den Hals hängen hatte, und hielt sie fest umklammert. Alle drei lauschten auf entferntes Hufgetrappel.

»Wir teilen uns auf!« befahl Brom. »Der entkommt uns nicht.« Sie gaben ihren Pferden die Sporen – jeder sprengte in eine andere Richtung durch den Wald davon.

Aus der vierten Richtung ertönte ein dumpfes Grollen.

In einem Häuschen neben dem Stall hörte auch der kleine Tom Killian das Grollen. Er aß gerade die letzten Bissen seines Abendessens. Ihm gegenüber lehnte sich sein Vater zufrieden vom Tisch zurück und begann, mit einem Messer die Essensreste aus seinen Zähnen zu pulen.

Toms Mutter wollte gerade den Tisch abräumen, als dieser zu wackeln anfing, so daß die Gläser aneinanderklirrten und das Geschirr schepperte.

Tom mochte keine Gewitter. Er schaute aus dem Fenster, konnte aber weder Regen noch Blitze sehen. Er schob seinen Stuhl vom Tisch zurück, ging zum Herdfeuer hinüber und nahm ein Talglicht vom Sims, das er anzündete und dann dicht vor seinen Körper hielt, während er in sein Zimmer ging. Dort setzte er sich auf den Boden neben sein allerliebstes Spielzeug, eine Zauberlaterne.

Mit dem Talglicht entzündete er den Docht in der Laterne, der aufflammte und das Glas hell erleuchtete, auf das die Monster gemalt waren. Sie wurden glühend zum Leben erweckt: fauchende Katzen, brüllende Drachen und riesige, glitschige Seeungeheuer. Als Tom die Laterne drehte, tanzten die Schatten der Monster über die Wände in seinem Zimmer.

»Uaah!« grollte Tom. Jetzt fühlte er sich schon viel besser.

In der Küche schimpfte Beth Killian mit ihrem Mann: »Stocher nicht so in den Zähnen herum. Thomas lernt ja schlechte Angewohnheiten von dir.«

»Ich bestehe nur aus schlechten Angewohnheiten!« Übermütig zog Mr. Killian seine Frau an sich. »Dafür kann ich nichts.«

»Ach, sag bloß!« Gerade beugte Beth sich zu ihrem Mann hinunter, um ihn zu küssen, als sie plötzlich erstarrte. Da war das Grollen wieder, diesmal lauter als vorhin. Der Boden bebte.

Killian legte das Messer beiseite, während seine Frau zu Toms Zimmer hinüberschaute.

Mit einem Knall wie ein Gewehrschuß flog eines der

Küchenfenster auf und schlug gegen die Wand. Ein kräftiger, laut heulender Windstoß fuhr durch den Raum. Das ganze Haus begann zu knarren, als ob es von einer Riesenhand geschüttelt würde.

Beth Killians erster Gedanke galt Tom. Was für eine Angst mußte er haben! Sie hastete durch die Küche zum Zimmer ihres Sohnes und riß die Tür auf – doch der Junge saß lächelnd auf dem Fußboden, ganz gefesselt von den bunten Monstern, die an den Wänden tanzten. So ein tapferer Junge, dachte Beth erleichtert.

Doch dann, ohne Vorwarnung, standen die Tiere plötzlich still, machten trotz des stürmischen Windes nicht mehr die geringste Bewegung. Normalerweise hätte sich die Laterne wie wild drehen müssen.

»Beth ...«, rief Mr. Killian aus der Küche.

Mrs. Killian erstarb das Lächeln auf den Lippen. Der Wind hatte plötzlich aufgehört, es folgte eine unheimliche Stille.

Einen Augenblick lang war alles ruhig.

Dann begannen sich die Monster langsam wieder zu drehen, wie aus eigenem Antrieb, als ob die Naturgesetze außer Kraft gesetzt worden wären. Schneller und schneller wurden sie, bis sie förmlich über die Wände rasten, in wilder Jagd, ungeachtet der tiefen Stille um sie herum.

Mrs. Killian schnappte sich ihren Sohn und rannte zur Tür. Beim Anblick eines gleißenden Lichts blieb sie wie angewurzelt stehen. Eine blendende Helligkeit barst aus dem Herdfeuer und tauchte den Raum in grelles Weiß. Die Flammen züngelten wirbelnd empor und schienen Gestalt anzunehmen, so daß es aussah, als tanzten gespenstische Dämonenfratzen durchs Feuer. Mit weit aufgerissenen Augen wich Mr. Killian zurück.

Krach! Eine Doppelaxt durchschlug die Haustür. Killian wankte rückwärts. »Lauf, Beth!«

Seine Frau verschwand im Schlafzimmer und knallte die Tür zu. Nun war Killian allein und wandte sich der dunklen, massigen Gestalt zu, die sich durch die zertrümmerte Haustür hereindrängte: ein hessischer Soldat mit einer Axt in jeder Hand.

»Raus!« brüllte Killian, doch seine Stimme drang nur schwach durch das Heulen des Windes.

Der Reiter schwang seine Axt. Killian schnappte sich einen eisernen Schürhaken vom Küchenherd, um den Hieb abzuwehren, aber die Wucht des Schlages ließ ihn dennoch zurücktaumeln. Und schon holte der Reiter erneut aus, mit der zweiten Axt. Killian duckte sich, so daß die Klinge den Kamin traf und funkensprühend einen Stein entzweihieb.

Als der Reiter zurückwich, gewannen Killians Instinkte die Übermacht. Er schleuderte den Schürhaken mit solcher Wucht von sich, daß er dem Reiter die Brust durchbohrte und die Spitze aus dessen Rücken hervorkam. Entsetzt schauderte Killian zurück. Der Reiter blieb einfach stehen und holte von neuem aus! So traf die flache Seite der Klinge Killian unvorbereitet und schleuderte ihn gegen die Wand, wo er heftig mit dem Kopf aufschlug.

Mit gewaltiger Anstrengung riß sich der Reiter den Schürhaken aus dem Leib, warf ihn auf den Boden und stürzte auf Killian zu, den er an den Haaren hochzog. Dann holte er mit der Axt aus und schlug zu.

Tot. Er ist tot. Der Kopflose Reiter ist gekommen und hat ihn umgebracht. Tom konnte nicht sprechen. Er konnte diese Worte nicht aussprechen, obwohl er wußte, daß es die Wahrheit war, denn er hatte alles mit angehört.

Seine Mutter hatte Angst. Mit dem Fuß schleuderte sie den Bettvorleger beiseite, so daß die kleine Falltür zum

Vorschein kam, vor der er sich immer gefürchtet hatte. Sie führte zu dem Hohlraum unter dem Haus, der so niedrig war, daß man nur krabbeln konnte, und in dem die Mäuse und Käfer wohnten. Doch heute war das nicht mehr schlimm. Heute war es überall besser als oben im Haus.

Mutter hob ihn hoch und ließ ihn durch die Falltür hinab. Er wollte aufhören zu heulen, doch es gelang ihm nicht.

»Schsch, schsch«, beschwichtigte sie ihn. »Du mußt jetzt mäuschenstill sein.«

Aber was ist denn mit Vater? »Mutter …«

»Du mußt dich verstecken«, erklärte sie.

Er kauerte sich zusammen, doch er war beinahe schon zu groß. Wo war denn da noch Platz für sie? Er zwängte sich ganz dicht in eine Ecke – aber Mutter kam gar nicht erst herunter. Sie blieb einfach oben und klappte die Falltür zu, ohne es auch nur zu versuchen.

Jetzt war sie ganz allein, mit *ihm.*

Tom hörte, wie die Schlafzimmertür geöffnet wurde. Durch die Ritzen im Dielenboden sah er den Schatten eines Mannes, der irgend etwas Schweres in der Hand hielt.

»Aah!«

Mutter. Zwischen den Dielen hindurch konnte er sie zu Boden fallen sehen, konnte das Muster auf ihrem Kleid erkennen. Und konnte hören, wie etwas dumpf über den Boden rollte.

Es blieb genau über einem Spalt zwischen den Dielen liegen. Weiche, vertraute Haare hingen leblos durch den Spalt nach unten. Tom rollte sich ganz klein zusammen und schloß die Augen, als die Axt den Boden über ihm zu zertrümmern begann.

11

*B*rom erspähte das Pferd sofort, als er aus dem Wald herausritt. Das war eindeutig Daredevil, der dort neben dem Haus von Killian, dem Stallmeister, wartete. Broms Herz schlug rascher, und er gab seinem Pferd die Sporen, um es zur Eile anzutreiben.

Plötzlich flog Killians Haustür auf, und ein Streifen hellen Lichts vom Herdfeuer ergoß sich in die Nacht, bevor der Kopflose Reiter heraustrat, mit einem Sack über der Schulter, der von drei Gegenständen – zwei großen und einem kleinen – verdächtig ausgebeult wurde.

Brom lief ein Schauder über den Rücken. Er war zu spät gekommen. Das Ungeheuer hatte zugeschlagen und die gesamte Familie umgebracht.

Nun sprang der Reiter auf Daredevils Rücken, um sich wieder zurück zu seinem Unterschlupf zu begeben. Seine Arbeit war getan – fürs erste. Doch Brom wußte, daß der Hesse zurückkommen würde, wenn ihn wieder nach Blut dürstete, und niemand wäre gegen seine Greueltaten gefeit, nicht einmal Frauen und Kinder.

Nicht noch einmal, Hesse. Nicht, wenn Brom van Brunt dabei ein Wörtchen mitzureden hat. Brom klemmte sich die Zügel seines Pferdes zwischen die Zähne, hob sein Gewehr und zielte.

Treffer. Die Kugel durchbohrte den Reiter und warf ihn zu Boden, während sein Rappe im Galopp davonstürmte.

Brom jagte zum Haus hinüber und zügelte sein Pferd erst kurz bevor er sein Opfer erreichte, das bäuchlings auf dem Boden lag. Die Kugel hatte ihm den Körper zerfetzt, der nun in der kalten Luft dampfte. Also war der Unhold doch nicht so unverwundbar gewesen, wie alle gedacht hatten – oder vielleicht nicht so schlau und gerissen.

Auf jeden Fall hat er nicht mit einem wie mir gerechnet. Mit triumphierendem Grinsen stieg Brom vom Pferd und ging zu dem Toten hinüber … als dieser plötzlich zu zucken begann und sich langsam erhob.

Brom blieb stehen, ließ sich rasch auf ein Knie fallen und kramte hastig Gewehr und Pulverhorn hervor. Der Hesse lebte noch. Das war doch nicht möglich. Die Kugel hatte ihm den Leib aufgerissen, das konnte doch kein Mensch überleben.

Nun kam der Reiter auf ihn zu und zog sein Schwert aus der Scheide. Deutlich konnte Brom die Schußverletzung sehen, das zerfetzte Fleisch, die hervorquellenden Eingeweide. *Das ist tatsächlich kein Mensch. Er ist gar kein Mensch.*

»Uaah!« brüllte Brom, das Gewehr auf den Hessen gerichtet. Dieser aber war flink und führte das Schwert in engem Bogen auf Broms Kopf zu.

Klirr!

Den ersten Hieb konnte Brom mit seiner Waffe parieren, doch der Reiter griff erbarmungslos weiter an.

Klirr. Kling. Klirr.

Brom blieb nichts anderes übrig, als die Schwerthiebe abzuwehren – und zu beten.

Als Ichabod aus dem Wald herauskam, hörte er gleich das Klirren des Metalls, sah den blutüberströmten, von der Kugel zerfetzten Reiter seine Axt hoch in die Luft schwingen, wo sie auf Broms Gewehr traf und dieses in hohem Bogen davonschleuderte. Er sah auch, wie Brom daraufhin wehrlos zu Boden ging und wie selbst auf die große Entfernung noch die Todesangst im Gesicht stand.

Doch statt sich auf Brom zu stürzen, wandte sich der Kopflose Reiter ab und ging von dannen.

Genau wie er im Wald an uns dreien vorbeigestürmt ist. Er wollte uns nicht. Er will auch Brom nicht. Er sucht sich seine Opfer gezielt aus.

Der Kopflose Reiter tötete nicht wahllos. Er hatte ein Motiv. Wenn Ichabod dieses Motiv aufspürte, konnte er möglicherweise herausfinden, wer das nächste Opfer sein würde. Dann könnte man wieder Hoffnung schöpfen, vielleicht sogar die Gefangennahme des Reiters planen.

Jetzt zog Brom einen Dolch aus seinem Gürtel und kam wieder auf die Beine.

Der Narr. Ichabod gab Gunpowder die Sporen und jagte auf Brom zu, doch der bemerkte ihn gar nicht. Er schleuderte den Dolch, der dem Hessen mit einem widerlich dumpfen Ton in den Rücken fuhr. Als der Reiter sich umdrehte, sah man die Spitze der Waffe aus seiner Brust herausragen, doch er griff lediglich nach der Klinge und zog sich den Dolch von vorne aus dem Leib. Mit angstverzerrtem Gesicht sprang Brom auf und rannte los.

Ein Wurf des Reiters, und das Messer sauste durch die Luft und blieb in Broms Oberschenkel stecken. Als Brom mit einem Aufschrei zu Boden fiel, stampfte der Reiter auf ihn zu und hob sein Schwert.

Ichabod bohrte Gunpowder die Absätze in die Flanken. *Los, los du alter Gaul!*

Schon hatte der Hesse Brom einen Fuß auf den Rücken gesetzt, um ihn auf dem Boden zu halten. Ichabod griff nach seiner Laterne und holte aus … *nur noch ein paar Meter …*

Mit beiden Händen hob der Hesse das Schwert, die Klinge auf Brom gerichtet. *Jetzt.* Ichabod schleuderte die

Laterne, die den Reiter mit solcher Wucht traf, daß er zu Boden ging.

Brom kam wieder hoch und schleppte sich humpelnd in Killians Scheune, während Ichabod schleunigst von Gunpowders Rücken sprang und ihm folgte.

Als der Kopflose Reiter sich wieder erhob, trat Brom ihm aus dem Scheunentor entgegen, zwei lange, scharfe Sensen schwingend. Der Reiter aber drehte sich einfach um und ging wieder davon, auf Daredevil zu. Rasch ließ Brom eine der Sensen fallen und schnappte sich Ichabods Pistole.

»Warte!« Ichabod fiel ihm in den Arm. »Merkst du denn nicht, daß der gar nicht hinter uns her ist?«

Doch Brom hörte nicht auf ihn, schüttelte ihn nur ab, zielte und drückte ab. Die Kugel traf den Reiter im Rücken und riß ihm Uniform und Haut in Fetzen, daß das Blut nur so spritzte. Er taumelte leicht vornüber, dann drehte er sich um.

»Nicht hinter uns her *war*«, murmelte Ichabod, während Brom die Pistole wegschleuderte und wieder zu den beiden Sensen griff. In diesem Moment nahm Ichabod aus dem Augenwinkel eine Bewegung wahr. Aus dem Wald tauchten zwei Gestalten zu Pferd auf – Theodore und Glen, Broms Freunde. Einen Augenblick lang hatte Ichabod die Hoffnung, daß sie sich an dem Kampf beteiligen würden: Mit ihrer Hilfe könnten sie das Ungeheuer vielleicht zur Strecke bringen. Doch die beiden ergriffen auf der Stelle die Flucht.

Der Hesse griff inzwischen mit Axt und Schwert an, während Brom seine Hiebe mit den Sensen abfing. Ichabod verschwand in der Scheune, wo er sich mit einer scharfen Sichel bewaffnete, bevor er auf den Kopflosen Reiter zustürmte, die Sichel hoch erhoben. Der Reiter bedrängte Brom immer mehr; unaufhörlich teilte er mit beiden Waffen Hiebe aus. Dennoch wirbelte er herum, als Ichabod herankam, und wehrte dessen Angriff mit seiner Axt ab.

Ichabod wich zurück, griff aber sogleich erneut an, während Brom von der anderen Seite auf den Hessen losging. Dieser ließ sich jedoch nicht beirren, sondern wehrte mit sicherem Arm seine Gegner ab, parierte ihre Hiebe und ging seinerseits wieder auf sie los.

Nachdem er Ichabod mit der Axt die Sichel aus der Hand geschlagen hatte, konzentrierte sich der Kopflose Reiter von neuem ganz auf Brom. Mit teuflischer Treffsicherheit wirbelten Schwert und Axt durch die Luft, ebenso geschickt abgeblockt durch Broms Sensen. So kam der Hesse nicht weiter. Brom und er standen auf Armeslänge voneinander entfernt und belauerten sich. Einen endlosen, schrecklichen Moment lang passierte überhaupt nichts.

Dann trat der Hesse zu.

Brom segelte durch die Luft. Als er wieder landete, überschlug er sich ein paarmal, bevor er zu Ichabods Sichel greifen konnte. Rasch sprang er wieder auf, machte einen Satz auf den Kopflosen Reiter zu und holte aus.

Zack.

Die Sichel senkte sich in den Oberkörper des Reiters.

»Jetzt wird er richtig wild«, prophezeite Ichabod.

Der Kopflose mühte sich mit der festsitzenden Klinge ab, torkelte dabei hierhin und dorthin und traf Ichabod mit dem Griff am Kiefer, so daß dieser zurücktaumelte und unsanft zu Boden ging. Brom zog ihn wieder hoch.

»Wir haben keine Chance«, sagte Ichabod eindringlich.

Das war selbst Brom mittlerweile klargeworden. Sie mußten versuchen zu fliehen, doch nicht so ungeschützt. Brom schnappte sich die Sensen, während Ichabod eine

Axt aus einem Hauklotz herauszog. Dann stürmten die beiden auf die überdachte Brücke zu.

Ein Plan, dachte Ichabod. Wir brauchen einen Plan. Doch er konnte überhaupt nicht klar denken, nur noch fühlen, und zwar Angst, panische Angst.

Unmittelbar vor der Brücke versagte Broms lädiertes Bein; aus der Wunde sickerte Blut. Ichabod bot Brom seinen Arm, auf den dieser sich stützte, bis sie die schützende Überdachung der Brücke erreicht hatten.

Doch hinter ihnen waren die schweren Schritte des Kopflosen Reiters bereits deutlich zu hören. Irgendwie war es ihm gelungen, sich von der Sichel zu befreien. Ichabod wollte Brom zur Eile antreiben, doch der humpelte zusehends stärker und verzog nur vor Schmerz das Gesicht. *Das schaffen wir nie.*

Die Schritte waren jetzt direkt hinter ihnen, doch dann klangen sie plötzlich ganz anders – hohler und irgendwie sonderbar. Ichabod blickte nach oben. Der Reiter war *über* ihnen; seine Stiefel stampften über das Dach der Brücke. Am anderen Ende angekommen, sprang er wieder herunter, drehte sich dabei in der Luft um und landete federnd in der Hocke – genau vor ihnen.

Abrupt blieb Ichabod stehen. Die massige Gestalt des Hessen versperrte den Ausgang; als er aber unter die Überdachung der Brücke trat, ließ Ichabod Brom los, nahm die Axt in beide Hände und stürzte sich auf den Reiter, der Ichabods Hieb jedoch mit seiner eigenen Axt so parierte, daß er den Stiel von Ichabods Waffe spaltete. Dann wollte der Kopflose auf Brom losgehen und setzte zu einem mächtigen Schwerthieb an, doch Ichabod griff instinktiv ein und zog Brom aus der Reichweite der Klinge. Im selben Augenblick spürte er, wie ihm das Schwert in die Schulter und bis hinunter in seinen Rücken fuhr.

»Aah!«

Der Reiter riß das Schwert in die Luft, so daß Ichabod, immer noch am Ende der Klinge, mit hochgerissen wurde. Als er wieder auf dem Holzboden aufschlug, rutschte das Schwert aus der Wunde heraus. Ichabod hielt sich die Schulter und wand sich vor Schmerzen. Vor seinen Augen tanzten rote Punkte. Trotz seiner Qualen versuchte er, klar zu sehen. Brom stand nun wieder, wenn auch auf unsicheren Beinen, und hielt beide Sensen fest umklammert, während der Reiter unbeirrt auf ihn zu steuerte und mit schnellen, präzisen Bewegungen zustieß, zuschlug, zustach.

Brom ging langsam rückwärts, dabei wehrte er Axt und Schwert ab, die unablässig auf ihn niedersausten. Das blanke Entsetzen stand ihm ins Gesicht geschrieben. Dann konnte Ichabod nur noch den Rücken des Reiters sehen und das stete Klirren von Metall auf Metall hören, als Brom sich verteidigte.

Mühsam versuchte Ichabod, aufzustehen und sich vorwärts zu bewegen, um den Reiter abzulenken, doch seine Beine versagten ihm den Dienst, so daß er unsanft wieder auf dem Boden landete. In diesem Augenblick hörte das gleichmäßige Klirren auf; statt dessen vernahm Ichabod nun einen widerlichen, dumpf knirschenden Schlag, dann noch einen und noch einen …

Der Reiter stand nun genau über Brom und hackte drauflos wie ein Holzfäller. Als er fertig war, drehte er sich zu Ichabod um, dem alles vor den Augen verschwamm. So hatte er sich den Tod nicht vorgestellt.

Doch der Reiter marschierte an ihm vorbei zu seinem Pferd, und Ichabod sah nur noch die grausigen Überreste von Brom van Brunt auf den Holzplanken liegen. Dann schwanden ihm die Sinne.

12

*B*emerkenswert. Eine derartige Verletzung hätte er normalerweise nicht überleben können. Aber hier muß nicht genäht werden, und er hat so gut wie kein Blut verloren.«

Noch ganz benommen, wie durch einen Nebel hindurch, erkannte Ichabod die Stimme von Dr. Lancaster. Obwohl er sich schwach fühlte, unangenehm verschwitzt war und fror, bemühte er sich, die Augen zu öffnen. Von der Schulter abwärts lief der Schmerz in Wellen durch seinen Körper.

Allmählich konnte er Dr. Lancaster klar erkennen, dann auch Baltus van Tassel. Ichabod lag in seinem Zimmer im Haus der van Tassels. Die Nacht war hereingebrochen, daher war der Raum von Kerzen erleuchtet.

»Er bewegt sich«, sagte Baltus.

Ich lebe noch. Brom ist tot. Der Reiter ist entkommen. Wo ist Katrina? Ist sie in Sicherheit? Ichabod versuchte, sich aufzusetzen, sank aber wieder in die Kissen zurück.

»Sie müssen ruhig liegen«, mahnte Dr. Lancaster. »Sie haben Fieber.«

Das Fieber war ihm gleichgültig. Sein Leben war ihm gleichgültig. Nur eines zählte. »Katrina ...«, murmelte er.

In der van Tasselschen Küche beugte sich Katrina über den riesigen Herd. Auf dem Backsteinfußboden lagen ein Messer und eine tote Krähe, der ein Fuß abgeschnitten worden war. Über dem Feuer hing ein Becher, in dem es nun zu brodeln begann. Grüne Blätter wirbelten dort in einer milchigen, weißen Flüssigkeit herum.

»Nostradamus mediamus, Milch der Gnade in media nos laudamus. Nostradamus mediamus, Milch der Gnade in media nos laudamus …«

Diesen Sprechgesang wiederholte Katrina genau in der vorgeschriebenen Anzahl. Das war entscheidend. Dann nahm sie geschickt den Becher vom Feuer und stellte ihn zum Abkühlen auf einen Teller. Als der Trank die richtige Temperatur hatte, brachte sie ihn hinauf in Ichabods Zimmer.

Dort fand sie ihren Vater und Dr. Lancaster, die sich über Ichabod beugten und versuchten, ihm eine scheußlich aussehende, grüne Medizin einzuflößen.

»Das macht Sie wieder gesund«, lockte Dr. Lancaster.

Doch Ichabod hielt den Mund fest geschlossen – zu Recht, dachte Katrina. Die Heilmittel des Doktors halfen sowieso nicht.

Sie setzte sich auf Ichabods Bettkante. Er schaute sie aus tränenden, angsterfüllten Augen an. Seine Haut war bleich, sein Haar ohne Glanz, und als er sprach, klang seine Stimme dünn und heiser. »Ich … Ich habe versucht, Brom davon abzuhalten, aber …«

»Schsch«, beschwichtigte Katrina ihn. »Sie haben getan, was Sie konnten. Trinken Sie das hier, dann werden Sie schlafen.«

»Der Reiter hatte gar nicht vor, Brom zu töten … oder mich … Wenn Brom nicht auf ihn losgegangen wäre …«

»Später«, sagte Baltus. »Ruhen Sie sich jetzt aus.«

Doch Ichabod fuhr fort: »Ich habe etwas herausgefunden …«

»Er phantasiert«, sagte Baltus leise zu Dr. Lancaster.

»Der Reiter tötet nicht um des Tötens willen«, sagte Ichabod eindringlich. »Er wählt seine Opfer gezielt aus!«

»Trinken Sie«, sagte Katrina und hielt ihm den Becher

an die Lippen. Er trank das Gebräu in einem Zug aus, dann sank er besinnungslos in die Kissen zurück.

Katrina lehnte sich zurück, während ihr Vater sich sorgenvoll und beunruhigt über den Patienten beugte.

Hinter ihnen öffnete sich die Tür. Lady van Tassel kam herein. »Was hat er denn, Baltus?« Sie nahm die Hand ihres Mannes.

»Nichts, nichts«, erwiderte er. »Mach dir keine Sorgen, Liebes.«

Ichabods Augen zuckten nun unter den Lidern. Gut, dachte Katrina. Er träumte. Dann hatte er vielleicht eine Zeitlang keine Schmerzen mehr.

Er ist in einem Gotteshaus, in einer Kirche, doch er verspürt keinen Trost, nur panische Angst.

Es ist Nacht. Im Schein seiner Laterne werfen die Statuen lange Schatten, die ihn zu verfolgen scheinen.

Er sucht irgend etwas … irgend jemanden …

Da, hinter ihm, ein Geräusch! Er duckt sich rasch zwischen die Kirchenbänke und löscht seine Laterne. Es darf ihn niemand sehen.

In der gegenüberliegenden Wand öffnet sich eine rote Tür. Es ist Vater, zusammen mit einem anderen Mann, dem häßlichen, der Mutter mitgenommen hat. Sie sprechen miteinander, aber so leise, daß er nichts verstehen kann. Der Mann hält ein Stück Pergament in der Hand. Jetzt betreten sie die Kirche.

Ichabod kauert sich zusammen, bis er ganz klein ist. Als die Männer vorbeigehen, kann er den Schlamm an ihren Stiefeln und den schwachen Weihrauchduft von Vaters Kleidern riechen. Dann verlassen sie die Kirche wieder, durch die Haupteingangstür.

Ichabod ist wieder allein … vielleicht.

Er steht auf und geht hinüber zu der roten Tür. Sie

führt in das Geheimzimmer. Eine Stimme sagt ihm, nicht, doch er hört nicht auf sie, denn er muß das sehen.

Er öffnet die Tür. Durch ein buntes Glasfenster bricht ein Strahl des ersten Tageslichts herein und beleuchtet schwach die Gegenstände im Raum.

Stets hat er versucht, sich vorzustellen, was sich in dem Raum befinden könnte: Talare, Weihrauchfässer, Kerzen, Statuen und Ikonen. Doch er hat sich getäuscht; nichts dergleichen ist hier zu sehen. Anstelle von Gemälden hängen eiserne Handschellen an der Wand, lange Messer liegen auf einem Tisch, dazu spitze Nadeln und ein riesengroßer Korkenzieher. An der Wand steht ein Stuhl, der mit Nägeln gespickt ist.

»Jedes Vergehen muß bestraft werden«, so seines Vaters Worte. Aber dies? Und an diesem Ort?

Er fühlt sich ganz schwach und stolpert einen Schritt rückwärts.

Dann sieht er den Sarg.

Eigentlich ist es kein normaler Holzsarg, eher ein Sarkophag aus massivem Metall, der aufrecht dasteht und mit einem Vorhängeschloß verriegelt ist. In Augenhöhe befindet sich ein Schlitz im Deckel.

Durch diesen Schlitz scheint der Lichtstrahl auf zwei Augen – vertraute Augen, die ihn immer zärtlich, froh und liebevoll angesehen haben. Jetzt schauen sie starr geradeaus, ausdruckslos und tot.

Er hat Mutter gefunden.

Ein Schrei ertönt. Er hört ihn zwar, weiß aber nicht, daß er aus seiner eigenen Kehle herausbricht, und er rüttelt, rüttelt und zerrt an dem Schloß, versucht, es aufzubrechen und ungeschehen zu machen, was passiert ist – *meine Schuld, es ist meine Schuld, sie hat mich um Hilfe angefleht, aber ich habe sie im Stich gelassen.* Doch die Augen starren ihn nur verständnislos und stumpf an, bis er sich schließlich abwenden muß und auf dem Boden zusammenbricht, wo seine Tränen eine kleine Lache bilden. Es tut einfach zu weh, zu weh, gleich zerreißt es ihn.

Vor ihm steht der Stuhl, dessen Nägel in dem matten Sonnenlicht glänzen. Er langt hinauf, legt die Handflächen auf die dicht an dicht stehenden Nägel. Wo sie in seine Haut dringen, erscheinen Blutstropfen. Da preßt er die Hände darauf, mit aller Kraft, so daß die Nägel tiefe, lange Wunden hineinreißen.

Jetzt tut es nicht mehr weh.

13

*A*ah!« Ichabod fuhr in die Höhe, doch zwei Arme fingen ihn auf und hielten ihn fest – Katrinas Arme.

»Schsch, schsch«, flüsterte sie. »Sie haben geträumt.«

Sie zog ein Taschentuch hervor und betupfte damit seine Handflächen. Das Blut lief in feinen Rinnsalen aus seinen Narben, deren Ursprung er niemals richtig verstanden hatte, bis …

»Ja«, sagte Ichabod, »von Dingen, die ich vergessen hatte und an die ich mich gar nicht mehr erinnern wollte.«

»Vielleicht ist Erinnerung der dornige Weg zum Seelenfrieden«, erwiderte Katrina. »Was fehlt Ihnen, Ichabod?«

»Mir hat gar nichts gefehlt, sondern das Übel war in der Welt. Aber seit ich hier bin …«

»Sie waren aber nicht glücklich, als Sie hergekommen sind. Ich glaube, Ihre Wunde war tiefer als die, die der Reiter Ihnen zugefügt hat.« Katrina legte Ichabod den Handrücken auf die Stirn. »Aber das Fieber geht zurück, und auch wenn ich die Welt nicht retten kann, möchte ich doch dafür sorgen, daß Sie in ihr glücklich sind. Erzählen Sie mir, was Sie geträumt haben.«

»Ich habe davon geträumt, wie ich meine Mutter tot aufgefunden habe. Wie das Gute und das Böse manchmal die Kleider tauschen. Sie war unschuldig, ein Naturkind, das mein Vater verdammt … *ermordet* hat.«

»Ermordet …«

»Ja. Ermordet, um ihre Seele zu retten. Er war ein Tyrann, schwarz wie seine Bibel hinter einer Maske der

Selbstgerechtigkeit. Ich war sieben, als ich meinen Glauben verloren habe.«

»Und woran glauben Sie jetzt?«

»An Vernunft und Verstand, an Ursache und Wirkung, an ein geordnetes Universum. O Gott, ich hätte nicht an diesen Ort kommen sollen, wo das Übersinnliche meinen klaren Verstand so durcheinanderbringt.«

Katrina nickte traurig. »Gibt es denn nichts in Sleepy Hollow, für das es sich gelohnt hat, herzukommen?«

»Nein, gar nichts.« Ichabod sah ihr in die Augen. »Doch, einen Kuß, einen von der ganz seltenen Art. Einen Kuß von einer bezaubernden Frau, die noch nicht einmal mein Gesicht gesehen hatte und meinen Namen nicht kannte.«

»Ja. Ohne Sinn und Verstand. Ich habe Sie einfach so geküßt.«

Einfach so. Vielleicht würde sie jetzt ihr Versprechen einlösen … Abrupt lehnte sich Ichabod zurück. »Oh … um Himmels willen … ich rede von Küssen, und Sie haben Ihren tapferen Brom verloren!«

»Ich habe um Brom geweint«, entgegnete Katrina. »Und doch ist mein Herz nicht gebrochen. Finden Sie das schlimm?«

»Nein. Aber vielleicht haben Sie doch ein bißchen von einer Hexe an sich, Katrina.«

»Warum sagen Sie das?«

Ihre Augen waren voller Sehnsucht – sie wünschte sich, das Gefühl möge stärker sein als der Verstand.

Sag es, Crane. Sag es ihr. »Weil Sie mich verhext haben.«

In ihrer Umarmung verblaßte der böse Traum, und Ichabod spürte nichts mehr von dem Blut an seinen Händen.

Unten, in einem kleinen Zimmer im Gesindetrakt, setzte sich Masbath Junior im Bett auf. Seit dem Tod seines Vaters hatte er nicht mehr tief und fest geschlafen. Er fühlte sich nicht mehr sicher und geborgen auf der Welt; beim leisesten Geräusch wurde er wach. Heute waren es Schritte vor dem Haus.

Als er aus dem Fenster spähte, sah er den milden Schein einer Laterne über den Rasen schwingen, eine Laterne in der Hand einer in einen Umhang gehüllten Gestalt, die leise in Richtung des Dorfes verschwand.

Rasch kleidete sich Masbath Junior an und verließ das Haus, um ihr zu folgen.

Wie jeder Morgen an diesem gottverlassenen Ort, so war auch dieser trübe und düster. Ichabod erwachte, als sich die Tür seines Zimmers öffnete. *Katrina.* Erwartungsvoll setzte er sich auf, doch die Besucherin war Lady van Tassel mit einem Frühstückstablett.

»Sie haben geschlafen wie ein Toter«, bemerkte sie.

Ichabod zog sittsam seine Bettdecke hoch. »Sie sind zu freundlich zu mir. Ich bin noch gar nicht salonfähig; ich habe es nicht verdient, daß mich die Dame des Hauses bedient.«

»Das würde sie normalerweise auch nicht tun, aber das Dienstmädchen ist verschwunden.«

»Sarah?«

»Davongelaufen, wie schon so viele. Die Leute gehen einfach fort, weil sie Angst haben.«

»Und wo ist …«

Er verkniff es sich, Katrinas Namen auszusprechen, um nicht zu verraten, was er für sie empfand.

»Sie hat bis zum Morgengrauen an Ihrem Bett gewacht«, sagte Lady van Tassel und wandte sich zum Gehen. »Jetzt muß auch sie einmal schlafen.«

Sie wußte es; sie schien alles zu sehen. Als sie hinausging, spürte Ichabod, wie er errötete.

Dann kam Masbath Junior herein und begann geschäftig, Ichabods Kleider und die Waschschüssel zu richten.

»Hilf mir mal«, sagte Ichabod. »Ich glaube, ich habe mich genug erholt. Jetzt kann es weitergehen.«

»Wo gehen wir denn hin?« fragte Masbath Junior leise.

»Zur Kanzlei des Notars.«

»Und warum?«

»Weil ich denke, daß der alte van Garrett dort sein Testament hinterlegt hat.«

»Sie haben über etwas nachgedacht«, stellte Masbath Junior fest.

»Ja, über etwas, das du gesagt hast, Masbath Junior. ›Dem alten Mr. van Garrett hat sie manches Mal einen Korb voll Eier gebracht.‹«

An diesem Satz war Ichabod aus irgendeinem Grunde etwas merkwürdig vorgekommen, auch wenn er nicht gleich wußte, was es war – bis er sich dann an Katrinas Worte erinnerte: »Als mein Vater mit uns nach Sleepy Hollow gezogen ist, hat van Garrett ihm einen Morgen Land, ein baufälliges Cottage und ein Dutzend seiner Hühner geschenkt.«

»Wenn ich recht informiert bin, hatte van Garrett mehr als genug eigene Hühner«, erklärte Ichabod.

Das Gesicht des Jungen verdüsterte sich. Ichabod sah, daß er ins Schwarze getroffen hatte. Die Eier waren nur ein Vorwand gewesen. Also hatte die Witwe einen anderen Grund für ihre Besuche gehabt: Sie hatte ein Verhältnis mit van Garrett.

»Allmählich verstehe ich …«, fuhr Ichabod fort. »Die Witwe trug van Garretts Kind unter dem Herzen! Und was hast du Neues zu berichten?«

Masbath Junior deutete grimmig aus dem Fenster.

»Letzte Nacht habe ich jemanden weggehen hören. Erst sah es so aus, als ginge er ins Dorf, aber im Wald habe ich ihn dann aus den Augen verloren.«

Ein Verdächtiger. Aber welchen Verbrechens? In welchem Zusammenhang stand das mit dem Kopflosen Reiter? »Erkannt hast du ihn nicht?«

»Nein, das einzige, was ich gesehen habe, war seine Laterne«, erwiderte Masbath Junior, während er Ichabod ein frisches Hemd holte.

In den Wald. Im Dunkeln dorthin, wo der Reiter haust und wohin sich kein vernünftiger Mensch wagen würde. Es sei denn ... Es sei denn, dieser Jemand hatte nichts zu befürchten. Ja. Langsam fügten sich die Bruchstücke zu einem Bild zusammen. »Der Reiter bringt die Leute um«, überlegte Ichabod laut, als er sich rasch ankleidete, um an die Arbeit gehen zu können, »aber ich glaube, auf Befehl eines Sterblichen, eines Menschen aus Fleisch und Blut.«

»Wie kommen Sie denn darauf?« fragte Masbath Junior.

»Die Hexe ... das alte Weib ... als ich auf ihre Leiche stieß, lag sie in einer Blutlache, und immer noch strömte Blut aus ihrer Kehle. *Diese Wunde war nicht verschlossen!*«

»Dann ... dann hat der Hesse sie gar nicht umgebracht. Es hat nur jemand versucht, es so aussehen zu lassen.«

Ichabod nickte. »Da hat jemand eine private Rechnung beglichen. Aber wenn der Reiter jemandem den Kopf abhackt, hat er andere Gründe. Die Alte hat uns einen Hinweis auf das gegeben, was den Hessen umtreibt, nämlich daß ihm jemand den Schädel aus dem Grab gestohlen hat. Diese Person, die den Schädel hat, besitzt große Macht über den Reiter. Und darum ist der Kopflose durch den Totenbaum zurückgekommen. *Er hackt solange Köpfe ab, bis er seinen eigenen wiederbekommt!*«

»Aber wer ...«

»Jemand, der aus diesen Morden einen Nutzen zieht.«

Als Ichabod und Masbath Junior ins Dorf ritten, wurden sie von Hammerschlägen und dem Geruch von Sägemehl empfangen. In einem Haus ums andere waren Männer damit beschäftigt, die Fenster mit Brettern zu vernageln. Ab und an sprachen sie bei Ichabods Anblick im Flüsterton miteinander und starrten ihn finster an.

Vor dem Gemischtwarenladen stand eine Menschentraube. Im Laden wurden Vorräte verteilt, die von Hand zu Hand nach draußen weitergegeben wurden. Dort wanderten sie in bereitstehende Schubkarren, die sodann zur Kirche geschoben wurden.

Vor Hardenbrooks Kanzlei, die nicht weit entfernt war, saßen Ichabod und Masbath Junior ab und banden ihre Pferde an. Sie beobachteten, wie die Dorfbewohner zu der alten Kirche strömten und dicht gedrängt vor dem Tor des schmiedeeisernen Zauns standen, der den Kirchhof umgab. Auf dem Kirchhof selbst stellten einige Männer große Holzkreuze auf.

»Heiliger Boden«, bemerkte Ichabod. »Das hoffen sie jedenfalls.«

Über das Gewühl hinweg ließ sich Reverend Steenwycks durchdringende Stimme vernehmen. Er stand auf einer Kiste vor der Kirche und zeigte auf Ichabod: »Da ist er! Da! Der hat unsere christlichen Gräber geschändet! Und zweimal ist er dem Kopflosen Reiter begegnet, ohne seinen Kopf einzubüßen! Woran mag das liegen? *Der Teufel nimmt die seinen in Schutz!*«

Ein großer Erdklumpen traf Ichabod an der Schulter.

Er packte Masbath Junior am Arm und hastete mit ihm in Hardenbrooks Kanzlei.

Der Alte sah kaum auf, als sie hereinkamen. Jeder Quadratzentimeter in dem Raum war mit Papieren vollgestopft; es sah aus, als ob nicht ein einziges Blatt jemals umgedreht worden wäre, seit er sich hier als Notar niedergelassen hatte. Es roch nach Tinte, Schimmel und Müßiggang.

»Ich nehme an, Mr. Hardenbrook, daß Testamente offiziell hier hinterlegt werden?«

Ichabod hatte sich auf eine Auseinandersetzung gefaßt gemacht, doch Hardenbrook reichte ihm verdrießlich ein Dokument.

»Ich denke, das ist, was Sie sehen wollen. Nehmen Sie es, und verschwinden Sie!«

Daß Hardenbrook so schnell aufgab, verblüffte Ichabod. Woran mochte das liegen? Als er begann, das vergilbte Papier durchzulesen, zitterten ihm unwillkürlich die Hände. Die Überschrift war in gut lesbaren, schlichten Buchstaben geschrieben:

TESTAMENT
Peter van Garrett

»Van Garrett Senior hat sein Anwesen den nächsten Anverwandten hinterlassen«, erklärte Hardenbrook, »das heißt, seinem einzigen Sohn. Da jedoch der Sohn zum gleichen Zeitpunkt umgebracht worden ist ...«

»... Wäre der nächste Verwandte nach dem Sohn der Älteste aus der Linie der Schwester von van Garretts Vater«, folgerte Ichabod, dem die Erbfolge plötzlich klar wurde. »Also kein anderer als Baltus van Tassel, und das hat überhaupt noch niemand erwähnt!«

Baltus. Es schien ausgeschlossen.

»Also, jetzt wissen Sie es«, fuhr Hardenbrook ihn an, »und ich hoffe, Sie gehen bald, bevor meine Fensterscheiben zu Bruch gehen.«

»Nein, ich bin noch nicht soweit«, erklärte Ichabod. Hardenbrook stöhnte gequält auf.

»In Wirklichkeit fürchten Sie sich nicht vor einem Ziegelstein, der durch Ihre Scheiben fliegt, Hardenbrook. Da ist noch etwas anderes. Als Sie sich bei Philipse getroffen haben, habe ich gesehen, was für eine Angst Sie hatten, Sie und Steenwyck und auch der Doktor. Philipse hat mit seinem Kopf bezahlt, und nun fürchten Sie um Ihren eigenen.«

»Ja, genau!« rief Hardenbrook aus. »Aber als wir in die Sache mit hineingezogen worden sind, haben wir nicht gewußt, daß dabei Mord im Spiel sein würde!«

»Von wem mit hineingezogen?« drängte Ichabod.

Hardenbrook sackte förmlich auf seinem Stuhl in sich zusammen und rang die Hände. »Erbarmen ... wir haben nicht gewollt, daß ihr etwas zustößt ...«

»Daß wem etwas zustößt?«

»Aber durch die Heirat ist sie zur nächsten Anverwandten geworden ...«

»Ist *wer* zu *wessen* nächster Anverwandten geworden? Ich kann Ihnen nicht folgen.«

»Er meint«, meldete sich Masbath Junior zu Wort, »daß der alte van Garrett heimlich die Witwe Winship geheiratet hat.«

Damit ergab plötzlich alles einen Sinn. Die Witwe war van Garretts Ehefrau gewesen, die sein ganzes Anwesen geerbt hätte.

»Natürlich!« sagte Ichabod. »Und van Garrett muß ein neues Testament geschrieben haben, in welchem er ihr alles vermacht hat. Dadurch stand sie zwischen Baltus und dem Erbe! Wo ist das neue Testament?«

»Ausgeschlossen, daß ich Ihnen helfe«, jammerte Hardenbrook. »Sonst holt mich der Reiter!«

»Ich gehe nicht eher, als bis ich das allerjüngste Testament von …«

Unvermittelt stürzte Hardenbrook sich auf einen Stapel Dokumente, so daß die obersten Blätter in die Luft wirbelten und weitere Papiere in hohem Bogen auf den Boden zu Ichabods Füßen flatterten. Tiefer und tiefer wühlte sich der Notar durch den Stapel, bis er Ichabod schließlich ein weiteres Testament hinschleuderte.

»Und jetzt raus hier! Ich bin ein toter Mann!«

Hardenbrooks Gesichtszüge schienen plötzlich einzufallen; er vergrub das Gesicht in den Händen und brach in unkontrolliertes Schluchzen aus.

»Sir?« fragte Masbath Junior.

Rasch überflog Ichabod das Dokument. Als er die Unterschriften darunter las, stockte ihm der Atem. Eine davon gehörte Jonathan Masbath.

»Masbath Junior …«, sagte Ichabod langsam, nachdem sich damit ein weiteres Bruchstück schmerzhaft in das Gesamtbild eingefügt hatte, »jetzt weiß ich, warum dein Vater sterben mußte. An jenem Abend, als van Garrett sich mit seinem Sohn gestritten hatte, ist Jonathan Masbath nach oben zitiert worden, um das neue Testament zu unterzeichnen. Hier ist die Unterschrift deines Vaters. Damit war sein Tod besiegelt.«

Masbath Junior griff nach dem Dokument. Beim Anblick der vertrauten Schrift füllten sich seine Augen mit Tränen.

Ichabod schaute zu Boden. Da fiel sein Blick plötzlich auf weitere Unterschriften, auf einem Dokument neben seinem linken Schuh. Er bückte sich, um es aufzuheben, und überflog den Text. »Die Heiratsurkunde!

Reverend Steenwyck hat van Garrett und die Witwe Winship getraut.«

Jetzt fügte sich eins zum anderen. Ichabod brauchte nur noch kurz nachzudenken, um zu erkennen, welche Rolle die anderen Männer bei der Sache gespielt hatten.

»Dr. Lancaster hat die Schwangerschaft der Witwe festgestellt«, sagte er. »Sie hat Richter Philipse das Geheimnis anvertraut. Notar Hardenbrook hat die Dokumente verschwinden lassen ... und Sie alle haben Stillschweigen bewahrt. Aber warum? Weil Sie sich wahnsinnig vor dem Mann gefürchtet haben, der der Nutznießer der ganzen Sache war, vor Baltus van Tassel!«

Der Rückweg dauerte nicht lange. Als Ichabod und Masbath Junior gerade die Treppe zu Ichabods Zimmer hinaufgehen wollten, sahen sie einen Lichtschein durch eine Ritze in der Tür zum Salon. Drinnen saß Baltus mit einem halbleeren Drink über einen Tisch gebeugt, vor sich eine große Truhe mit geöffnetem Deckel. Nicht ahnend, daß er von zwei Augenpaaren beobachtet wurde, griff Baltus in die Truhe und holte eine Handvoll Silbermünzen heraus, die er sorgfältig eine nach der anderen auf den Tisch zählte.

So klammheimlich. So aalglatt. Von allen, die Ichabod hier kennengelernt hatte, war Baltus der Letzte, auf den sein Verdacht gefallen wäre – obwohl ihn seine jahrelange Erfahrung als Constable in New York gelehrt hatte, niemandem zu trauen. Vielleicht hatte er ihn einfach nicht verdächtigen wollen. Baltus war so nett zu ihm gewesen.

»Ich glaube, da ist noch ein Fehler in Ihren Überlegungen«, flüsterte Masbath Junior, als er hinter Ichabod die Treppe hinaufstieg.

»Tatsächlich?« entgegnete Ichabod. »Würdest du

vielleicht die Güte haben, mich teilhaben zu lassen an deinen ...«

»So viele Morde, nur damit Baltus van Tassel noch mehr Land und Besitztümer bekommen würde?«

»Genau. Menschen morden aus Habgier. Du kennst offenbar New York nicht.«

Oben an der Treppe wandte Ichabod sich zur Tür seines Zimmers. Sie war nur angelehnt. Als er sich heranschlich und ins Zimmer spähte, sah er Katrina am Schreibtisch sitzen und in seinem Notizbuch lesen.

»Katrina! Was tun Sie in meinem Zimmer?«

Katrina fuhr herum. »Ich wollte ... weil es doch *Ihres* ist«, sagte sie und holte tief Luft. »Ist das schlimm?«

»Nein ...«, erwiderte Ichabod zögernd. *Schlimm nicht. Aber sonderbar.*

»Ich habe Sie vermisst. Wo sind Sie gewesen?«

»Beim Notar. Ich hatte ein paar Fragen an ihn.«

»Und, haben Sie etwas Interessantes herausgefunden?«

»Ja ... vielleicht.«

Er warf Masbath Junior einen warnenden Blick zu. Sie konnten es ihr natürlich nicht verraten. Sie durfte nichts davon erfahren, solange sie selbst nicht mehr wußten.

Katrinas Miene verdüsterte sich. »Mein Vater will, daß Sie nach New York zurückgehen.«

Kein Wunder. Er ahnt, daß wir ihm auf der Spur sind.
»Tatsächlich?« fragte Ichabod. »Und warum?«

»Ich weiß es nicht.« Katrina lächelte bekümmert. »Vielleicht hat er einen Blick in Ihr Notizbuch geworfen, und das, was er dort gesehen hat, hat ihm nicht gefallen.«

Ichabod ging zu ihr hinüber, um in das Buch zu schauen. Die aufgeschlagene Seite kannte er nur zu gut. Er hatte eine Skizze von Katrina gezeichnet und rundherum in allen möglichen verschnörkelten Varianten wieder und wieder ihren Namen geschrieben. Er wurde rot und schlug das Notizbuch hastig zu.

»Er glaubt, daß Städter und Leute vom Land nicht gut zusammenpassen«, erklärte Katrina.

Ichabod öffnete die Schublade des Schreibtisches und ließ Testament und Heiratsurkunde von van Garrett hineingleiten.

»Was haben Sie da?« wollte Katrina wissen.

»Beweismittel. Tut mir leid, aber das ist streng vertraulich.«

Darauf ging Katrina zur Tür. »Dann lasse ich Sie jetzt in Ruhe. Schlafen Sie gut.«

Nachdem sie gegangen war, nahm Ichabod aus dem Augenwinkel eine plötzliche Bewegung wahr. Lautlos huschte ein filigraner Schatten über den Boden. Eine Ratte hätte Ichabod nicht aus der Fassung bringen können, doch das hier war viel schlimmer. Es war eine Spinne. Mit einem Aufschrei sprang er zur Seite, als sie unter sein Bett krabbelte.

Masbath Junior sah ihn verblüfft an. »Es ist nur eine Spinne.«

»Wo ist sie? Wo ist sie? Kannst du sie sehen?«

Masbath Junior ging in die Hocke, um unter das Bett zu schauen, und runzelte die Stirn. »Da unten ist was.«

»Mach sie tot! Mach sie tot!« *Reiß dich zusammen, Crane!* »Nein, nein ... äh ... *betäub* sie nur.«

Masbath Junior ergriff ein Ende des Bettes. »Helfen Sie mir, das Bett zu verschieben.«

Als Ichabod am anderen Ende zog, rückte das Bett von der Wand ab. Auf den Boden darunter hatte jemand mit Kreide ein seltsames Symbol gezeichnet, einen fünfzackigen Stern in einem Kreis, ein Pentagramm. Genau in der Mitte saß die Spinne.

»Schauen Sie!« rief Masbath Junior. »Der böse Blick! Irgend jemand will Sie mit einem Fluch belegen!«

Vor Ichabods Augen verschmolz das unheimliche Zeichen mit der abscheulichen schwarzen Spinne. »Der böse Blick …«, murmelte er.

In dieser Nacht war an Schlaf nicht zu denken. In Ichabods Kopf überschlugen sich die Gedanken. Er hatte zwar das Zeichen unter dem Bett weggewischt, so gut er konnte, und sich gesagt, daß es nur ein albernes magisches Symbol war, aber es beunruhigte ihn immer noch. Im Salon schlug die Uhr zwölf. Mitternacht. Genau um diese Zeit hatte Masbath Junior in der letzten Nacht die geheimnisvolle Gestalt im Wald verschwinden sehen.

Ichabods Herzschlag setzte für einen Moment aus, als er unten eine Bodendiele knarren hörte. Er versetzte Masbath Junior, der auf dem Fußboden eingeschlafen war, einen Tritt, so daß der Junge aufschreckte. Beim nächsten Knarren griff er zu einer Laterne. Als sie gemeinsam nach unten schlichen, wurde irgendwo im Haus eine Tür geöffnet und wieder geschlossen: Irgend jemand verließ das Haus.

Sie folgten dem Geräusch nach draußen und sahen weit vor sich jemand mit einer Laterne, das Gesicht von einer Kapuze verhüllt, über die überdachte Brücke auf den Wald zu gehen. In sicherem Abstand, aber so, daß sie die Laterne stets im Blick hatten, schlichen Ichabod und Masbath Junior hinterher. Im Wald angekommen, mußten sie sich ihren Weg mit ausgestreckten Armen ertasten, so dunkel war es unter den Bäumen. Dabei hielten sie weiter nach dem goldenen Schein der Laterne Ausschau, der bald hinter einem kleinen Hügel verschwand. Dann hörten sie Stimmen.

»Warte hier«, flüsterte Ichabod, kletterte allein den Hügel hinauf und spähte vorsichtig auf die andere Seite.

Die Laterne, die auf einem Felsblock stand, warf einen Lichtkegel auf zwei Personen. Die eine war ein Mann, die andere, der Ichabod und Masbath Junior gefolgt waren, das konnte Ichabod nun sehen, war eindeutig eine Frau. Während die beiden sich leidenschaftlich küßten, schlich sich Ichabod näher heran. Der Frau rutschte die Kapuze vom Kopf, und als sie lächelnd zu dem Mann aufsah, konnte Ichabod einen Blick auf Lady van Tassels Gesicht erhaschen.

Ihr Gegenüber hätte Ichabod hier als letzten erwartet: Reverend Steenwyck.

Der Geistliche küßte die Frau begehrlich, wie im Rausch, als sie hinter seinem Rücken plötzlich ein Messer hob. Ichabod machte sich angespannt bereit, jeden Moment einzugreifen, doch dann hielt er sich zurück. Lady van Tassel ritzte sich selbst die Hand auf, indem sie die Klinge über die Handfläche zog. Darauf zog sie Reverend Steenwycks Hemd hoch und schmierte ihm das Blut über den Rücken. Ichabod wurde übel, und er kehrte rasch zu Masbath Junior zurück.

»Was geschieht dort?« fragte der Junge.

»Etwas, das ich lieber nicht gesehen hätte«, erwiderte Ichabod und wandte sich zum Gehen. Masbath Junior war zwar neugierig, stellte aber bald keine weiteren Fragen mehr, denn der Rückweg war holperig und mühsam und erforderte ihre ganze Aufmerksamkeit.

Als sie endlich beim Haus ankamen, war Ichabod erschöpft. Mit schmerzenden Beinen ging er hinein und schleppte sich die Treppe hinauf, doch kaum hatte er sein Zimmer betreten, war er plötzlich wieder hellwach. Die Schublade von seinem Schreibtisch stand offen. Die Dokumente von van Garrett waren verschwunden.

14

*S*ie will Sie nicht sehen.« Lady van Tassel zuckte mitleidig die Achseln.

Ichabod war die ganze Nacht aufgeblieben, bis er Lady van Tassel kurz vor Tagesanbruch ins Haus schleichen hörte. Später war er mit unbewegter Miene in die Küche hinuntergegangen und hatte gewartet, bis Lady van Tassel erschien, um das Frühstück vorzubereiten. Höflich hatte er sie um eine Unterredung mit Katrina gebeten.

Unruhig marschierte er in der Küche auf und ab, wobei er versuchte, nicht auf Lady van Tassels verbundene Hand zu starren. Nichts ergab mehr einen Sinn, schon gar nicht das, was er im Wald gesehen hatte. Lady van Tassel und Reverend Steenwyck? Warum?

Ichabod verscheuchte die Fragen. Er mußte unbedingt mit Katrina sprechen, denn das Wichtigste war, daß er die Papiere zurückbekam. »Hat sie irgend etwas gesagt?«

»Nur, daß sie nicht herunterkommt.«

»Verstehe. Ich danke Ihnen.« Niedergeschlagen wandte sich Ichabod zum Gehen.

»Constable«, rief Lady van Tassel ihm nach, »ich habe mir von gestern auf heute die Hand verletzt, aber Sie haben mich gar nicht gefragt, wie das passiert ist, wo das doch die Höflichkeit geboten hätte. Ja, Sie haben sich sogar regelrecht bemüht, nicht hinzuschauen und es nicht zu erwähnen.«

Mit diesen Worten wickelte sie den Verband ab und zeigte ihm einen langen Schnitt in ihrer Handfläche, der mit groben Stichen zusammengenäht war.

»Ja, tut mir leid«, sagte Ichabod. »Wie ist das denn …«

Unsanft faßte Lady van Tassel ihn am Handgelenk und zog ihn zu sich heran. »Ich weiß, daß Sie mich gesehen haben«, flüsterte sie.

»Wie bitte?«

»Ich weiß, daß Sie mir letzte Nacht gefolgt sind. Sie müssen mir versprechen, meinem Mann nichts von dem zu erzählen, was Sie gesehen haben. Versprechen Sie mir das!«

Ichabod versuchte sich loszureißen, doch sie hatte einen festen Griff. In dem Moment hörte er, wie die Haustür zuschlug und sich Schritte näherten.

»Reverend Steenwyck hat Macht über mich«, sagte Lady van Tassel.

»M …M …Macht?« stotterte Ichabod.

»Er weiß etwas Schreckliches, womit er meinem guten Ehemann schaden kann. Was Sie mit angesehen haben, war der Preis für sein Schweigen.«

»Was weiß Steenwyck denn?«

In diesem Augenblick drehte sich der Türknauf. »Später«, flüsterte Lady van Tassel, als sie Ichabod losließ. »Später.«

Baltus platzte herein und steuerte schnurstracks auf die Flasche mit dem Hochprozentigen zu. »Das ganze Dorf ist in Aufruhr. Greueltaten und tragische Unglücksfälle wechseln sich ab. Hardenbrook ist tot – stranguliert!«

Lady van Tassel verschlug es den Atem. »Dieser harmlose alte Mann?«

Hardenbrook, der Mann, der Bescheid wußte. Dessen Schriftstücke Baltus verraten konnten.

Während Baltus sich einen Drink einschenkte, betrachtete Ichabod unwillkürlich seine Hände, die den Flaschenhals umschlossen – große, kräftige Hände eines Farmers, die leicht einen Mann erwürgen konnten.

»Hat sich letzte Nacht erhängt!« berichtete Baltus.

»Reverend Steenwyck hat für heute abend eine Versammlung in der Kirche einberufen. Alle sollen kommen, Männer, Frauen und Kinder.« Er wandte sich an Ichabod. »Er wird den Stab über Ihnen brechen. Wenn Sie gescheit sind, verschwinden Sie vorher von hier. Steenwycks Gemeinde ist ohnehin schon auf dem besten Wege, sich zum Mob zu entwickeln.«

»Ich gehe dann, wenn ich meine Aufgabe hier erledigt habe«, versetzte Ichabod.

Baltus' Miene verfinsterte sich. Schnell legte Lady van Tassel ihm beschwichtigend den Arm um die Schulter; dabei fiel sein Blick auf ihren Verband. »Was ist denn das?«

»Ich habe ungeschickt mit dem Küchenmesser hantiert«, erwiderte seine Frau.

»Das sieht böse aus.«

»Ich verbinde es später mit wilden Pfeilwurzblüten; ich weiß, wo welche wachsen. Begleitest du mich?«

Ichabod ließ die beiden allein, schlich hinaus und rannte geradewegs die Treppe hinauf zu Katrinas Zimmer. *Wenn sie nicht zu mir kommt, gehe ich eben zu ihr.*

Er hämmerte an die Tür, doch es kam keine Antwort. Leise öffnete er die Tür. Durch den Luftzug wirbelte die Asche im Kamin auf. Schwarze, hauchdünne Flöckchen. Hier war Papier verbrannt worden, kein Holz.

Ichabod stöhnte auf. Die Dokumente waren unwiederbringlich verloren; damit brach seine Beweisführung zusammen. Und Katrina war fort.

In dem Moment stürmte Masbath Junior außer Atem ins Zimmer. »Ich habe sie wegreiten sehen, zum alten Weideland.«

Zwei Stufen auf einmal nehmend, hastete Ichabod die Treppe hinunter.

In der alten Windmühle, die auf einem Hügel am Rand der van Tasselschen Ländereien stand, kauerte neben einem brennenden Strohhaufen eine Gestalt, die in einen Umhang gehüllt war. Mit Handschuhen faltete sie ein Blatt Papier auseinander und hielt es hoch über die Flammen, bis die herausfallenden Haarsträhnen im Feuer zu Asche verglühten.

Aus einer Stofftasche holte sie sodann einen großen menschlichen Schädel hervor, den sie sorgfältig genau in die Mitte des Feuers setzte. In den tanzenden Flammen schien der Schädel zu grinsen, mit merkwürdig scharfen Zähnen, die spitz zugefeilt waren.

Ichabod rannte durch die Western Woods. Er konnte sich inzwischen recht gut dort orientieren, und so erreichte er bald die Stelle, an der er Katrina zu finden hoffte.

Sie war genau dort, wo er sie vermutet hatte, in dem verlassenen Cottage, wo er sie erstmals die magischen Symbole hatte zeichnen sehen. Sie kauerte sich über den verfallenen Kamin, in dem ein kleines Feuer brannte, und sang mit eintöniger Stimme Beschwörungsformeln vor sich hin. Ihr Pferd graste friedlich in der Nähe.

»Katrina!« rief Ichabod.

Sie wandte sich um und stand auf, mit roten, tränenüberströmten Wangen und zornig funkelnden Augen.

»Sie haben die Papiere genommen und verbrannt?«

»Damit Sie nicht mit ihrer Hilfe meinen Vater anklagen können.«

»Ich ... ich klage niemanden an. Aber wenn jemand schuldig ist, kann ich das nicht ändern, so leid es mir auch tut. Und auch Ihre Zauberformeln können dem nichts anhaben.«

»Wenn Sie meinen Vater kennten, würden Sie nicht so

streng über ihn urteilen … nein, und auch nicht, wenn Sie etwas für mich empfänden!«

Ihre Worte schmerzten Ichabod. Er hätte sie gerne getröstet, doch was sollte er ihr sagen? Wie konnte er den Schmerz ihrer Erkenntnis lindern, daß die Geldgier ihren Vater verdorben hatte? »Mein Gedankengang zwingt mich zu der Annahme. Warum sonst hätten sich seine vier Freunde verbündet, um alles zu vertuschen?«

»Sie sind der Ermittler, nicht ich. Suchen Sie sich eben einen anderen Gedankengang, und lassen Sie mich in Ruhe!«

»Ich kann nicht, weder das eine noch das andere. Mir blutet dabei das Herz.«

»Ich glaube, Sie haben gar kein Herz – und Ihnen wollte ich meines beinahe schenken!« Damit rannte sie aufgewühlt zu ihrem Pferd hinüber. Als sie aufsaß, bäumte sich das Tier auf, so daß seine Vorderhufe über Ichabods Kopf in die Luft griffen.

»Und doch glaube ich, Sie haben mich geliebt, an jenem Tag, als Sie mir in die Western Woods gefolgt sind«, schrie Ichabod, »und sich solchen Gefahren ausgesetzt haben!«

»Was für eine Gefahr bestand denn für mich, wo doch mein eigener Vater die Macht über den Kopflosen Reiter hat?« gab Katrina zurück. »Adieu, Ichabod Crane! Ich verfluche den Tag, an dem Sie nach Sleepy Hollow gekommen sind!«

Sie ritt davon, bevor er ihr antworten konnte.

Bei Einbruch der Dunkelheit klang das tiefe, gleichmäßige Läuten der Kirchenglocken zu Baltus herüber, der voller Ungeduld zu Pferd an einem Wiesenrand wartete. In dem angrenzenden Wäldchen konnte er seine Frau sehen, wie sie das Unterholz absuchte. Wenigstens war sie wieder in Sicht; zuvor hatte er sie bereits für eine Weile aus den Augen verloren. Sie brauchte entsetzlich lange. »Komm!« rief Baltus. »Beeil dich! Die Glocke läutet schon zur Versammlung!«

Was um alles in der Welt machte sie nur – pflückte sie denn die Blütenblätter der Pfeilwurz alle einzeln ab? Ungeduldig warf er einen Blick zum Dorf hinüber, um abzuschätzen, wie lange sie wohl für den Rückweg brauchen würden.

Als er sich wieder zu seiner Frau umdrehte, wurde er bleich. Der Kopflose Reiter war aus dem Wald herausgekommen und ritt nun geradewegs auf Lady van Tassel zu. Der Kopflose hatte es auf die Arglose abgesehen. Jetzt zog er sein Schwert aus der Scheide.

In einen schwarzen Umhang gehüllt und mit einem breitkrempigen Hut auf dem Kopf, drückte sich Ichabod in den dunklen Winkeln des Dorfplatzes herum, um der in Panik geratenen Menge nicht zu begegnen. Steenwyck hatte sie so gründlich bearbeitet, daß inzwischen alle ihn für den Schuldigen hielten. Sollte ihn einer erkennen, so würden sie ihn bestimmt öffentlich teeren und federn oder noch Schlimmeres mit ihm anstellen.

Als er Katrina erspähte, die mit allen anderen zusammen auf die Kirche zu ging, folgte er in geringem Abstand, bis er donnernde Hufschläge von den Wiesen auf das Dorf zu kommen hörte. Er wandte sich um. Mit rotem Kopf kam Baltus angaloppiert und fiel vor Angst fast vom Pferd. »Der Kopflose! Rettet mich!«

»Vater!« schrie Katrina auf.

Baltus sprang vom Pferd und klammerte sich an seine Tochter. »Er hat sie umgebracht! Der Kopflose hat deine Stiefmutter umgebracht!« stieß er, vor panischem Schrecken außer sich, hervor.

So benimmt sich niemand, der mit Dämonen im Bunde steht.

Aus dem Wald ertönte das wütende Wiehern eines Pferdes, dazu das Donnern seiner Hufe. Niemand wagte sich zu rühren, alle Blicke wandten sich in die Richtung, aus der die Geräusche kamen.

Kaum war der Kopflose Reiter auf seinem Rappen aus dem Wald herausgeprescht, brach im Dorf ein heilloses Durcheinander aus. Wer noch auf der Straße war, stürzte zur Kirche hinüber; einer stolperte über den anderen, weil jeder als Erster durch das Tor hineinwollte.

Der Kirchhof war bald leer, da die Männer, die dort mit dem Bau der Kreuze beschäftigt gewesen waren, alles stehen und liegen ließen und in die Kirche hasteten. Auch Baltus und seine Tochter rannten zum Gotteshaus, zum heiligen Boden. Zu glauben, das Gebäude könne ihnen Schutz bieten, war lächerlich, dachte Ichabod, doch vielleicht bot es eine gewisse Sicherheit, daß alle zusammenhielten. Da Ichabods gesamte Argumentation soeben zusammengebrochen war, war Sicherheit das äußerste, worauf er hoffen durfte.

Gefolgt von Masbath Junior rannte er hinter den anderen her. »Ich weiß, was du jetzt denkst«, rief er über die Schulter zurück.

»Sieht so aus, als wäre es nicht Baltus van Tassel, der die Macht über den Kopflosen Reiter hat«, erwiderte der Junge.

Als Letzte zwängten sie sich durch die Kirchentür, bevor diese zuschlug. Dahinter spielten sich vor lauter Panik tumultartige Szenen ab. Frauen scheuchten ihre Kinder vor sich her ins Untergeschoß der Kirche; Männer schnappten sich Gewehre aus dem Waffenlager, das man vorsorglich angelegt hatte, und stellten sich auf die Kirchenbänke, um durch die Löcher in den Brettern zu schauen, die sie vor die Fenster genagelt hatten. Auch Ichabod eilte zu einem Fenster und spähte zwischen den Brettern hindurch. Daredevil war vor dem Tor zum Kirchhof angekommen, wieherte laut und stieg auf die Hinterbeine; er weigerte sich standhaft, weiterzugehen.

Obwohl der Kopflose Reiter rabiat an den Zügeln zerrte und versuchte, sein Pferd mit brutalem Sporeneinsatz auf den Kirchhof zu zwingen, gab Daredevil nicht nach. Schließlich warf der Reiter seine Axt von unten herauf über den Zaun in den Kirchhof, aber so ungewöhnlich behutsam, daß Ichabod befremdet war. Noch in der Luft zerfiel die Axt und rieselte auf den Boden wie Staub.

Heiliger Boden. Es funktionierte, stellte Ichabod überrascht fest. Dann sah er Katrina, die inmitten des Durcheinanders durch die ganze Kirche lief, ihn mit einem haßerfüllten, anklagenden Blick streifte und sich schließlich voller Angst und Verzweiflung über den Altar warf und in Tränen ausbrach. Ichabod wollte gerade zu ihr hinübergehen, als die Musketen abgefeuert wurden und er zurückzuckte. Mit ihren Waffen verfolgten die Schützen den Kopflosen Reiter, der draußen vor dem Tor auf und abritt. Auch Masbath Junior griff zum Gewehr und drückte ab.

Durchs Fenster sah Ichabod, wie die Kugeln dem Kopflosen Reiter und seinem Pferd ins Fleisch drangen, beide jedoch völlig ungerührt kehrtmachten und sich hinüber zum Dorfplatz begaben.

Als Ichabod sich wieder umdrehte, war Katrina fort; in dem Gedränge konnte er sie nicht mehr finden. Verzweifelt suchte er nach ihr, entdeckte aber nur Reverend Steenwyck, der auf die Tür im Untergeschoß zu stürzte und Baltus van Tassel am Kragen packte, der sich gerade unten in Sicherheit bringen wollte. Unsanft zerrte Steenwyck ihn zurück. »Sie bringen uns alle um! Sie sind doch der, den der Kopflose will! Warum sollten wir Ihretwegen sterben? Verlassen Sie die Kirche!«

Andere eilten dem Geistlichen zu Hilfe, um Baltus zu packen und zum Ausgang zu schleifen. Rasch drängte sich Ichabod durch die Menge. »Aufhören! Der Kopflose Reiter kann hier überhaupt nicht hineinkommen! Es spielt keine Rolle, auf wen er es abgesehen hat. Er kann den Kirchhof nicht betreten!«

»Er kommt zurück!« rief in diesem Augenblick einer der Schützen von seinem Fenster. »Mit einem aufgerollten Seil!«

Steenwyck zeigte mit seinem wulstigen Finger auf Baltus. »Wir müssen uns retten!«

»Nein! Laßt mich los!« Vor lauter Verzweiflung griff Baltus nach Ichabods Pistole und fuchtelte damit herum, so daß seine Gegner zurückwichen. »Wagt es nicht, euch zu nähern! Der nächste, der mich anfaßt, kriegt eine Kugel ab!«

Nun kämpfte sich Dr. Lancaster durch das Gewühl heran und baute sich Auge in Auge mit Steenwyck auf. »Es sind schon genug Leute umgekommen! Es ist an der Zeit, daß wir unsere Sünden beichten und Gott um Vergebung für unsere Verfehlungen bitten!«

»Seien Sie nicht albern!« fuhr Steenwyck ihn an. »Ich warne Sie, Doktor ...«

»Was wissen Sie, Lancaster?« fragte Baltus.

Ohne die Antwort des Doktors abzuwarten, hastete Steenwyck durch die Menge zum Altar.

»Ihre Freunde spielen ein falsches Spiel mit Ihnen«, sagte Lancaster. »Der Teufel hat uns verführt in Gestalt von ...«

Blitzschnell tauchte Steenwyck wieder hinter dem Doktor auf; er schwang ein schweres Kreuz in der Luft.

Bevor noch irgend jemand reagieren konnte, ließ er es mit voller Wucht auf Lancasters Hinterkopf niedersausen, worauf dieser leblos in sich zusammensackte. Baltus hob die Pistole und zielte sorgfältig auf Steenwyck.

Nein. Das geht alles zu schnell. Es kann nicht sein …

In dem allgemeinen Lärm hörte kaum jemand, daß Baltus abfeuerte, und so half auch niemand dem Geistlichen, der sich den Unterleib hielt und zusammenbrach.

Hilflos schaute Ichabod mit an, wie alles auseinanderbrach: Regeln, Moral, logisches Denken … Er stürzte auf Katrina zu, die wie versteinert das blutige Schauspiel vor ihren Augen verfolgte.

»Hier hat eine Verschwörung stattgefunden!« brüllte Baltus mit Donnerstimme. »Und ich werde sie aufdecken!«

In dem Moment brach mit einem Krachen, das alle anderen Geräusche übertönte, ein spitzer Zaunpfahl aus massivem Eisen durch eines der Fenster und schwirrte durch die Luft. Daran war ein langes Seil befestigt, und von dem Ende, das im Boden gesteckt hatte, rieselte Erde herab. So pfeilschnell und sicher flog der Pfahl, daß niemand reagieren konnte, bevor er sein Ziel erreicht hatte: Baltus van Tassel.

Als die Spitze seine Brust durchbohrte, taumelte Baltus nach vorn und schaute sich mit weit aufgerissenen Augen wie hilfesuchend um, bevor er auf die Knie sank, auf groteske Weise von dem Zaunpfahl gestützt.

Entsetzt schaute Ichabod zu, sah, wie die Dorfbewohner sich in die Ecken flüchteten, hörte ihre Schreie, spürte Katrina ohnmächtig in seine Arme sinken. Doch all das nahm er wie durch den dicken Nebel eines Traums wahr.

Baltus war das letzte Glied in der Kette. Er hatte auf heiligem Boden Zuflucht gefunden und war dem Zorn

der Verschwörer aus dem Weg gegangen, doch der Kopflose Reiter hatte ihn trotzdem aufgespürt; nichts konnte
ihn daran hindern, zu töten.

Obwohl er wie betäubt war, legte Ichabod Katrina
sanft auf den Boden. Auf sie mußte er sich jetzt konzentrieren, sie beschützen – allzuleicht könnte sie sonst im
Aufruhr der Menge erdrückt werden. Als er sie behutsam
außer Reichweite der trampelnden Füße zog, fiel sein
Blick auf ein Band um ihren Hals, an dem ein gravierter
Stein hing. *Der Stein des alten Weibes.*

Ichabod schlug das Herz bis zum Hals. Was nun? Was
hatte Katrina mit dem Stein zu schaffen? Welche Verbindung konnte es zwischen ihr und der Hexe aus
den Western Woods geben? Nein, irgend jemand in der
Kirche mußte ihr den Stein gegeben haben. Doch das
spielte im Augenblick keine Rolle; erst mußte er sie in
Sicherheit bringen.

Fürsorglich zog er sie weiter Richtung Wand, als sein
Blick auf ein ihm wohlbekanntes Symbol fiel, das jemand
hastig mit Kreide auf die Steinplatten des Altars gezeichnet hatte: ein Pentagramm, genau wie das, welches er
unter seinem Bett gefunden hatte.

»Schon wieder der böse Blick«, murmelte er.

Derjenige, der es gezeichnet hatte, mußte hier unter
ihnen sein; vielleicht war es derselbe, der Katrina den
Stein gegeben hatte. Vielleicht war der Stein irgendein
Kennzeichen.

Ichabod versuchte, Katrinas schlaffen Körper in eine
bequeme Lage zu bringen; dabei fiel plötzlich etwas aus
ihrer Hand und rollte über den Boden. Ungläubig starrte
Ichabod hinterher. Es war ein Stück Kreide.

»O Gott«, murmelte er. »Sie waren das.«

Er blickte auf das reglose, gelassene Gesicht der einzigen Frau, die er je geliebt hatte. Katrina mit dem Kopf-

losen Reiter verbündet? Es schien unvorstellbar. Es konnte nicht sein. Dafür mußte es eine Erklärung geben. *Nein. Nichts ist logisch. Alles ist möglich. Du kannst keiner Menschenseele vertrauen.*

Ichabod sank auf den Boden; der Schmerz in seinem Herzen war so groß, daß er alles andere um ihn herum auszulöschen schien.

Plötzlich ging ein entsetzter Aufschrei durch die ganze Kirche. Das Seil an dem Zaunpfahl hatte sich gespannt, und nun wurde Baltus' Leiche rückwärts durch die Kirche gezerrt, wie ein Fisch an der Angel, und verschwand krachend durchs Fenster. Als Ichabod sich aufsetzte, sah er durch das gähnende Loch, wie Daredevil davongaloppierte und Baltus an dem Seil, das an seinen Sattelknauf gebunden war, hinter sich herschleifte.

Mit dumpfem Scheppern krachte Baltus' übel zugerichtete Leiche gegen den Zaun; durch den Zug am Seil wurde sie gegen die eisernen Zaunpfähle gepreßt, während der Kopf schlaff herunterhing.

Ichabod schauderte und fuhr zurück. *Ihr eigener Vater ein Opfer des Reiters, des Dämons, den sie selbst herbeigerufen hatte. Hatte sie das gewußt? Wie konnte sie dann so etwas tun? Wie nur?*

»Oh, Katrina!« stöhnte Ichabod auf und zog sie enger an sich. »O Gott, vergib ihr!«

Der Kopflose Reiter ritt im Halbkreis zum Zaun zurück, wo er mit einem raschen, geübten Hieb Baltus van Tassel den Kopf abschlug.

15

Aus Katrinas Gesicht war jegliche Farbe gewichen, so daß es sich kaum von dem strahlenden Weiß ihrer Bettwäsche abhob. Ichabod saß an ihrer Seite und versuchte zu verstehen, was passiert war, und zu überlegen, was er als nächstes tun mußte.

Wie konnte er seinen Auftrag noch erfüllen, wie erklären, was er gesehen hatte? Wer hätte gedacht, daß Katrina zu solchen Greueltaten fähig sein könnte, zu solchem Gemetzel, solcher Habgier? Und selbst wenn die Wahrheit ans Licht kommen sollte, was dann? Was würde aus Katrina werden?

Wenigstens war es jetzt vorbei. Lady van Tassel war tot, Baltus ebenfalls. Niemand aus der Erbfolge war mehr übrig, niemand war mehr da, der getötet werden mußte.

Ich kann nicht ... ich kann das keiner Menschenseele sagen. Zärtlich strich Ichabod Katrina übers Gesicht. Er wußte, dies würde das allerletzte Mal sein, daß er sie berührte – und er hatte ihr doch noch soviel zu sagen. In ihm kämpften Schmerz und Verwirrung mit seiner Traurigkeit, doch allmählich zeichnete sich eine Erklärung für Katrinas Verhalten ab, eine Erklärung, die Ichabod einst für absurd gehalten hätte, die er nun jedoch akzeptierte, da ihm nichts Besseres einfiel.

Er flüsterte ihr seine Gedanken ins Ohr, in der Hoffnung, daß sie ihn in ihren Träumen hören konnte. »Du warst von einem bösen Geist besessen. Ich flehe Gott an, daß dieser jetzt besänftigt ist und du wieder zur Ruhe kommst. Leb wohl, Katrina. Der böse Blick hat sein Werk vollbracht. Und mein Leben ist beendet, denn in

Zukunft werden meine Nächte voller Schrecken und meine Tage voller Kummer sein.«

Katrinas Gesicht verriet keine Regung, als Ichabod den Raum verließ. Es blieb ihm noch Zeit, zu packen und eine Kutsche zu bestellen.

Ichabod verließ das Haus bei Tagesanbruch. Widerwillig half Masbath Junior ihm, das Gepäck zu tragen; es paßte ihm überhaupt nicht, daß Ichabod abreiste, doch dessen Entschluß stand fest.

Am Rand des Rasens sammelte Ichabod trockene Zweige und legte sie in einen Kreis aus Steinen; nachdem er ein Feuer entfacht hatte, warf er sein Notizbuch hinein und sah zu, wie die Beobachtungen, Folgerungen und das Wissen von Jahren in Flammen aufgingen. Vernunft und logisches Denken hatten ihn in Sleepy Hollow verraten, er glaubte nicht mehr an sie.

Aus seinem Ranzen holte er ein weiteres Buch hervor, das schmale, kompakte Bändchen, das Katrina ihm gegeben hatte: *Handbuch der magischen Zaubersprüche, Beschwörungsformeln und Symbole.*

Ich habe ihr gesagt, das könne ich nicht brauchen. Hätte ich es gelesen, dann hätte ich vielleicht manches Blutbad verhindern können.

Eine Kutsche hielt hinter Ichabod. Auch Gunpowder war mit vorgespannt; Ichabod schenkte ihm ein trauriges Lächeln und schob Katrinas Buch wieder in seinen Ranzen. Der Kutscher, van Ripper, half ihm, sein Gepäck zu verstauen.

Ohne sich zu rühren oder gar mitzuhelfen, stand Masbath Junior daneben. »Wer soll denn nach der Wahrheit suchen, wenn Sie nicht mehr da sind?« stieß er hervor.

»Es gibt keine Wahrheit mehr zu finden«, entgegnete

Ichabod. »Deshalb kann ich diesen verdammten Ort einfach hinter mir lassen.«

»Sie glauben, es war Katrina, oder?«

»Niemand darf das auch nur erwähnen. Niemand.«

Masbath Junior starrte ihn zornig an. Ichabod war klar, daß er die Frage des Jungen nicht direkt beantwortet, sondern ihm nur eine Andeutung gemacht und einen Befehl erteilt hatte, und beides mißfiel Masbath Junior. »Eine komische böse Hexe«, höhnte der Junge, »mit so einem guten, liebevollen Herzen! Wie können Sie nur so etwas glauben?«

»Ich habe vernünftige Gründe.«

»Dann sind *Sie* verhext, und zwar von der Vernunft!«

Masbath Junior war jung, empfindsam, und er hatte seine Prinzipien – lauter gute Eigenschaften. Doch Ichabod wußte nun, was der Junge noch zu lernen hatte, nämlich daß sich seine Empfindungen eindeutigen Beweisen beugen mußten, und daß manche Wunden für immer verschlossen bleiben sollten.

»Die Vernunft zwingt mich in die Knie«, sagte Ichabod. »Das ist eine der grausamen Lektionen dieser grausamen Welt, und du tätest gut daran, sie zu lernen, Masbath Junior. Das Böse trägt viele Masken, und davon ist keine so gefährlich wie die der Tugend. Leb wohl.«

Trotzig starrte Masbath Junior ihn an, doch in seinen Augen standen Tränen. Ichabod war bewußt, daß er den Respekt des Jungen verloren hatte, aber das spielte keine Rolle. Mit der Zeit würde auch Masbath Junior alles verstehen. Ichabod wandte sich ab und stieg in die Kutsche.

Während van Ripper auf dem Kutschbock Platz nahm, warf Ichabod einen letzten Blick auf das Anwesen der van Tassels. Nur ein Licht brannte – in Katrinas Zimmer im ersten Stock. Ichabod wandte die Augen ab und versuchte, mit dem Vorgang des Vergessens zu beginnen.

Mit einem Ruck fuhr die Kutsche an. Als sie die Straße hinunterrollte, durchzuckte Ichabod ein heftiger Schmerz, der aus seinen Eingeweiden in Wellen zu seinem Kopf aufstieg und ihm die Tränen in die Augen trieb. Alles, was sich an Frustration, Entsetzen und Kummer in ihm aufgestaut hatte, löste sich endlich. Um seine Qualen ein wenig zu lindern, schlug Ichabod mit der Faust an die Wand der Kutsche.

In seiner Verzweiflung sah er nicht, wie Katrina ihr tränenüberströmtes Gesicht an die Fensterscheibe preßte.

Ichabod bemühte sich, seine Selbstbeherrschung wiederzugewinnen. Teilnahmslos starrte er geradeaus und schluckte seine Empfindungen hinunter, als die Kutsche über die überdachte Brücke und am Dorfplatz vorbeirollte. Die Kirche war immer noch verwüstet, das Fenster zerbrochen, das schmiedeeiserne Tor zerstört. Bald würde dies alles repariert werden, sagte sich Ichabod. Über kurz oder lang würde das Dorf wieder aufblühen, dann würde diese ganze Tragödie dem Reich der Legenden angehören. Wer weiß, vielleicht würde er eines Tages auf dem Weg nach Norden durch das Dorf kommen, und keine Menschenseele würde sich an sein Gesicht erinnern.

In der Nähe von Dr. Lancasters Haus überholten sie ein langsam trottendes Pferd, das einen Karren zog; nebenher ging mit gesenktem Kopf ein Leichenbestatter, mit der routinierten Erbarmungslosigkeit, die sein Beruf mit sich brachte. Noch manches Mal wird dieser Karren in den nächsten Tagen durch Sleepy Hollow rollen, dachte Ichabod. Im Vorbeifahren schaute er in den Wagen, um einen Blick auf den Leichnam zu erhaschen.

Er wußte sofort, wer es war; zwar fehlte der Kopf, doch in einer Handfläche klaffte eine böse Wunde. *Lady van Tassel.*

Ichabod unterdrückte einen Schreckenslaut. Sie war eine liebenswürdige, aber unergründliche Frau gewesen. Wenigstens war Baltus der Kummer erspart geblieben, sie zu Grabe tragen zu müssen.

Nun verließ die Kutsche das Dorf und damit, so hoffte Ichabod, auch das Letzte, das ihn an diese Tragödie erinnerte. Während er es sich auf seinem Platz bequem machte, lauschte er darauf, wie das Zirpen der Grillen von dem munteren, hoffnungsvollen Morgenlied der Vögel abgelöst wurde. Als er plötzlich Hufgetrappel hörte, drehte er sich um. Von hinten näherte sich rasch ein Reiter. Eine Frau, deren Gestalt er bald erkannte: Katrina.

Jähe Hoffnung und Glücksgefühle durchströmten ihn, doch er wußte, das war verwegen. Und sie war verwegen, wenn sie gedacht hatte, ihn noch zu erwischen. Nun ritt sie an dem Karren des Leichenbestatters vorbei und zwang ihr Pferd zu einer langsameren Gangart, um einen Blick in den Wagen zu werfen. Ichabod wandte sich ab. Er hatte genug Elend gesehen und konnte diesen Anblick nicht mehr ertragen, nicht im Gesicht der einzigen Frau, die er je geliebt hatte.

Gleichwohl horchte er darauf, daß die Hufschläge hinter ihnen erneut zu hören wären, hoffte ein Teil von ihm doch immer noch, daß Katrina ihm folgen würde. Doch es blieb alles still.

Van Rippers Pferde waren langsam und die Fahrt nach New York sogar noch holpriger als der Hinweg; zwischen all den Schlaglöchern, die ihn durchrüttelten, war es Ichabod trotzdem irgendwie gelungen, hin und wieder einzunicken. All seine Träume hatten sich um Katrina gedreht.

Am Nachmittag wurde er unruhig und bekam Durst,

daher griff er in seinen Ranzen, um eine Flasche Wasser herauszuholen. Dabei streifte seine Hand Katrinas Buch, und als er es hervorzog, vermeinte er, einen schwachen Dufthauch von Geißblatt wahrzunehmen.

Geistesabwesend blätterte er in dem Buch herum, bis er zu einer Seite gelangte, auf der ein nur zu bekanntes Zeichen abgebildet war: ein Pentagramm – der böse Blick. Dasselbe Symbol, das Katrina zweimal gezeichnet hatte.

Über der Abbildung stand eine Überschrift: »Zum Schutz eines geliebten Menschen vor bösen Geistern«.

Schutz. Ichabod fiel fast das Buch aus der Hand; entgeistert starrte er auf die Worte, die ihm vorwurfsvoll und spöttisch entgegensprangen.

Das Pentagramm war gar kein Fluch. Es war ein Segen. All die Vermutungen, die er im Hinblick auf den Fall, im Hinblick auf Katrina angestellt hatte, waren falsch gewesen.

Sie wollte mir helfen, indem sie das Symbol unter mein Bett gezeichnet hat, und sich selbst wollte sie helfen, als sie es in der Kirche gemalt hat. Es war nicht Katrina, auf deren Geheiß der Kopflose Reiter sein Unwesen trieb. Wie konnte ich nur so dumm sein?

»Aber wer dann?« murmelte Ichabod. Dann mußte der Kopflose ja immer noch frei herumlaufen, was bedeutete, daß das Gemetzel noch kein Ende hatte. Das Dorf war immer noch in Gefahr, und vielleicht auch Katrina.

Er starrte das Buch an, in der Hoffnung, einen weiteren Anhaltspunkt, einen weiteren Hinweis zu finden. Während seine vernarbten Hände die Seiten umblätterten, jagten vor seinem inneren Auge Bilder vorbei. Bilder von seltsamen Geschehnissen, Enthauptungen, Beschwörungen, Blut und versiegelten Wunden und all den unbeantworteten Fragen.

146

Meine Hände ... wenn ich verstehen könnte, warum sie so sind, würde ich vielleicht auch dieses Rätsel lösen können.

Mitten aus dem Strudel seiner Verwirrung tauchte plötzlich die Antwort auf, wurde Ichabod alles klar. Der Mörder konnte nur jemand sein, der über jeden Verdacht erhaben war.

Er schlug das Buch zu, das ihm weiter geholfen hatte, als er je zu hoffen gewagt hatte. »Tragen Sie es immer bei sich«, hatte Katrina gesagt.

Nun brauchte Ichabod alle Zauberkraft der Welt. Er stopfte das Büchlein in seine Brusttasche. »Van Ripper, drehen Sie um!« brüllte er. »Bringen Sie mich zu Dr. Lancaster!«

Die Fahrt schien kein Ende zu nehmen; als sie endlich ankamen, war die Sonne bereits untergegangen. Ichabod schnappte sich seinen Ranzen, eilte den Weg zum Haus hinauf und hämmerte an die Tür.

Mrs. Lancaster öffnete und spähte hinaus, mit einer Laterne in der Hand, die Ichabod ihr sogleich entriß, während er sich ins Haus drängte. »Entschuldigen Sie, wenn ich hier so eindringe.«

Im Behandlungszimmer standen zwei Särge auf dem Boden. Als Ichabod hastig den Deckel des ersten abnahm, erblickte er die Leiche von Baltus van Tassel, der der Kopf fehlte.

Das war der falsche Sarg.

Er öffnete den anderen, in dem friedlich, mit verschränkten Armen, der Leichnam der Lady van Tassel ruhte, ebenfalls ohne Kopf. Ichabod hob ihre Hand hoch und untersuchte gründlich die Wunde, zog sogar an den Fäden der Naht.

Ja, es war genau, wie er es erwartet hatte.

»Aus der Wunde ist kein Blut geflossen; es ist kein Schorf darauf, und sie hat nicht zu heilen begonnen«, sagte er. »Als in diese Hand hineingeschnitten worden ist, war die Frau schon tot!«

Ohne ein weiteres Wort zu Mrs. Lancaster nahm Ichabod seinen Ranzen und stürzte hinaus.

Im van Tasselschen Haus saß Katrina im Salon vor dem Kamin, in dem das Feuer beinahe heruntergebrannt war. Den ganzen Tag hatte sie dort so verbracht, seit sie den Leichnam ihrer Stiefmutter gesehen hatte. Sie hatte die Augen geschlossen, und obwohl es allmählich dunkel wurde, hatte sie nicht das Bedürfnis, Kerzen anzuzünden oder das Feuer wieder in Gang zu bringen. Als sie über all das nachdachte, was geschehen war, fragte sie sich zum hunderttausendsten Mal, warum.

Vater und Stiefmutter waren nicht mehr da, auch Ichabod nicht. Alle am selben Tag gegangen, alle Liebe in ihrem Leben ausgelöscht. Vielleicht hatte Ichabod recht gehabt, und die Magie war wirklich zu nichts nütze.

Eine knarrende Diele riß Katrina aus ihrem dumpfen Brüten. »Wer ist da?« rief sie.

Eine schwarzgekleidete Gestalt trat in den schwachen, flackernden Lichtschein, eine, die Katrina in den letzten Jahren an jedem einzelnen Tag gesehen hatte.

Eine, von der sie gedacht hatte, sie würde sie nie wiedersehen. *Das kann nicht sein!* Katrina sprang auf; ihr Mund öffnete sich, doch sie brachte kein Wort heraus.

Mit meckerndem Lachen warf Lady van Tassel den Kopf zurück. »Liebe Stieftochter, du siehst ja aus, als hättest du einen Geist gesehen!«

16

Sie ist tot. Ich habe ihren Leichnam gesehen. Sie kann nicht im Salon gewesen sein. Es war nur ein Traum. Katrina bewegte sich, doch sie schlief wohl immer noch. Anders konnte es nicht sein, denn sie befand sich an einem seltsamen Ort, den es in Wirklichkeit nicht gab und an dem es kalt war, bitterkalt.

Der vertraute Anblick des Salons war einem großen, dunklen und zugigen Raum gewichen. Ein diffuses Licht warf sonderbare Schatten an die Holzwände; sie tanzten auf den alten Gerätschaften und Getreidesäcken.

Die Windmühle. Das hier konnte nur die Windmühle sein.

Katrinas Blick wanderte zur Quelle des seltsamen Lichts, einer Laterne, die auf dem Zementboden stand. Daneben hockte Lady van Tassel und beugte sich über ein Häufchen aus lauter merkwürdigen Dingen, darunter ein kleines Vogelherz, durch das ein Dachdeckernagel gebohrt war.

Was für ein sonderbarer Traum! Die echte Lady van Tassel hatte keine Ahnung davon, was für Dinge man für eine Beschwörung zu einem Haufen aufschichten mußte. Katrina kannte sich natürlich aus, wie jeder andere Zauberlehrling auch: Auf diese Weise konnte man die Geister der Toten herbeirufen.

Unter leisem Gemurmel breitete ihre Traumbild-Stiefmutter eine Haarlocke über den kleinen Haufen und setzte ihn mit Hilfe ihrer Laterne in Brand. Daraufhin holte sie langsam etwas aus der Tasche heraus, die sie über der Schulter hängen hatte: einen Schädel. Nun begann sie, monoton zu singen: »Erhebe dich noch einmal, mein dunkler Rächer, erhebe dich! Noch eine Enthauptung zu nächtlicher Stunde! Erhebe dich mit deinem Schwert, dann wirst du durch deine Herrin der Nacht wieder heil werden. Kopf um Kopf, mein ruchloser Reiter. Auf, auf, auf, aus der Erde heraus – noch einmal komm hervor aus dem Totenbaum. *Komm nun und hol dir Katrina!*«

Grell zerriß ein Blitz den Himmel. *Nein!* Katrina fuhr jäh empor. Als sie ihren Kopf abtastete, merkte sie, daß ihr eine Locke fehlte; jemand hatte sie rücksichtslos abgeschnitten. Das hier war kein Traum. Lady van Tassel lebte.

»Bist du endlich wach«, sagte sie. »Hast du gedacht, das wäre alles nur ein böser Traum? Nun, das ist es leider nicht.«

Katrina starrte sie ungläubig an. »Mein Vater hat doch gesehen, wie der Kopflose Reiter dich umgebracht hat.«

»Er hat gesehen, wie der Kopflose mit gezücktem Schwert auf mich zu geritten ist, doch ich habe die Macht über den Reiter, liebes Kind, und Baltus ist nicht so lange dageblieben, daß er das bemerkt hätte.«

»Aber ... ich habe deinen Leichnam gesehen, vor Dr. Lancasters Haus!«

Lady van Tassel lachte. »Das war der des Dienstmädchens Sarah. Ich habe ja immer gedacht, sie wäre zu nichts zu gebrauchen, aber nun hat sie sich doch noch als ganz nützlich erwiesen. Morgen werde ich aus dem Wald herauswanken und allen eine Geschichte davon auftischen, wie ich Baltus und Sarah erwischt habe, als sie sich fleischlichen Lüsten hingegeben haben. Und während ich sie beobachtet habe, hat sich plötzlich der Kopflose Reiter auf sie gestürzt und Sarah den Kopf abgeschlagen. Darauf wurde ich ohnmächtig und kann mich an nichts mehr erinnern.«

Das war nicht die Frau, die Katrina all die Jahre gekannt hatte, die Stiefmutter, die zu ihrem Zuhause, zu ihrer Familie gehört und die sie vertrauensvoll geliebt hatte. Das hier war überhaupt kein Mensch.

»Wer bist du?«

Lady van Tassel sah Katrina geradewegs in die Augen. »Mein Familienname war Archer.«

»Archer − der Bogenschütze ...« Katrina überlegte. Das hatte etwas zu bedeuten. *Die Zeichnung in der Rückwand unseres Kamins, in unserem alten Cottage.*

»Ich habe mit meinem Vater, meiner Mutter und meiner Schwester im Cottage eines Wildhüters gewohnt, gar nicht weit von hier«, fuhr Lady van Tassel immer düsterer fort, »bis eines Tages mein Vater gestorben ist. Der Gutsherr, dem meine Eltern viele Jahre lang treue Dienste geleistet hatten, hat uns hinausgeworfen, und niemand in diesem gottesfürchtigen Nest wollte uns aufnehmen, weil alle geglaubt haben, meine Mutter wäre eine Hexe. Sie war keine, aber ich glaube, sie wußte vieles, das unter der Oberfläche des Lebens verborgen ist. In der Zeit, in der wir als Verstoßene in den Western Woods gehaust haben, hat sie ihren Töchtern eine Menge davon beigebracht, doch binnen eines Jahres ist sie gestorben, so daß meine Schwester und ich allein in unserem Unterschlupf geblieben und keiner Menschenseele mehr begegnet sind. Bis wir eines Tages, als wir gerade Feuerholz gesammelt haben, dem Hessen über den Weg gelaufen sind. Er war auf der Flucht vor ein paar Unabhängigkeitskämpfern und hat ein Versteck gesucht, von dem aus er einen Überraschungsangriff starten konnte. Meine Schwester ist weggelaufen, aber ich bin dageblieben. Der Hesse hat den Finger an die Lippen gelegt, um mir zu sagen, daß ich ganz still sein sollte. Ich habe keine Angst gehabt. Dann habe ich einen trockenen Ast aufgehoben und zerbrochen; das Knacken hat man durch den Wald schallen gehört wie einen Pistolenschuß, worauf sofort die Soldaten gekommen sind.«

Katrina erinnerte sich an die alte Geschichte. Alle hatten immer gedacht, der Reiter wäre selbst auf einen trockenen Ast getreten und hätte damit verraten, wo er sich versteckt hatte.

»Ich habe gesehen, wie er umgekommen ist«, sagte Lady van Tassel. »Und aus meinem Versteck im Wald habe ich später auch gesehen, wie sie ihn beerdigt haben. Damals habe ich dem Satan meine Seele angeboten, dafür, daß er den Hessen wieder auferstehen ließ, um mich zu rächen.«

»Dich zu rächen?«

»Ja, van Garrett gegenüber, der meine Familie vertrieben hat. Und Baltus van Tassel gegenüber, der uns mit seiner Frau und dem affigen kleinen Töchterchen unser Zuhause weggenommen hat.«

Katrina war sprachlos.

Wie kann sie uns vorwerfen, wir hätten ihnen etwas weggenommen? Van Garrett hat Vater als Wildhüter eingestellt und uns das Cottage zur Verfügung gestellt. Wir wußten doch überhaupt nichts von einer Familie Archer.

»Ich habe mir geschworen, daß ich zur Herrin werden würde über alles, was sie besaßen.« Lady van Tassel lachte schrill auf. »Der erste Teil war der leichteste. Als Krankenschwester deiner Mutter in euer Haus zu gelangen, sie ins Grab und mich ins Ehebett zu bringen.«

Katrina schrie auf. Das war ja krankhaft, unmenschlich.

»Nicht ganz so einfach war es, mir mein Erbe zu sichern«, fuhr Lady van Tassel fort, »doch die Fleischeslust hat Reverend Steenwyck, die Angst den Notar Hardenbrook unter meinen Einfluß gebracht. Philipse, der

Trunkenbold, ist schwach geworden, als ich ihm einen Anteil an meinem Gewinn versprochen habe. Und das Schweigen des Doktors habe ich mir durch meine Mitwisserschaft an seinem Ehebruch gesichert.«

Hinter Lady van Tassel tauchte langsam ein Schatten auf. Katrina sah ihn undeutlich, wußte aber instinktiv, daß sie nicht hinschauen durfte. Es war Masbath Junior, mit einem großen Holzhammer in der Hand.

»Ja.« Katrina versuchte, Zeit zu schinden, um es dem Jungen leichter zu machen. »Und jetzt hast du alles, was du willst.«

»Nein, mein Kind. *Du* hast alles. Das hat dein Vater in seinem Testament so verfügt. Aber im Falle deines Todes bekomme ich es.«

Lady van Tassel riß den Talisman von Katrinas Hals. »Dieses hübsche Steinchen, das ich dir freundlicherweise geschenkt habe, hat seinen Zweck erfüllt. Übrigens ist meine Schwester vor kurzem auf tragische Weise ums Leben gekommen.«

Die Hexe aus den Western Woods. Dieser Talisman hat ihr gehört. Entschlossen schaute Katrina Lady van Tassel in die Augen, ohne sich um Masbath Junior zu kümmern. »Du hast das alte Weib umgebracht – deine eigene Schwester!«

Der Junge schlich näher heran und machte sich bereit, zuzuschlagen.

»Sie ist selbst schuld.« Plötzlich wirbelte Lady van Tassel mit einem bösen Lachen zu ihrem Angreifer herum. »Weil sie dir und deinem Herrn und Meister geholfen hat!«

Masbath Junior schrie hell auf und ließ seinen Holzhammer fallen.

»Du kommst gerade rechtzeitig, um dir den Kopf abschlagen zu lassen«, sagte Lady van Tassel. In dem

Moment erschütterte ein Donnerschlag die Erde. Masbath Junior und Katrina rannten aufeinander zu, während Lady van Tassel nur zum Himmel blickte. »Der Reiter kommt. Und heute nacht, meine liebe Katrina, kommt er, um dich zu holen.«

Sie griff in den Haufen vor sich, hob den Schädel des Reiters hoch und hielt ihn sich mit einem unheimlichen Tierschrei vor das Gesicht. In der Ferne hörte man zur Antwort hell ein Pferd wiehern.

Katrina war wie gelähmt. Der Kopflose war unterwegs, und sie saß in der Falle.

Fort. Schnell. Lauf ihm davon. Sie sprang auf und stürzte aus der Windmühle heraus, dicht gefolgt von Masbath Junior.

»Lauf nur!« höhnte Lady van Tassel. »Es gibt kein Entkommen!«

Vor dem van Tasselschen Haus sprang Ichabod vom Kutschbock. Er hatte die Pferde selbst gelenkt, denn er hatte van Ripper einfach stehen lassen, als der bei einer Pause zu lange herumgetrödelt hatte.

»Katrina!« Er sprang die Stufen zur Haustür hinauf, doch das Haus war dunkel, und die einzige Antwort war ein Donnerschlag. Er fuhr herum. In der Ferne sah er Blitze zucken, die ein Gebäude oben auf einer Anhöhe erleuchteten: die alte Windmühle, in der ein Licht brannte.

Dort sollte jetzt kein Licht brennen, nicht um diese Zeit und bei diesem Wetter. Irgend jemand war dort, und Ichabod hatte das ungute Gefühl, daß er wußte, wer es war. Er hastete zur Kutsche zurück und trieb die Pferde zum Galopp an. Als sie über die Wiesen preschten, kam ein stürmischer Wind auf, der Ichabod beinahe vom Kutschbock fegte. *Der Wind des Reiters. Der Sturm des Reiters.*

Ichabod hielt die Zügel fest umklammert, als die Pferde den Hügel hinaufjagten. In dem Moment tauchten zwei Gestalten aus der Windmühle auf und rannten auf ihn zu. Als sie näher kamen, machte Ichabods Herz einen Sprung. Es waren Masbath Junior und Katrina – sie lebten.

Oben auf dem Hügel brachte Ichabod die Pferde zum Stehen, schnappte sich eine Laterne und sprang vom Kutschbock; dann rannte er zu Katrina und Masbath Junior hinüber und nahm die beiden, die vor Angst zitterten und keuchten, in die Arme.

»Gott sei Dank«, murmelte Ichabod, doch seine Erleichterung erhielt augenblicklich einen Dämpfer, als er aus der Mühle ein schrilles, durchdringendes Gelächter vernahm. Es klang ganz anders als alles, was Ichabod bisher gehört hatte – wie der Tod selbst. Dann erschien Lady van Tassel auf einem weißen Pferd in der offenen Tür; zugleich kündigte ein beständiges Dröhnen aus dem Tal an, daß Daredevil und der Kopflose Reiter sich näherten.

»Sind Sie zurückgekommen, um ihn doch noch festzunehmen?« schrie Lady van Tassel.

Als Ichabod sich umdrehte, sah er den Kopflosen Reiter bereits die Anhöhe hinaufdonnern; in wenigen Augenblicken würde er sie erreicht haben. Ein Fluchtversuch wäre töricht, stehenzubleiben aber kam einem Selbstmord gleich; darum zog Ichabod Masbath Junior und Katrina zurück zur Windmühle. »Schnell!« rief er.

Unterdessen stand Lady van Tassel dem Kopflosen Reiter gegenüber und hielt den Schädel hoch. »Kopf einziehen, Constable!« kreischte sie.

Der Eingang zum oberen Raum der Windmühle war eine Falltür im Boden eines Vorsprungs, zu dem eine

Leiter hinaufführte. Als erster hastete Masbath Junior hinauf, dann Katrina, während Ichabod über die Schulter zurückblickte. Der Kopflose war vom Pferd gestiegen und kam zu Fuß auf ihn zu. Rasch kletterte Ichabod über die Leiter hinauf in die Windmühle und klappte die schwere Holztür zu.

Plötzliche schwere Schläge von unten ließen Ichabod von der Falltür zurückweichen. Der Reiter hackte mit der Axt in das Holz und spaltete die Tür der Länge nach.

»Die hält nicht!« schrie Masbath Junior.

Rasch lief Ichabod zur Wand hinüber, an der ein großer Mühlstein lehnte; Masbath Junior half ihm, diesen zu der Falltür zu rollen, wo sie ihn fallen ließen. Krachend landete er auf der Tür, genau in dem Moment, als das Schwert des Kopflosen Reiters durch das Loch in der Mitte der Falltür stieß.

Masbath Junior sprang zur Seite, während der Reiter sein Schwert zurückzog und wieder mit der Axt auf die Falltür losging. Es konnte nicht mehr lange dauern, bis er sie in Stücke gehackt hatte. Stein und Holz konnten ihn nicht aufhalten. Dazu brauchte es etwas anderes.

Ichabod brauchte eine Strategie. Hilfesuchend ließ er seinen Blick über die massive Antriebswelle in der Mitte der Mühle wandern, die über ein senkrechtes Zahnradgetriebe mit den Windmühlenflügeln verbunden war ... dann über die beiden Mühlsteine und den Getreidekasten darunter ... über die Leiter, die zu einem höhergelegenen hölzernen Mahlboden führte ... über die riesigen Säcke gemahlenen Korns, die dort oben lagen ... über die wackelige Wendeltreppe, auf der man zum Dach hinaufgelangte ...

Ein verzweifelter Gedanke nahm in ihm Gestalt an.

Er schnappte sich einen der Haken, an denen man früher die Säcke durch die Falltür herabgelassen hatte.

»Steigt die Treppe hinauf«, sagte er zu Katrina. »Dann macht die Tür zum Dach auf und wartet.«

Er reichte ihr seine Laterne, worauf sie mit Masbath Junior die Wendeltreppe hinaufeilte. Ichabod kletterte unterdessen über die Leiter auf den Mahlboden hinauf, wo er einen hölzernen Hebel fand, der das Getriebe der Windmühle blockierte. Als er den Hebel kräftig nach unten drückte, begannen die Windmühlenflügel langsam zu kreisen, wodurch sich auch die Zahnräder und die Welle zu drehen anfingen.

Rums! Rumms!

Der Mühlstein über der Falltür sprang durch die Wucht der Schläge in die Höhe. Jetzt konnte es sich nur noch um Sekunden handeln.

»Ichabod!« rief Katrina von oben.

»Gehen Sie weiter hinauf! Ich komme nach!« gab Ichabod zurück. »Hoffe ich jedenfalls«, fügte er leise hinzu.

Die Säcke waren so schwer, daß Ichabod seine ganze Kraft aufwenden mußte, um sie an den Rand des Mahlbodens zu schleifen. Als sie alle dort aufgereiht standen, hob er den Haken und stach zu, bis jeder einzelne Sack durchlöchert war und der Mehlstaub auf den Boden der Windmühle hinunterrieselte, von wo er in einer dicken Wolke wieder emporstäubte, die einem den Atem nahm.

Rums! Rumms!

Der Mühlstein fiel durch die Falltür hinunter und schlug krachend auf dem Boden auf. Der Reiter hatte das Holz rund um den Rahmen der Falltür in Stücke gehackt.

Der Mehlstaub stieg nun bis zu dem oberen Mahlboden empor; bald würde er Ichabod die Sicht nehmen. Er blickte nach oben, wo er Masbath Junior und Katrina gerade durch die Tür aufs Dach klettern sah. Irgendwie mußte er ihnen folgen, doch als er die Wendeltreppe be-

trachtete, die an der Wand der Windmühle entlang hin-
aufführte, wurde ihm klar, daß sie zu weit weg war. Der
Mahlboden, auf dem er stand, befand sich in der Mitte
der Windmühle und reichte nicht bis zur Wand. Um zur
Treppe zu gelangen, mußte Ichabod auf den unteren
Boden hinuntersteigen.

»Hinter Ihnen!« schrie Katrina von oben.

Ichabod fuhr herum und sah durch die aufwirbelnden
Staubwolken den Kopflosen Reiter auftauchen.

Nach unten zu steigen, war nun ausgeschlossen; damit
blieb Ichabod nichts anderes übrig, als zur Treppe hin-
überzuspringen. Verzweifelt nahm er Anlauf und sprang
vom Rand des Mahlbodens ab, mit ausgestreckten
Armen … stürzte nach unten … Da schlossen sich seine
Finger um das äußere Geländer, und er klammerte sich
fest und zog sich auf die Stufen hinauf. Hustend machte
er sich auf den Weg nach oben und blinzelte heftig, um
den trockenen Mehlstaub aus den Augen zu bekommen,
der sich überall auszubreiten und jeglichen Sauerstoff
in der Mühle zu verschlucken schien.

Von oben, aus der offenstehenden Tür zum Dach,
gaben Masbath Junior und Katrina ihm Zeichen, sich zu
beeilen. Denn schon schwang sich der Kopflose an einer
Kette durch den Raum, so daß durch den Luftzug eine
Schneise in den Staubwolken entstand. Nicht weit unterhalb von Ichabod landete er polternd auf den Stufen,
doch Ichabod war nun oben angekommen und wurde
von Katrina und Masbath Junior durch die Tür gezogen.

»Schnell, mach sie zu!« schrie Katrina.

»Nein!« Ichabod nahm ihr die Laterne aus der Hand.
»Stellt euch ganz oben auf das Dach und bereitet euch
darauf vor, zu springen.«

»Springen?« fragte Masbath Junior. »Von hier oben?«

Der Reiter nahte; es blieb keine Zeit für Diskussionen,

so daß Ichabod die beiden anderen hinaus auf das steile Dach führte. Vor ihnen drehten sich gleichmäßig die Windmühlenflügel, deren Segeltuchbespannung im Wind knatterte.

»Springt so, daß ihr auf einem der Flügel landet«, befahl Ichabod. »Wartet, bis ich das Signal gebe.«

Katrina war starr vor Entsetzen. »Ichabod! Ich kann nicht!«

»Doch, Liebste, Sie können ... Hand in Hand.« Ichabod schob sich zurück zur offenen Tür, durch die er den Reiter inmitten des dicken, trockenen Mehlstaubs heraufkommen sah.

»Achtung, fertig ...«

Er hielt die Laterne über die Türöffnung und ließ sie fallen.

»Los!«

Masbath Junior sprang; Ichabod packte Katrina und folgte ihm. Gemeinsam landeten sie auf einem der Windmühlenflügel. Ichabod hielt Katrina ganz fest, während sie sich langsam mit nach unten drehten. Aus der Mühle hörte er Glas splittern: die Laterne, die auf dem Boden zerschellte. Die ganze Windmühle bebte, als der Mehlstaub explosionsartig in Flammen aufging.

Nun konnten sich die drei nicht länger auf dem Windmühlenflügel halten. Sie stürzten zu Boden, wo sie jedoch weich landeten. Schnell kamen sie wieder auf die Füße und rannten den Hügel hinunter. Die Windmühle war jetzt eine einzige Feuersäule, die ihre Trümmer in die Luft spie und so heiß war, daß sie es im Rücken spüren konnten, als sie über die Wiesen hetzten.

Am Waldrand, wo Ichabods Kutsche stand, machten sie halt. Die grasenden Pferde äugten unruhig zur Mühle hinüber, die jetzt zu wanken begann und auflodernd in sich zusammenfiel.

Der Kopflose war mit dort drin, dachte Ichabod. *Irgendwo.*

»Ist er tot?« fragte Masbath Junior.

»Er war von Anfang an tot«, erwiderte Ichabod. »Das ist ja das Problem.«

»Sehen Sie mal!« rief Katrina.

Während Ichabod zusah, wie ein Haufen brennender Trümmer sich zu bewegen begann, wich sein ungläubiges Staunen blankem Entsetzen. Aus der Feuersbrunst kam völlig unversehrt der Kopflose Reiter heraus.

Oben: Baltus hatte Reverend Steenwyck, Dr. Lancaster und den Notar Hardenbrook (Michael Gough) zu einer Lagebesprechung zusammengetrommelt Unten: Ichabods Hand zitterte, und sein flacher Atem ging rasch. »Stehenbleiben und umdrehen!« rief er.

Oben: Die Gestalt drehte sich um und nahm die Kapuze ab: Katrina.
Unten: Da lag es, das Schwert des Reiters,
das sein Grab kennzeichnete.

Oben: Hardenbrook sackte förmlich auf seinem Stuhl in sich zusammen:
»Erbarmen … wir haben nicht gewollt, daß ihr etwas zustößt.«
Unten: In der Kirche spielten sich tumultartige Szenen ab,
während Ichabod verzweifelt nach Katrina suchte.

*Oben: Das war nicht die Frau, die Katrina all die Jahre gekannt hatte.
Unten: Während der Kopflose Reiter mit der Axt
auf die Falltür einhackte, schmiedete Ichabod einen Fluchtplan
für Katrina und Masbeth Junior.*

Der Baum der Toten.

17

*L*os, kommt!« schrie Ichabod. Alle drei rannten zur Kutsche; Ichabod sprang auf den Bock und ergriff die Zügel, doch er mußte gar nicht mehr viel tun. Die Pferde jagten bereits in wildem Galopp in Richtung Wald davon. Hinter sich hörten sie Daredevils durchdringendes Wiehern.

»Wohin fahren wir?« fragte Katrina.

»Irgendwohin«, gab Ichabod zurück.

»Er ist direkt hinter uns!« rief Masbath Junior.

»Halten Sie auf die Kirche zu!« sagte Katrina.

»Das schaffen wir nicht!« versetzte Ichabod.

Masbath Junior griff den Ranzen, der auf dem Boden der Kutsche lag, und warf ihn zu Ichabod nach vorn. »Hier, Sir. Sie müssen doch noch etwas in Ihrer Trickkiste haben.«

»Nichts, was uns jetzt noch helfen könnte, tut mir leid. Nimm mal die Zügel!«

Masbath Junior tauschte den Platz mit Ichabod, der nach van Rippers Gewehr griff und es Katrina in die Hand drückte, bevor er selbst auf das Dach der Kutsche kletterte und nach hinten zum Gepäckkasten kroch. Der Reiter war so dicht hinter ihnen, daß Ichabod seinen Verwesungsgestank und den Brandgeruch von seiner Uniform riechen konnte. Nun sprengte er neben der Kutsche her und zog sein Schwert aus der Scheide, während Ichabod sich hinunterbeugte und in dem Kasten fand, was er brauchte: einen Fuchsschwanz.

»Passen Sie auf!« schrie Katrina.

Ichabod hörte das Schwert sausen und duckte sich, so

daß es mit voller Wucht auf die Kutsche niederkrachte und das Holz zersplitterte.

Das war knapp. Zu knapp. Der Reiter ließ sich jetzt zurückfallen, um auf der anderen Seite des Weges erneut anzugreifen. Unterdessen kroch Ichabod auf der Kutsche nach vorn. »Halt ihn auf Abstand! Schneid ihm den Weg ab!«

Masbath Junior lenkte die Pferde dicht an den Wegesrand, wodurch der Reiter so in die Enge getrieben wurde, daß er gezwungen war, wieder hinter der Kutsche zu bleiben.

Plötzlich holperte die Kutsche so heftig über ein paar Steine, daß Ichabod vom Dach geschleudert wurde. Verzweifelt streckte er die Arme aus, und seine Finger fanden am Türrahmen Halt. Nun hing er an der Seite der Kutsche und klammerte sich krampfhaft fest, während seine Füße über den Boden schleiften. Aus dem Augenwinkel sah er den Fuchsschwanz vom Dach segeln und in der Staubwolke hinter der Kutsche verschwinden.

Katrina beugte sich hinaus. »Nimm meine Hand!«

Er streckte sich zu ihr hin, um ihre Finger fassen zu können, als mit einem Ruck die Tür aufflog und Ichabod wieder nach hinten geschleudert wurde. Zwar konnte er sich noch an der Dachkante festklammern, doch wurde seine Pistole aus dem Halfter gerissen und fiel zu Boden. Nun schlugen ihm Äste ins Gesicht, weil die Kutsche zu dicht an den Bäumen entlangfuhr. So konnte er sich nicht mehr lange halten, daher streckte er sich nach der Kante des Fensters, und es gelang ihm, sich daran festzuhalten und sich von dort aus in die Kutsche hineinzuhangeln. Kaum war er auf dem Boden der Kutsche gelandet, als eine Hemlocktanne die Tür abriß.

Als Masbath Junior die Pferde abrupt auf die andere Seite des Weges lenkte, schwenkte auch der Reiter dort hinüber und kam wieder näher. Katrina reichte Ichabod das Gewehr, das dieser sogleich auf den Kopflosen richtete, obwohl es schwierig war, aus der heftig holpernden Kutsche heraus vernünftig zu zielen.

In diesem Moment beugte sich der Reiter über Daredevils Hals und griff nach der Kante des Kastens hinten an der Kutsche.

Ichabod drückte ab.

Die Kugel zerschmetterte dem Reiter die Hand, so daß er loslassen mußte, doch mit der anderen Hand klammerte er sich weiterhin an der Kutsche fest.

Ichabod zielte erneut.

Plötzlich fiel ihm regelrecht die Kinnlade herunter. Der Reiter hielt sich wieder mit beiden Händen fest, obwohl die eine nur mehr aus Knochensplittern und Knorpel bestand. Nun glitt er von Daredevils Rücken und kletterte auf die Kutsche, und sobald er auf dem Dach stand, hob er wieder, unversehrt und im Vollbesitz seiner Kräfte, sein Schwert.

Ichabod schwang mit ganzer Kraft das Gewehr, doch der Reiter schlug es ihm einfach aus den Händen und stieß Ichabod auf den Boden der Kutsche. Plötzlich baute sich Masbath Junior vor dem Kopflosen auf und schleuderte ihm Ichabods Ranzen vor die Brust, so daß er das Gleichgewicht verlor. Er stolperte, dann stürzte er, mit den Armen rudernd, vom Dach der Kutsche auf den Weg.

»War doch nützlicher, als Sie gedacht hatten«, sagte der Junge.

Krach!

Die Kutsche war gegen eine Felsnase geprallt, geriet daraufhin ins Schleudern und brach vorne ein, so daß die untere Kante über den Boden schleifte. Die Pferde verlangsamten ihr Tempo.

»Anhalten!« rief Ichabod.

Mit einem Knirschen kamen sie zum Stehen. Als erster sprang Ichabod aus der Kutsche, nach ihm Masbath Junior und Katrina. Ichabod untersuchte das zersplitterte Rad und stellte fest, daß es sich nicht mehr reparieren ließ.

»Das sieht nicht gut aus«, sagte er.

»Jetzt sind wir verloren«, ergänzte Masbath Junior.

Auf dem Weg hinter ihnen galoppierte Daredevil mit lautem Wiehern zu seinem gestürzten Herrn.

»Wir müssen irgendwo in Deckung gehen«, erklärte Ichabod. »Schnell, mir nach!«

Er rannte in den Wald hinein und eine steile Anhöhe hinauf, blieb jedoch stehen, bevor sie oben angekommen waren. Über den Hügel kam Lady van Tassel auf ihrem Schimmel geritten. »Wie, immer noch am Leben?« fragte sie Katrina in gespielter Überraschung. In der rechten Hand hielt sie Ichabods Pistole.

Hinter ihnen nahte Daredevil bedrohlich rasch.

»Laufen Sie!« drängte Ichabod.

»Ja, lauf und hüpf und spring.« Sorgfältig zielte Lady van Tassel auf ihre Stieftochter. »Und jetzt zeig uns doch mal einen kleinen Purzelbaum!«

»Laufen Sie!« schrie Ichabod, machte einen Satz auf Lady van Tassel zu und wollte nach der Hand greifen, mit der sie die Waffe hielt, doch sie drehte sich leicht zur Seite und schoß ihm kaltblütig in die Brust.

Ichabod taumelte zurück und sank zu Boden.

»Nein!« schrie Katrina.

Masbath Junior sank auf die Knie. »O Gott … nein … *nein!*«

Lady van Tassel beugte sich zu Katrina hinunter, riß sie an den Haaren und schleifte sie zu dem Kopflosen Reiter, der auf sie zu ritt. Wie sehr Katrina auch kreischte, um sich trat und mit den Armen ruderte, Lady van Tassel stieß sie vor ihm auf den Boden. »Da hast du sie. Nimm sie, sie ist dein.«

Doch Katrina sprang behende wieder auf und lief zu Ichabod zurück, gefolgt von dem Kopflosen, der bereits sein Schwert erhoben hatte.

Unterdessen hatte sich Ichabod hustend wieder auf die Knie gequält. Der Schuß war schmerzhaft gewesen, wie ein heftiger Schlag vor den Brustkorb, und er hatte ihn umgehauen – aber er lebte noch.

Wie um alles in der Welt ...

»Sir! Sie sind ...«, sagte Masbath Junior voller Ehrfurcht, »Sie sind nicht tot.«

»Noch ... nicht«, erwiderte Ichabod, der es nicht wagte, sein Schicksal herauszufordern. Nun hörte er Katrina schreien. Sie kam auf ihn zu gerannt, dicht gefolgt von dem Kopflosen Reiter. Hinter ihnen machte Lady van Tassel keinen Hehl aus ihrer Schadenfreude.

Ichabods Erleichterung war wie weggeblasen. Der Kopflose Reiter würde nicht aufgeben, nicht, bevor er nicht seinen Auftrag erfüllt hatte, nicht, bevor er Katrina nicht getötet hatte. Lady van Tassel würde endlich ihr Ziel erreichen, hatte sie doch uneingeschränkte Macht über den Reiter. Solange in ihrem Besitz war, was er brauchte, war er ihr sklavisch ergeben.

Das ist es! Ichabod ging auf Lady van Tassel los, riß sie vom Pferd und zwang sie zu Boden, dabei fiel ihre Satteltasche herunter, und der Schädel des Reiters rollte heraus. Schon wollte Ichabod sich darauf stürzen, als Lady van Tassel ihn am Bein festhielt und zurückzog. Doch mit einemmal lockerte sich ihr Griff. Als Ichabod sich umdrehte, sah er sie besinnungslos im Gras ausgestreckt liegen. Hinter ihr stand Masbath Junior mit einem dicken Ast in der Hand.

»Aah!« Ichabod fuhr auf: Das war Katrina. Der Reiter hatte sie erwischt. Mit der einen Hand packte er sie an den Haaren, mit der anderen hielt er das Schwert und holte aus.

Rasch klaubte Ichabod den Schädel vom Boden auf und hielt ihn in die Höhe. »Reiter!«

Mitten in seinem Hieb hielt der Reiter inne und drehte seinen Körper in Ichabods Richtung.

Mit voller Wucht schleuderte Ichabod den Schädel hoch in die Luft. Sogleich ließ der Reiter von Katrina ab und streckte die Hände aus, um den Schädel behutsam und geradezu zärtlich aufzufangen.

Katrina warf sich Ichabod an die Brust, was wegen des Pistolenschusses sehr schmerzhaft war, aber das kümmerte ihn nicht. Er hielt sie ganz fest und sandte ein Dankgebet zum Himmel.

Der Kopflose hielt unterdessen den Schädel vor sich und setzte ihn sich langsam zwischen die Schultern. Augenblicklich begann die Erde unter grollendem Donner zu beben, ein Blitz fuhr auf den Reiter nieder und umgab ihn für einen Moment mit einem grünlichen Leuchten. Dann begann die Verwandlung des Schädels. Funkensprühend begann die Haut vom Hals aufwärts zu wachsen, den Knochen zu umschließen; es bildeten sich Blut, Sehnen, Muskeln und Nerven.

Ichabod, Katrina und Masbath Junior taumelten zurück: ein Wunder! Der Schädel wurde zum Kopf; Augen erschienen in den Höhlen, das Haar begann zu sprießen, bis es schulterlang war, und bald war das Gesicht des Hessen vollständig. Doch war er als Mensch keineswegs weniger furchteinflößend. Er hatte grobe Gesichtszüge, und in seinen Augen erschien ein eiskaltes Funkeln, als er seinen Kiefer betastete. Wenn er sich freute, so war davon jedenfalls nichts zu sehen.

Laut wiehernd trabte Daredevil zu seinem Herrn. Dieser steckte sein Schwert in die Scheide, saß auf und ritt geradewegs auf Ichabod und Katrina zu. Entsetzt klammerten sie sich aneinander, doch er trabte einfach an ihnen vorbei und hielt auf Lady van Tassel zu, beugte sich hinunter und hievte die besinnungslose Frau quer über Daredevils Rücken, wo ihre Arme und Beine leicht auf- und abschlenkerten, als der Reiter schließlich den Hügel hinunterritt.

Katrina, Ichabod und Masbath Junior sahen ihm nach und spürten ihre Angst und Erschöpfung ganz langsam der Erleichterung weichen. Strahlend schlang Katrina die Arme um Ichabods Hals. Falls er noch irgendwelche Zweifel an ihr gehegt hatte, so wurden sie nun durch einen langen, glücklichen Kuß beseitigt.

Endlich lösten sie sich voneinander. »Na, wie fühlst du dich, Masbath Junior?« fragte Ichabod.

»Müde, Sir«, antwortete der Junge mit scheuem Lächeln. Ichabod streckte den Arm aus und zog ihn mit in die Umarmung. Sie gehörten zusammen, alle drei.

Doch plötzlich trat Katrina einen Schritt zurück, um die Schußwunde in Ichabods Brust zu betasten. »Ich dachte schon, ich hätte dich verloren.«

Ichabod griff in seine Brusttasche und zog ein Büchlein heraus: *Handbuch der magischen Zaubersprüche, Beschwörungsformeln und Symbole.*

Er hatte es dicht bei sich getragen. In der Mitte des Buches steckte eine Kugel.

Fern der ausgelassenen Freude Ichabods und seiner Gefährten lenkte der Reiter sein Pferd schweigend über den Pfad. Vor ihnen wartete der Totenbaum. Endlich war er zu Hause und konnte sich ausruhen, für immer hierbleiben.

Sehr zum Gefallen des Reiters begann Lady van Tassel nun zu erwachen. Sie würde den Ritt genießen, schließlich hatte sie dafür ihre Seele verkauft. Unsanft faßte er sie an den Haaren und drehte sie zu sich um. Sie öffnete die Augen – und schrie auf.

Der Hesse zog ihr Gesicht näher an das seine heran. Als er weit den Mund öffnete, blinkten seine spitzen Zähne in einem plötzlichen Lichtstrahl auf.

Daredevil machte einen mächtigen Satz, mitten in diese blendende Helligkeit hinein, auf den sich öffnenden Schlund des Totenbaumes zu. Blitze zuckten durch die Nacht, als der Reiter, sein Pferd und seine Herrin verschwanden. Alles, was in der rasch einsetzenden Dunkelheit von ihnen übrigblieb, war die vernarbte, zuckende Hand der Lady van Tassel, die noch aus dem Stamm des Totenbaums herausragte, eingeklemmt, während sich der Spalt allmählich wieder schloß. Schließlich fiel sie schlaff herunter, und aus dem Schnitt in der Handfläche sickerte Blut.

18

*M*asbath Junior war sprachlos. Seine Füße stolperten über das Straßenpflaster, während er die pulsierende Großstadt um sich herum bestaunte und mehr Leute auf einem Haufen sah als je zuvor in seinem Leben. »Junge, Junge!« murmelte er wohl zum hundertsten Mal.

»Gepflasterte Straßen!« rief Katrina.

Ichabod schmunzelte. Der Schnee, der sanft herabrieselte, verhüllte eine Fülle von Sünden, doch er mußte zugeben, daß die verschneite Stadt zauberhaft aussah.

Sie *war* zauberhaft.

Das Verbrechen hatte keinen Exklusivvertrag mit der Stadt abgeschlossen, ebensowenig wie das Pech oder die verlorenen Seelen. All das gab es überall, ob entlang der verwitterten Piere oder im verschlafenen, hügeligen Hinterland, und genauso gab es überall Dinge, die einzigartig und wundervoll waren.

Ichabod lächelte Katrina zu. »Ja, New York, New York gerade rechtzeitig zum neuen Jahrhundert. Ein neues Zeitalter, Katrina!«

»Wir leben immer in einem neuen Zeitalter, Ichabod«, erwiderte Katrina. »Doch die vergangenen dauern fort.«

Die folgende Kurzgeschichte ›The Legend of Sleepy Hollow‹ von Washington Irving aus dem Jahre 1820 wurde unter Benutzung älterer Übersetzungen von Siegfried Schmitz ins Deutsche übertragen.

Abdruck mit freundlicher Genehmigung des Übersetzers.

Die Kurzgeschichte diente als Vorlage für Tim Burtons Filmversion.

Die Sage von der schläfrigen Schlucht

von Washington Irving

Unter den Papieren des verstorbenen
Diedrich Knickerbocker gefunden

Ein lieblich Land für den, der schläfrig ist,
   Wo vor halb offnem Auge Träume gaukeln,
   Luftschlösser durch die Wolkenberge schaukeln,
Den Sonnenhimmel lächelnd ewig küßt.

Schloß der Trägheit

*I*m Schoß einer der weiträumigen Buchten, die in das östliche Ufer des Hudson einschneiden, an jener breiten Stelle des Flusses, welche die alten holländischen Seefahrer die Trappaan-Zee nannten und wo sie stets vorsichtig die Segel refften und während der Überfahrt den Schutz des heiligen Nikolaus anriefen, da liegt ein kleiner Marktflecken oder ein ländlicher Hafenplatz, den einige Greensburgh heißen, der aber allgemeiner und richtiger unter dem Namen Tarry Town* bekannt ist. Dieser Name wurde, so erzählt man uns, in früheren Zeiten von den braven Hausfrauen der Umgegend verliehen, und zwar wegen des eingewurzelten Hanges ihrer Ehemänner, an Markttagen in der Dorfschenke herumzulungern. Es sei dem, wie ihm wolle, ich verbürge mich nicht für die Tatsache, sondern mache lediglich auf sie aufmerksam, um genau und glaubwürdig zu sein. Nicht weit von diesem Dorf, vielleicht etwa drei Meilen entfernt, liegt ein kleines Tal oder vielmehr ein Landstreifen zwischen hohen Hügeln, eine der ruhigsten Gegenden in der ganzen Welt. Ein Bächlein fließt hindurch und murmelt gerade laut genug, jemanden in den Schlaf zu singen, und der von Zeit zu Zeit ertönende Schlag einer Wachtel oder das Klopfen eines Spechts sind fast die einzigen Laute, die jemals die einförmige Stille unterbrechen.

Ich erinnere mich, daß, als ich noch ein junger Bursche war, meine erste Eichhörnchenjagd in einem Hain hoher Walnußbäume stattfand, der die eine Seite des

---

* ›Zauderstadt‹ – *Anm. d. Übers.*

Tales beschattet. Ich war zur Mittagszeit, da die Natur eigenartig schweigsam ist, hineingegangen und wurde durch den Knall meiner eigenen Flinte erschreckt, als er die Sabbatstille ringsum unterbrach und vom zürnenden Echo verlängert und wiederholt wurde. Sollte ich mir je einen Zufluchtsort wünschen, wohin ich mich von der Welt und ihren Zerstreuungen fortstehlen möchte, um unbelästigt den Rest eines bewegten Lebens zu verträumen, so wüßte ich keinen verlockenderen als dieses kleine Tal.

Wegen der lautlosen Ruhe des Ortes und des seltsamen Charakters seiner Bewohner, die Abkömmlinge der ursprünglichen holländischen Siedler sind, ist dieser abgeschiedene Flecken lange unter dem Namen ›schläfrige Schlucht‹ bekannt, und die dortigen Bauernburschen heißen in der ganzen Umgebung die Knaben aus der schläfrigen Schlucht. Eine einschläfernde, träumerische Macht scheint über dem Land zu herrschen und sogar die Atmosphäre zu durchdringen. Einige sagen, der Ort sei während der ersten Tage der Besiedlung von einem deutschen Doktor verhext worden; andere glauben, ein alter Indianerhäuptling, der Prophet oder Zauberer seines Stammes, habe seine Opfertänze dort vollführt, bevor Meister Hendrick Hudson das Land entdeckte. Gewiß ist, daß der Ort noch immer unter der Gewalt irgendeiner Zauberkraft steht, welche die Gemüter der guten Leute in Bann hält und Ursache ist, daß sie ständig im Traum umhergehen. Sie geben sich allen Arten von Wunderglauben hin, erleben Verzückungen und Visionen, sehen häufig seltsame Erscheinungen und hören Musik und Stimmen in der Luft. Die ganze Gegend steckt voll von Sagen, von Plätzen, wo es spukt, und abergläubischen Gespenstergeschichten; Sternschnuppen und Meteore erscheinen öfter über dem Tal als über irgendeinem anderen Teil des Landes, und der Alb mit all seinen neun Kindern scheint es zum Lieblingsplatz für seine Spiele auserkoren zu haben.

Das Hauptgespenst jedoch, das diese verzauberte Gegend heimsucht und der Oberbefehlshaber aller Mächte der Luft zu sein scheint, ist die Erscheinung eines Reiters ohne Kopf. Manche sagen, es sei der Geist eines hessischen Kavalleristen, dem eine Kanonenkugel in irgendeiner ungenannten Schlacht des Revolutionskrieges den Kopf fortgerissen hat und der ab und zu vom Landvolk im Dunkel der Nacht wie auf den Flügeln des Windes dahinsprengend gesehen wird. Seine Besuche beschränken sich nicht auf das Tal, sondern dehnen sich zuweilen auf die anliegenden Landstraßen und hauptsächlich auf die Umgebung einer nicht weit entfernten Kirche aus. Ja einige der glaubwürdigsten Geschichtsschreiber jener Gegend, die sorgsam die über dieses Gespenst umlaufenden Gerüchte gesammelt und verglichen haben, behaupten, daß der Körper des Reiters auf dem Kirchhof begraben worden sei, daß der Geist nachts auf den Kampfplatz reite, um seinen Kopf zu suchen, und daß die rasende Geschwindigkeit, mit der er mitunter wie ein mitternächtlicher Sturmwind durch die Schlucht sause, daher rühre, daß er sich verspätet und es eilig habe, vor Tagesanbruch zum Friedhof zurückzukehren.

Das ist der allgemeine Inhalt dieses legendenhaften Aberglaubens, der Stoff zu manch wilder Geschichte in jenem Reich der Schatten geliefert hat, und das Gespenst ist an allen häuslichen Herden im Land unter dem Namen ›Kopfloser Reiter aus der schläfrigen Schlucht‹ bekannt.

Es ist merkwürdig, daß der von mir erwähnte Hang, an Gesichte zu glauben, sich nicht auf die eingeborenen Talbewohner beschränkt, sondern sich auf jeden, der

dort für eine Weile lebt, unbewußt überträgt. So hellwach er auch gewesen sein mag, bevor er dieses schläfrige
Gebiet betrat, so darf er sicher sein, daß er in kurzer Zeit
den magischen Einfluß der Luft einsaugt und Phantasie zu entfalten beginnt – er hat Träume und sieht
Erscheinungen.

Ich spreche von diesem friedlichen Fleck mit allem
möglichen Lob, denn in solchen kleinen abgelegenen
holländischen Tälern, wie man sie hier und da im großen
Staat New York versteckt findet, bleiben Bevölkerung,
Sitten und Gewohnheiten unverändert, während der
große Sturzbach der Wanderung und des Fortschritts, der
in anderen Teilen dieses rastlosen Landes so unaufhör-
liche Wandlungen bewirkt, unmerklich an ihnen vor-
überbraust. Sie gleichen jenen kleinen Buchten stillen
Wassers an den Ufern eines reißenden Stroms, wo man
das Stroh und die Wasserblasen ruhig daliegen oder in
ihrem kleinen Hafen langsam umhertreiben sieht, unge-
stört durch das Dahinrauschen der vorbeieilenden Flut.
Obschon viele Jahre verflossen sind, seitdem ich im
betäubenden Schatten der schläfrigen Schlucht umherge-
wandert bin, so frage ich mich doch, ob ich nicht noch
immer dieselben Bäume und dieselben Familien in ihrem
Schutze fortlebend finden würde.

In diesem Schlupfwinkel der Natur hauste in einer
frühen Periode der amerikanischen Geschichte, will
sagen, vor etwa dreißig Jahren, ein würdiger Geselle
namens Ichabod Crane, der sich in der schläfrigen
Schlucht aufhielt oder, wie er sich ausdrückte, ›ver-
harrte‹, in der Absicht, die Kinder der Nachbarschaft zu
unterrichten. Er war in Connecticut geboren, einem
Staat, der die Union mit Pionieren sowohl für den Geist
als auch für den Urwald versieht und jährlich seine Legionen von Grenzern und Dorfschulmeistern entsendet.

Der Zuname Crane* paßte nicht übel zu seiner Persönlichkeit. Er war groß, aber außerordentlich schmächtig, hatte schmale Schultern, lange Arme und Beine, Hände, die meilenweit aus seinen Ärmeln herausragten, Füße, die als Schaufeln gedient haben könnten, und seine ganze Gestalt hing nur lose zusammen. Sein Kopf war klein und oben abgeflacht, mit ungeheuren Ohren, großen grünen, gläsernen Augen und einer langen Schnepfennase, so daß sie einem Wetterhahn glich, der auf einem spindeldürren Hals saß und anzeigte, woher der Wind wehte. Wenn man ihn an einem windigen Tag den Abhang eines Hügels herabkommen sah, wie seine Kleider sich bauschten und um ihn herflatterten, hätte man ihn irrtümlich für den Geist der Hungersnot, der auf die Erde herabstiege, oder für eine aus dem Kornfeld entlaufene Vogelscheuche halten können.

Sein Schulhaus war ein niedriges, roh aus Holzbalken gezimmertes Gebäude mit einer einzigen Stube, deren Fenster teils Glasscheiben besaßen, teils mit Blättern aus alten Schreibheften verklebt waren. Es wurde in den freien Stunden sehr sinnreich dadurch gesichert, daß eine Weidenrute an die Türklinke gebunden und Stangen gegen die Fensterläden gesetzt waren, so daß ein Dieb zwar sehr leicht hineingelangen konnte, aber einige Schwierigkeiten hatte, wieder herauszukommen: eine Methode, die der Baumeister Jost van Houten höchstwahrscheinlich dem Geheimnis einer Aalreuse entlehnt hatte. Das Schulhaus stand in einer ziemlich einsamen, lieblichen Gegend, direkt am Fuß eines bewaldeten Hügels, an dem ein Bach vorüberfloß, und an einem Ende des Gebäudes erhob sich eine mächtige Birke. Von hier aus konnte man das leise Gemurmel der Stimmen seiner

---

* Kranich – *Anm. d. Übers.*

Zöglinge, die ihre Lektionen aufsagten, an einem schläfrigen Sommertag wie das Gesumm eines Bienenschwarms hören, hin und wieder unterbrochen durch die gebieterische Stimme des Lehrers, die bald drohend, bald befehlend klang, oder vielleicht durch den schrecklichen Schall der Rute, wenn er irgendeinen Faulenzer den blumigen Pfad des Wissens entlangtrieb. Er war, die Wahrheit zu sagen, ein gewissenhafter Mann, der stets den goldenen Spruch beherzigte: »Wer die Rute spart, verzieht das Kind.« – Ichabod Cranes Schüler wurden bestimmt nicht verzogen.

Doch ich möchte damit nicht sagen, daß er einer jener grausamen Schuldespoten war, die Freude am Schmerz ihrer Untertanen haben; im Gegenteil, er übte Gerechtigkeit mehr mit kalter Überlegung als mit Strenge, indem er die Last von den Schultern der Schwachen nahm und sie den Starken aufbürdete. Das zarte Bürschchen, das bei der geringsten Bewegung mit der Rute bebt, behandelte er mit Nachsicht, doch den Forderungen der Gerechtigkeit tat er dadurch vollkommen Genüge, daß er irgendeinem kleinen, zähen, trotzköpfigen, breitschultrigen holländischen Buben, der unter der Rute grollte und tobte und störrisch und tückisch wurde, ein doppeltes Maß angedeihen ließ. Alles das nannte er »an ihrer Eltern Statt seine Pflicht tun«, und er verabreichte niemals eine Züchtigung, ohne ihr die für den durchgebleuten Buben so tröstliche Versicherung folgen zu lassen, daß »es ihm ein Denkzettel sein und er ihm bis an seinen letzten Lebenstag danken würde«.

Nach den Schulstunden war er sogar den größeren Knaben Kamerad und Spielgefährte, und an Feiertagsnachmittagen begleitete er auch wohl die kleineren heim, die zufällig hübsche Schwestern hatten oder deren Mütter tüchtige Hausfrauen und wegen ihrer reichlich gefüllten Speisekammern bekannt waren. Es brachte ihm in der Tat Vorteile, mit seinen Zöglingen auf gutem Fuß zu stehen. Die Einkünfte aus seiner Schule waren spärlich und hätten kaum für das tägliche Brot ausgereicht, denn er war ein gewaltiger Esser und besaß trotz seiner Schmächtigkeit die Gabe, sich wie eine Anakondaschlange auszudehnen; doch um seinem Unterhalt aufzuhelfen, bekam er gemäß der Landessitte in den Häusern der Bauern, deren Kinder er unterrichtete, Kost und Logis. Bei diesen wohnte er reihum jeweils eine Woche und machte so mit seinen in ein baumwollenes Taschentuch geknüpften Habseligkeiten die Runde in der Nachbarschaft.

Damit dies alles die Börsen seiner ländlichen Gönner, die das Schulgeld als beschwerliche Bürde und die Schulmeister als Drohnen zu betrachten pflegten, nicht gar zu sehr belaste, versuchte er sich auf verschiedene Arten nicht nur angenehm, sondern auch nützlich zu erweisen. Er unterstützte die Bauern gelegentlich bei den leichteren Feldarbeiten, half ihnen beim Heumachen, besserte die Zäune aus, ritt die Pferde zur Tränke, trieb die Kühe von der Weide heim und spaltete Holz für das Feuer im Winter. Er legte auch alle Herrscherwürde und das gebieterische Gebaren, mit dem er sein kleines Reich, die Schule, regierte, ab und wurde wunderbar sanft und einschmeichelnd. Er fand Gnade vor den Augen der Mütter, weil er die Kinder, vor allem die jüngsten, liebkoste und wie der kühne Löwe, der einst so großmütig das Lämmlein umschlungen hielt, wohl stundenlang mit einem Kind auf den Knien dasaß und zugleich mit beiden Füßen eine Wiege schaukelte.

Zu seinen anderen Berufsgeschäften kam noch hinzu, daß er der Gesangslehrer der Gegend war; er verdiente sich manchen blanken Schilling durch den Unterricht, den er jungen Leuten im Psalmensingen erteilte. Es erfüllte ihn mit nicht geringem Stolz, wenn er sonntags mit einer Schar auserlesener Sänger vorn im Chor der Kirche Aufstellung nahm, wo er nach seiner eigenen Meinung dem Pfarrer die Siegespalme abgewann. Gewiß ist es, daß seine Stimme die ganze übrige Gemeinde bei weitem übertönte, und man hört noch immer in der Kirche eigentümliche Triller, die sogar am stillen Sonntagmorgen über eine halbe Meile, bis an das entgegengesetzte Ende des Mühlteiches, vernehmbar sind und, wie man sagt, rechtmäßig aus Ichabod Cranes Nase stammen. So schlug sich durch verschiedene kleine Tricks und auf jene erfinderische Weise, die man insgemein mit ›Biegen und Brechen‹ bezeichnet, der würdige Pädagoge ganz erträglich durch, und alle, die nichts von Kopfarbeit verstanden, dachten, er führe doch ein herrliches und angenehmes Leben.

Der Schulmeister ist in den weiblichen Kreisen auf dem Lande gewöhnlich ein gern gesehener Mann, denn man betrachtet ihn als eine Art müßiger, vornehmer Persönlichkeit von bedeutend feinerem Geschmack und Bildungsstand als die rohen Bauernburschen, die an Gelehrsamkeit nur dem Pfarrer nachsieht. Sein Erscheinen verursacht daher meist eine gewisse Aufregung am Teetisch eines Bauernhauses und bewirkt, daß als Zugabe ein Teller mit Kuchen oder Süßigkeiten aufgetragen oder vielleicht gar mit einer silbernen Teekanne geprunkt wird. Unser Gelehrter wurde deshalb durch das Lächeln aller Landmädchen beglückt. Wie stolz wandelte er sonntags unter ihnen auf dem Kirchhof vor und nach dem Gottesdienst einher! Er pflückte für sie Trauben von den wilden Weinstöcken, welche die umstehenden Bäume umrankten, las ihnen zur Unterhaltung alle die Inschriften auf den Grabsteinen laut vor oder schlenderte mit einem ganzen Mädchenschwarm die Ufer des angrenzenden Mühlteiches entlang, während die schüchternen Dorfburschen zurückblieben und ihn um seine überlegene Eleganz und Gewandtheit beneideten.

Da er zur Hälfte ein Wanderleben führte, war er eine Art wandelnder Zeitung, die den gesamten Dorfklatsch von Haus zu Haus trug, so daß man sein Kommen stets mit Freuden begrüßte. Überdies hielten ihn die Frauen für einen Mann von großer Gelehrsamkeit, denn er hatte verschiedene Bücher ganz durchgelesen und kannte Cotton Mathers ›Geschichte der Zauberei in Neuengland‹, an die er, nebenbei gesagt, steif und fest glaubte, beinah auswendig.

Er war wirklich ein seltsames Gemisch von Verschmitztheit und einfältiger Leichtgläubigkeit. Sein Hang zum Wunderbaren und seine Kräfte, es zu verdauen, waren gleich außerordentlich, und beide hatten durch seinen Aufenthalt in dieser verhexten Gegend zugenommen. Keine Sage war für seinen geräumigen Magen zu plump oder ungeheuerlich. Er ergötzte sich häufig damit, wenn nachmittags kein Unterricht war, sich in dem üppigen Kleefeld, das von dem an seinem Schulhaus dahinrieselnden Bächlein begrenzt wurde, auszustrecken und dort des alten Mathers gruselige Geschichten immer wieder zu lesen, bis die allmählich hereinbrechende Abenddämmerung die bedruckten Seiten vor seinen Augen verschwimmen ließ. Trat er dann an Sümpfen und Flüssen und schaurigen Wäldern entlang seinen Heimweg zu dem Bauernhaus an, wo er sich gerade einquartiert hatte, beunruhigte jedes Geräusch der Natur in dieser Zauberstunde seine erregte Phantasie: der Klageruf des Whip-poor-will*

---

* Der Whip-poor-will ist ein Vogel, der nur nachts zu hören ist. Er hat seinen Namen von seinem Gesang, der so ähnlich klingen soll wie diese Wörter – *Anm. d. Verf.*

vom Abhang des Hügels, der unheilschwangere Schrei des Baumfrosches, jenes Vorboten des Sturms, das traurige Geächz der Nachteule oder das plötzliche Aufflattern der aus ihrem Schlaf aufgescheuchten Vögel im Dickicht. Auch die Glühwürmchen, die an den dunkelsten Stellen besonders lebhaft leuchteten, erschreckten ihn ab und zu, sobald eines von ungewöhnlicher Helligkeit ihm quer über den Weg flog; und wenn durch Zufall ein großer Brummer von Käfer auf seinen plumpen Flug gegen seinen Kopf prallte, war der arme Kerl nahe daran, seinen Geist bei der Vorstellung aufzugeben, daß eine Hexe ihm ihr Zeichen aufgedrückt habe. Seine einzige Zuflucht bei solchen Gelegenheiten, um entweder die Gedanken zu übertäuben oder böse Gespenster fortzuscheuchen, bestand darin, daß er Psalmen anstimmte – und die guten Leute der schläfrigen Schlucht wurden häufig, während sie abends vor ihren Türen saßen, mit ehrfürchtiger Scheu erfüllt, wenn sie seine näselnde Melodie, »in verketteter Lieblichkeit lang hinausgezogen«, vom entfernten Hügel her oder die staubige Straße entlang schweben hörten.

Eine andere Quelle schauerlichen Vergnügens war es für ihn, lange Winterabende mit den alten holländischen Frauen zuzubringen, wenn sie am Feuer saßen und spannen und eine Reihe von Äpfeln auf dem Herd briet und zischte, und ihren wunderbaren Erzählungen von Geistern und Kobolden, von spukenden Feldern, Bächen, Brücken und Häusern und namentlich vom kopflosen Reiter oder ›galoppierenden Hessen aus der Schlucht‹, wie sie ihn mitunter nannten, zu lauschen. Er erfreute sie dafür seinerseits mit Anekdoten von Hexereien, von den unheilkündenden Vorzeichen und gräßlichen Erscheinungen und Tönen in der Luft, die früher in Connecticut nicht selten waren, und jagte ihnen mit Betrachtungen über Kometen und Sternschnuppen und mit der beunruhigenden Tatsache, daß die Welt sich wirklich drehe und daß sie die Hälfte ihrer Zeit auf dem Kopf ständen, gewaltige Angst ein!

Aber wenn auch dies angenehm war, während er gemütlich in der vom prasselnden Holzfeuer mit rötlicher Glut übergossenen Kaminecke eines Zimmers hockte, wo selbstredend kein Gespenst sich sehen lassen durfte, so wurde es doch durch die Schrecken seines anschließenden Heimwegs teuer erkauft. Welch furchtbare Gestalten und Schatten belagerten seinen Pfad im trüben und grausigen Glanz einer Schneenacht! Mit welch ängstlichem Blick betrachtete er jeden zitternden Lichtstrahl, der aus einem entfernten Fenster schräg über die öden Felder dahinglitt! Wie häufig erblaßte er vor einem schneebedeckten Strauch, der sich ihm wie ein ins Leichentuch gehüllter Geist gerade in den Weg stellte! Wie oft schrak er ganz entsetzt vor dem Klang seiner eigenen Schritte auf der Frostkruste unter seinen Füßen zurück und fürchtete sich, über seine Schulter zurückzuschauen, um nicht etwa ein seltsames Wesen dicht hinter sich hertraben zu sehen! Und wie häufig brachte ihn ein Windstoß, der in den Bäumen heulte, in völlige Verzweiflung, weil er meinte, es sei der galoppierende Hesse auf einem seiner nächtlichen Ritte!

Alles dies waren jedoch bloße Schrecken der Nacht, Phantome des Geistes, die in Finsternis wandeln, und obgleich er seinerzeit viele Gespenster gesehen hatte und mehr als einmal auf seinen einsamen Wanderungen vom Satan in verschiedenen Gestalten heimgesucht worden war, machte das Tageslicht doch all diesen Übeln ein Ende; und er würde, dem Teufel und allen seinen Werken zum Trotz, ein ganz angenehmes Leben geführt haben, wäre sein Weg nicht von einem Wesen gekreuzt worden, das jedem Sterblichen mehr zusetzt als Geister, Kobolde und das ganze Geschlecht der Hexen zusammengenommen, und dies war – ein Weib.

Unter den musikalischen Zöglingen, die sich an einem Abend der Woche versammelten, um von ihm im Psalmensingen unterwiesen zu werden, war auch Katrina van Tassel, die Tochter und das einzige Kind eines wohlhabenden holländischen Bauern. Sie war ein blühendes Mädchen von kaum achtzehn Jahren, rundlich wie ein Rebhuhn, reif und schmelzend und rosenwangig wie die Pfirsiche ihres Vaters und nicht nur ihrer Schönheit, sondern auch ihrer beträchtlichen Erbschaft wegen allgemein berühmt. Sie war zugleich ein wenig kokett, wie man schon an ihrer Kleidung sehen konnte, die eine Mischung aus alter und neuer Mode war, weil diese ihre Reize am besten ins rechte Licht zu setzen vermochte. Sie trug das Geschmeide aus purem gelbem Gold, das ihre Urururgroßmutter von Saardam herübergebracht hatte, einen verführerischen Brustlatz aus der alten Zeit und obendrein einen auffallend kurzen Rock, um den hübschesten Fuß und Knöchel der ganzen Gegend sehen zu lassen.

Ichabod Crane besaß ein sanftes und törichtes Herz gegenüber dem weiblichen Geschlecht, und es ist nicht verwunderlich, daß ein so verlockender Bissen bald Gnade vor seinen Augen fand, ganz besonders, nachdem er sie in ihrem väterlichen Haus besucht hatte. Der alte Baltus van Tassel war der Inbegriff eines vermögenden, zufriedenen und großherzigen Bauern. Zwar schweiften weder seine Augen noch seine Gedanken über die Grenzen der eigenen Farm hinaus, aber innerhalb dieser war alles sauber, glücklich und wohlbestellt. Er gefiel sich in seinem Reichtum, ohne darauf stolz zu sein, und tat sich mehr auf den vollen Überfluß als auf die Art, wie er lebte, etwas zugute. Seine Besitzung lag an den Ufern des Hudson, auf einer jener grünen, geschützten und fruchtbaren Stellen, wo sich die holländischen Bauern so gern niederlassen. Eine große Ulme breitete ihre breiten Äste darüber aus; unter ihr sprudelte eine Quelle des weichsten und süßesten Wassers in einen kleinen, aus einem Faß gebildeten Brunnen und stahl sich dann funkelnd durch das Gras zu einem nahen Bach hin, der unter Flieder und Zwergweiden dahinplätscherte. Gleich neben dem Wohnhaus stand eine geräumige Scheune, die als Kirche gedient haben könnte; alle Fenster und Spalten schienen von den Schätzen des Hofes zu bersten; der Dreschflegel ertönte geschäftig in ihr vom Morgen bis zum Abend; Haus und Mauerschwalben flogen zwitschernd um die Traufen, und Scharen von Tauben, von denen einige mit einem Auge emporschauten, als beobachteten sie das Wetter, einige die Köpfe unter die Flügel oder ins Brustgefieder steckten und andere sich aufbliesen, gurrten und sich vor ihren Weibchen verbeugten, genossen den Sonnenschein auf dem Dach. Feiste, schwerfällige Schweine grunzten behaglich und satt in ihren Koben, aus denen dann und wann Haufen von Spanferkeln hervorstürzten, wie wenn sie die Luft wittern wollten. Ein stattliches Geschwader schneeweißer Gänse schwamm auf einem nahen Teich und diente ganzen Flotten von Enten zur Deckung; Regimenter von Truthähnen kollerten auf dem Hof umher, und Perlhühner zankten sich dort wie übelgelaunte Hausfrauen mit grämlichem, mißvergnügtem Geschrei. Vor dem Scheunentor stolzierte der tapfere Hahn, jenes Muster von Ehemann, Krieger und feinem Herrn, schlug seine glänzenden Flügel und krähte im Stolz und in der Freude seines Herzens, wobei er manchmal die Erde mit seinen Füßen aufscharrte und dann großmütig seine stets hungrige Familie herbeirief, den fetten Bissen, den er entdeckt hatte, zu verspeisen.

Dem Pädagogen lief das Wasser im Munde zusammen, als er auf diese prächtige Verheißung einer üppigen Winterkost blickte. Mit dem gierigen Auge seines Gemüts sah er bereits alle Spanferkel gebraten und mit einem Pudding im Bauch und einem Apfel im Maul umherlaufen; die Tauben waren sanft in eine leckere Pastete gebettet und in eine knusprige Kruste gehüllt, die Gänse schwammen in ihrem eigenen Fett, und die Enten lagen, gleich neuvermählten Paaren, traulich zu zweien in den Schüsseln, mit einer anständigen Zutat von Zwiebelbrühe. Bei den Schweinen sah er schon die zukünftige weiche Speckseite und den saftigen, schmackhaften Schinken abgeschnitten; kein Truthahn, den er nicht appetitlich angerichtet, den Kopf unterm Flügel und vielleicht mit einer Halskette leckerer Würste, geschaut hätte; ja selbst der glänzende Hahn lag in einer kleineren Schüssel ausgespreizt auf seinem Rücken, mit emporgerichteten Krallen, als bitte er um Pardon, den sein ritterlicher Geist, solang er lebte, zu fordern verschmäht hatte.

Während der entzückte Ichabod sich alles dies ausmalte und seine großen grünen Augen über das fette Wiesenland, die reichen Weizen-, Roggen-, Buchweizen- und Maisfelder und über die mit rotwangigen Früchten beladenen Obstgärten, die van Tassels warme Wohnung umgaben, schweifen ließ, da lechzte sein Herz nach dem Mädchen, das diese Besitzungen erben sollte, und seine Einbildungskraft dehnte sich bei dem Gedanken aus, wie leicht man sie in bares Geld umsetzen und dieses wiederum in unermeßlichen Strecken wüsten Landes und in Blockhäusern in der Wildnis anlegen könnte. Ja, seine geschäftige Phantasie verwirklichte bereits seine Hoffnungen und stellte ihm die blühende Katrina mit einer ganzen Kinderschar vor, wie sie oben auf einem mit allerhand Hausrat bepackten Wagen saß, während Töpfe und Kessel unten herabbaumelten; sich selbst aber sah er auf einer sanften Stute, mit einem Füllen auf ihren Fersen, auf dem Weg nach Kentucky, Tennessee oder Gott weiß wohin.

Als er ins Haus trat, war sein Herz bereits vollständig erobert. Es war eines jener geräumigen Bauernhäuser mit hohen Giebeln, doch niedrigem, schrägem Dach, erbaut im Stil der ersten holländischen Siedler. Die niedrigen, vorspringenden Gesimse bildeten längs der Vorderfront einen Säulengang, der bei schlechtem Wetter geschlossen werden konnte. Darunter hingen Dreschflegel, Pferdegeschirre, mannigfaltige landwirtschaftliche Geräte und Netze zum Fischfang in dem nahen Fluß. Bänke waren an den Wänden zur Benutzung im Sommer angebracht, und ein großes Spinnrad an dem einen Ende und ein Butterfaß am anderen zeigten, zu welch verschiedenen Zwecken diese wichtige Vorhalle gebraucht wurde. Von diesem Portal aus trat der verwunderte Ichabod in den Saal, der den Mittelpunkt des Gebäudes und den gewöhnlichen Aufenthaltsort der Familie bildete. Hier blendeten Reihen blanker Zinngeräte, die auf einer langen Anrichte aufgestellt waren, seine Augen. In einer Ecke stand ein mächtiger Sack Wolle, der zum Verspinnen bereit war; in einem anderen lag ein Packen Halbwollenzeug, das gerade vom Webstuhl gekommen war; Maiskolben und Schnüre gedörrter Äpfel und Pfirsiche hingen in lustigen Girlanden an den Wänden, und dazwischen prachtvolle rote Pfefferschoten; und eine halb geöffnete Tür gewährte ihm einen Blick in die gute Stube, wo die Stühle mit den Klauenfüßen und die dunklen Mahagonitische wie Spiegel glänzten; Feuerböcke mit den dazugehörigen Schaufeln und Zangen glitzerten aus ihrer Bedeckung von Spargelkraut hervor; künstliche Orangen und Muschelschalen zierten den Kaminsims; Schnüre mit bunten Vogeleiern waren darüber aufgehängt; ein großes Straußenei hing von der Mitte des Zimmers herab, und ein absichtlich offen gelassener Eckschrank stellte ungeheure Schätze alten Silbers und schön bemalten Porzellans zur Schau.

Von dem Augenblick an, da Ichabod seine Augen auf diese entzückenden Gefilde heftete, war es um seinen Seelenfrieden geschehen, und sein ganzes Sinnen und Trachten war darauf gerichtet, wie er die Neigung der unvergleichlichen Tochter van Tassels gewinnen könne. Bei diesem Unternehmen hatte er jedoch mehr wirkliche Schwierigkeiten zu überwinden, als gewöhnlich einem fahrenden Ritter einst in die Quere kamen, der meist nur mit Riesen, Zauberern, feurigen Drachen und derartigen leicht besiegbaren Gegnern zu streiten und sich bloß durch eiserne und metallene Tore und diamantene Mauern seinen Weg zum Burgverlies, in dem die Dame seines Herzens gefangen saß, zu erzwingen hatte, was er alles ebenso mühelos vollbrachte, wie jemand heutzutage mit dem Vorlegemesser in das Innere einer Weihnachtspastete dringt, worauf die Schöne ihm, wie selbstverständlich, die Hand reicht. Ichabod mußte sich dagegen seinen Weg zum Herzen einer Dorfkoketten bahnen, die von einem Labyrinth von Grillen und Launen umgeben war, welche immer neue Schwierigkeiten und Hindernisse entgegenstellten; er mußte mit einem Heer gefährlicher Feinde aus Fleisch und Blut kämpfen, nämlich den zahllosen ländlichen Verehrern, die alle Tore zu ihrem Herzen besetzt hielten, einander mit wachsamen und grollenden Augen beobachteten, aber bereit waren, für die gemeinsame Sache gegen jeden neuen Bewerber ins Feld zu rücken.

Unter diesen war der furchtbarste ein plumper, lärmender, großsprecherischer Geselle namens Abraham oder, infolge der holländischen Abkürzung, Brom van Brunt, der Held der Gegend, die von seinen gewaltigen, unerschrockenen Heldentaten widerhallte. Er war breitschultrig und muskulös, hatte kurzes, krauses schwarzes Haar und ein grobes, doch nicht unsympathisches Gesicht, in dem sich eine Mischung aus Lustigkeit und Anmaßung ausdrückte. Wegen seiner herkulischen Gestalt und großen Gliederstärke hatte er den Spitznamen Brom Bones* erhalten, unter dem er allgemein bekannt war. Er war berühmt ob seiner bedeutenden Kenntnis und Geschicklichkeit in der Reitkunst und zu Pferde ebenso gewandt wie ein Tatar. Er war der Erste bei allen Wettrennen und Hahnenkämpfen und durch die Überlegenheit, die sich die Körperkraft auf dem Lande stets verschafft, Schiedsrichter in allen Streitigkeiten, wobei er seinen Hut auf die eine Seite setzte und seine Entscheidungen mit einer Miene und in einem Tone fällte, die weder Einrede noch Widerspruch zuließen. Er war stets zu Schlägereien oder Streichen bereit, hatte mehr Übermut als Bosheit in seinem Wesen, und trotz all seiner gewaltigen Derbheit besaß er im Grunde eine große Portion leichtfertiger Gutmütigkeit. Er hatte drei oder vier lustige Gefährten seines Schlages, die ihn als ihr Vorbild betrachteten und an deren Spitze er die Gegend durchzog und meilenweit in der Runde bei jedem Streit und jeder Festlichkeit mitmachte. Bei kaltem Wetter zeichnete er sich durch eine Pelzmütze mit einem prächtigen Fuchsschwanz aus, und wenn die Landleute bei irgendeiner Versammlung diesen wohlbekannten Helmbusch in einiger Entfernung aus einer Schar waghalsiger Reiter

---

* Knochen-Brom – *Anm. d. Übers.*

hervorwinken sahen, traten sie stets zur Seite, um Streit zu vermeiden. Manchmal hörte man seine Bande um Mitternacht mit Geschrei und Hallo, wie einen Trupp Donkosaken, an den Bauernhäusern vorübersprengen, und die alten Frauen, aus ihrem Schlaf aufgestört, horchten wohl einen Augenblick, bis die wilde Jagd vorbeigesaust war, und riefen dann: »Ach, das ist Brom Bones mit seiner Bande!« Die Nachbarn betrachteten ihn mit einem Gemisch aus Scheu, Bewunderung und Wohlwollen, und sooft irgendein toller Streich oder eine Schlägerei in der Gegend vorfiel, schüttelten sie den Kopf und wetteten, daß Brom Bones bestimmt dahinterstecke.

Dieser wüste Held hatte seit einiger Zeit die blühende Katrina zum Ziel seiner ungeschlachten Galanterien erkoren, und glichen auch seine verliebten Zärtlichkeiten ein wenig den sanften Liebkosungen und Schmeicheleien eines Bären, so munkelte man doch, daß sie ihn in seinen Hoffnungen nicht ganz entmutigte. Sicher ist jedenfalls, daß sein Auftreten für die übrigen Bewerber das Signal zum Rückzug war; denn diese verspürten keine Lust, einem Löwen bei seinen Neigungen im Wege zu stehen; wenn man also Sonntag abends sein Pferd an van Tassels Zaun angebunden sah – ein sicheres Zeichen, daß dessen Herr drinnen den Hof machte oder, wie man es nannte, ›scharmierte‹ –, gingen alle anderen Freier voll Verzweiflung vorüber und versuchten anderswo ihr Glück.

Dies war der furchtbare Nebenbuhler, mit dem Ichabod Crane es zu tun hatte, und wenn man die Sachlage genau erwog, wäre ein stärkerer Mann als er von der Bewerbung zurückgetreten, und ein klügerer hätte jede Hoffnung fahrenlassen. In seinem Wesen lag jedoch eine glückliche Mischung aus Geschmeidigkeit und Beharrlichkeit; er glich geistig wie körperlich einem Weichselrohr – nachgiebig, aber zähe; er bog sich zwar, brach aber nie; und krümmte er sich auch beim leisesten Druck, stand er doch im Nu, sobald der Druck aufhörte – husch! – kerzengerade und trug den Kopf ebenso hoch wie zuvor.

Offen gegen seinen Rivalen zu Felde zu ziehen wäre Tollheit gewesen; denn dieser war ein Mann, dem man bei seinen Neigungen genausowenig in die Quere kommen durfte wie jenem stürmischen Liebhaber Achill. Ichabod betrieb daher seine Werbung auf eine ruhige und sanft einschmeichelnde Weise. Unter dem Deckmantel seiner Eigenschaft als Gesangslehrer machte er häufig Besuche im Bauernhaus, ohne daß er irgendwie unbequeme Einmischungen der Eltern hätte zu fürchten brauchen, was auf dem Pfad der Liebenden so oft zum Stein des Anstoßes wird. Balt van Tassel war eine stille, nachsichtige Seele; er liebte seine Tochter noch mehr als seine Pfeife und ließ ihr, wie ein vernünftiger Mann und trefflicher Vater, in allen Dingen ihren Willen. Seine ehrenwerte kleine Frau hatte ebenfalls genug mit dem Haushalt und dem Geflügelhof zu tun; denn, wie sie weise bemerkte, Enten und Gänse sind törichte Geschöpfe, um die man sich kümmern muß, aber Mädchen können auf sich selbst achtgeben. Während also die geschäftige Frau sich im Hause tummelte oder an einem Ende der Vorhalle ihr Spinnrad drehte, saß der würdige Balt am anderen, schmauchte sein Abendpfeifchen und beobachtete das Treiben eines kleinen hölzernen Soldaten, der, in jeder Hand mit einem Schwert bewaffnet, auf dem Scheunengiebel höchst tapfer gegen den Wind focht. Währenddessen machte Ichabod der Tochter am Brunnen unter der großen Ulme den Hof oder auf einem Spaziergang in der Dämmerung, dieser der Beredsamkeit der Liebenden so günstigen Stunde.

Ich gestehe, daß ich nicht weiß, wie man um Frauenherzen wirbt und sie erobert. Für mich sind sie immer ein Rätsel und ein Gegenstand der Bewunderung gewesen. Einige scheinen nur eine verwundbare Stelle oder eine Zugangstür zu haben, während andere tausend Eingänge besitzen und sich auf tausend verschiedene Arten fangen lassen. Es ist ein großer Triumph der Geschicklichkeit, die ersteren zu erobern, aber ein noch größerer Beweis von Feldherrntalent, den Besitz der letzteren zu behaupten, denn ein Mann muß, um seine Festung zu halten, an jedem Tor und Fenster kämpfen. Darum hat derjenige, welcher tausend gewöhnliche Herzen gewinnt, Anrecht auf einigen Ruhm; aber derjenige, welcher unbestrittene Macht über das Herz einer Koketten ausübt, ist in der Tat ein Held. Gewiß ist es, daß dies bei dem gefürchteten Brom Bones nicht der Fall war, und von dem Augenblick an, da Ichabod Crane seine Bewerbungen begann, neigte sich der Glücksstern des ersteren sichtlich; man sah sein Pferd nicht mehr Sonntag abends an den Zaun gebunden, und eine tödliche Fehde entspann sich allmählich zwischen ihm und dem Schullehrer aus der schläfrigen Schlucht.

Brom, in dessen Charakter eine gewisse rohe Ritterlichkeit lag, hätte den Streit gern in einem offenen Krieg ausgetragen und beider Ansprüche auf die junge Dame nach der Methode jener sehr bestimmten und einfachen Logiker, nämlich der alten fahrenden Ritter, durch Zweikampf entschieden; aber Ichabod war sich der überlegenen Kraft seines Gegners nur zu gut bewußt, um gegen ihn in die Schranken zu treten: Er hatte von Bones' prahlerischer Drohung gehört, er wolle »den Schulmeister zusammenklappen und auf einen Schrank stellen«, und war zu vorsichtig, ihm dazu Gelegenheit zu geben. In diesem hartnäckig friedlichen System lag etwas außerordentlich Ärgerliches; es blieb Brom keine andere

Wahl, als sich auf seinen rohen Mutwillen zu verlassen und seinem Nebenbuhler derbe Streiche zu spielen. Ichabod wurde das Ziel der launenhaften Verfolgung von seiten Bones' und seiner groben Reiterbande. Sie beunruhigten sein bisher friedliches Gebiet, räucherten seine Singschule aus, indem sie den Schornstein verstopften, brachen nachts ins Schulhaus ein, trotz der starken Befestigung von Weidenruten und Fensterstangen, und kehrten das Unterste zuoberst, so daß der arme Schulmeister zu glauben anfing, sämtliche Hexen aus der Umgegend hielten hier ihre Zusammenkünfte. Aber was noch verdrießlicher war, Brom benutzte jede Gelegenheit, ihn in Gegenwart seiner Geliebten lächerlich zu machen, und er besaß einen schändlichen Hund, den er abrichtete, in der komischsten Weise zu winseln, und als Ichabods Nebenbuhler einführte, damit er das Mädchen im Psalmensingen unterrichte.

Dergestalt ging die Sache eine Zeitlang weiter, ohne irgendeinen merklichen Einfluß auf die gegenseitige Lage der streitenden Parteien zu haben. An einem schönen Herbstnachmittag saß Ichabod nachdenklich wie ein König auf dem hohen Stuhl, von dem aus er gewöhnlich alle Vorgänge in seinem kleinen wissenschaftlichen Reich beobachtete. In der Hand schwenkte er einen Stock, das Zepter despotischer Macht; die Birkenrute der Gerechtigkeit lag auf drei Nägeln hinter dem Thron, als beständiger Schrecken aller Übeltäter, während vor ihm auf dem Pult verschiedene eingeschmuggelte Gegenstände und verbotene Waffen, die er bei den faulen Buben entdeckt hatte, zu sehen waren: halbverzehrte Äpfel, Knallbüchsen, Brummkreisel, Fliegenkäfige und ganze Legionen hoch aufgerichteter kleiner Kampfhähne aus Papier. Anscheinend war erst kürzlich ein furchtbarer Akt der Gerechtigkeit vollzogen worden, denn seine

Schüler waren alle aufmerksam in ihre Bücher vertieft oder flüsterten leise hinter ihnen, mit einem Auge nach dem Lehrer schielend, und eine Art summender Stille herrschte im ganzen Schulzimmer. Sie wurde plötzlich durch die Erscheinung eines Negers in Wergjacke und -hose und mit dem Bruchstück einer runden, kronenförmigen Kopfbedeckung, dem Merkurshut ähnlich, unterbrochen; er saß auf einem struppigen, wilden, halb zugerittenen Fohlen, das er in Ermangelung eines Halfters mit einem Strick lenkte. Er ritt polternd an die Schulhaustür heran mit einer Einladung an Ichabod, an einer lustigen Gesellschaft oder einem ›fröhlichen Schmaus‹, der am Abend bei Mynheer van Tassel stattfinden sollte, teilzunehmen, und nachdem er seine Botschaft mit jener wichtigen Miene und dem Bemühen um eine vornehme Sprache, die ein Neger bei derartigen kleinen Botengängen gern zur Schau trägt, ausgerichtet hatte, setzte er über den Bach, und dann sah man ihn die Schlucht hinaufsprengen, erfüllt von der Bedeutsamkeit und Eile seines Auftrags.

In der eben noch so ruhigen Schulstube geriet nun alles in Lärm und Aufregung. Die Schüler mußten schleunigst ihre Aufgaben beendigen, ohne sich bei Kleinigkeiten aufzuhalten; die Flinken übersprangen ungestraft die Hälfte, und die Langsamen bekamen dann und wann eine kräftige Ermunterung mit dem Rohrstock, die sie zur Eile antrieb oder ihnen über ein schwieriges Wort hinweghalf. Die Bücher wurden beiseite geschleudert, ohne wieder auf die Regale gestellt zu werden; Tintenfässer wurden umgestoßen, Bänke umgeworfen und die ganze Schule eine Stunde vor der gewöhnlichen Zeit geschlossen, so daß die Kinder wie eine Legion junger Kobolde aus Freude über ihre frühe Freilassung auf dem Rasenplatz lärmten und schwärmten.

Der verliebte Ichabod brachte mindestens eine halbe Stunde länger bei seiner Toilette zu, indem er seinen besten und in der Tat einzigen fadenscheinigen schwarzen Rock bürstete und putzte und seine Locken vor einem Stück zerbrochenem Spiegelglas, das im Schulhaus hing, in Ordnung brachte Damit er vor seiner Herrin als wahrer Kavalier erscheinen könnte, borgte er sich ein Pferd von dem Bauern, bei dem er wohnte, einem cholerischen alten Holländer namens Hans van Ripper, und zog nun, stattlich im Sattel sitzend, wie ein fahrender Ritter auf Abenteuer aus. Aber es ist wohl angebracht, daß ich im echten Stil der romantischen Schriftsteller eine genaue Beschreibung vom Aussehen und von der Ausrüstung meines Helden und seines Rosses gebe. Das Tier, das er ritt, war ein abgearbeiteter Ackergaul, von dem beinahe nichts übriggeblieben war als seine Mängel. Er war dürr und zottig, mit einem Schafshals und einem hammerförmigen Kopf; seine rostrote Mähne und Schwanzhaare waren verfilzt und voller Kletten; ein Auge hatte die Sehkraft verloren und war starr und geisterhaft, aber das andere leuchtete wahrhaft teuflisch. Jedoch mußte der Gaul früher einmal feurig und mutig gewesen sein, wenn wir nach seinem Namen urteilen wollen, der Gunpowder* hieß. Er war tatsächlich ein Lieblingspferd seines Herrn, des cholerischen van Ripper, gewesen, der als wilder Reiter dem Tier sehr wahrscheinlich etwas von seinem eigenen Geist eingeflößt hatte; denn so alt und unbrauchbar es auch aussah, es steckte doch noch mehr der Schadenteufel in ihm als in irgendeinem jungen Füllen des Landes.

Ichabods Gestalt paßte zu einem solchen Roß. Er ritt mit kurzen Steigbügeln, wodurch seine Knie fast bis an

---

* Schießpulver – *Anm. d. Übers.*

den Sattelknopf gehoben wurden; seine spitzen Ellenbogen standen hervor wie die Beingelenke einer Heuschrecke; er hielt seine Peitsche wie ein Zepter senkrecht in der Hand, und als sich das Pferd in Trab setzte, war die Bewegung seiner Arme dem Schlagen eines Flügelpaars nicht unähnlich. Ein kleiner wollener Hut ruhte auf seinem Nasengiebel – denn so konnte man den schmalen Streifen von Stirn wohl nennen –, und seine schwarzen Rockschöße flogen beinahe bis an den Schweif des Gaules. Derart war die Erscheinung von Ichabod und seinem Roß, als sie aus Hans van Rippers Tor wackelten, und das Ganze bot ein Bild, wie man es selten am hellen Tag zu Gesicht bekommt.

Es war, wie gesagt, ein schöner Herbsttag; der Himmel war klar und heiter, und die Natur trug jenes reiche, goldene Kleid, mit dem wir immer den Begriff von Überfluß verbinden. Die Wälder hatten sich in ihr ernstes Braun und Gelb gehüllt, während einige zartere Bäume durch den Frost in leuchtende Orange-, Purpur- und Scharlachtöne getaucht waren. Scharen schreiender Wildenten begannen sich hoch in der Luft zu zeigen; die Stimme des Eichhörnchens ließ sich aus den Buchen und Hickorynußbäumen und der schwermütige Schlag der Wachtel zwischendurch vom nahen Stoppelfeld her vernehmen.

Die kleinen Vögel feierten ihr Abschiedsfest. Auf dem Höhepunkt ihrer Lustbarkeit flatterten sie zirpend und frohlockend von Busch zu Busch, von Baum zu Baum, durch die Üppigkeit und Mannigfaltigkeit um sie her ganz übermütig geworden. Da war das ehrliche Wanderdrosselmännchen, das Lieblingswild angehender Jäger, mit seinem lauten Klageton; und die zwitschernden Amseln, die in den schwarzen Wolken umherzogen; und der goldbeschwingte Specht mit seinem karmesinroten

Federbusch, seiner breiten schwarzen Halskrause und dem glänzenden Gefieder; und der Seidenschwanz mit seinen rotgesäumten Flügeln und dem gelbgesäumten Schwanz und seiner kleinen Jägermütze aus Federn; und der Blauhäher, dieser geschwätzige Stutzer, in seinem lustigen hellblauen Rock und weißen Unterkleid; er schrie und schnatterte und nickte und neigte und beugte sich und tat, als stände er mit allen Sängern des Waldes auf gutem Fuß.

Als Ichabod langsam dahintrabte, schweifte sein Auge, stets offen für jedes Anzeichen von kulinarischem Überfluß, mit Entzücken über die Schätze des fröhlichen Herbstes. Auf allen Seiten schaute er unermeßliche Mengen von Äpfeln; manche hingen in erdrückender Fülle an den Bäumen, manche waren in Körbe und Tonnen gepackt, um auf den Markt gebracht zu werden, andere in stattlichen Haufen für die Apfelweinpresse aufgetürmt. Etwas später sah er große Maisfelder, wo die goldenen Kolben aus den blattreichen Hülsen guckten und Kuchen und Reispuddings verhießen, und darunter lagen gelbe Kürbisse, die ihre glatten runden Bäuche der Sonne zuwendeten und die herrlichsten Aussichten auf die köstlichsten Pasteten eröffneten; und dann kam er an den duftenden Buchweizenäckern vorüber, die den Wohlgeruch des Bienenkorbes ausströmten, und als er diese erblickte, überfiel ihn in der Seele eine leise Ahnung von den leckeren, dick mit Butter bestrichenen, mit Honig oder Sirup gefüllten Pfannkuchen, die ihm Katrina van Tassels zarte, kleine, mit Grübchen versehene Hand bereiten würde.

Während er so sein Gemüt mit vielen süßen Gedanken und ›überzuckerten Vorahnungen‹ nährte, ritt er an einer Hügelkette entlang, von wo aus man einen Blick auf einige der lieblichsten Gegenden am mächtigen Hudson hat. Die Sonne wälzte allmählich ihre breite Scheibe dem Westen zu. Der weite Busen des Tappaan-Zee lag unbeweglich und spiegelglatt da, nur daß ab und zu eine sanfte Welle den blauen Schatten des fernen Gebirges spiegelte und verlängerte. Wenige bernsteinfarbene Wolken schwebten am Himmel, ohne daß ein Lüftchen sie bewegte. Der Horizont hatte eine schöne goldene Färbung, die sich nach und nach in reines Apfelgrün und dann in das tiefe Blau des Äthers verwandelte. Ein schräger Strahl ruhte noch auf den bewaldeten Spitzen der Anhöhen, die an einzelnen Stellen den Fluß überragten, und färbte das Dunkelgrau und Purpur ihrer Felswände noch dunkler. In der Ferne fuhr langsam eine Schaluppe dahin, die gemächlich mit der Flut stromabwärts glitt, während ihr Segel unnütz am Mast hing; und als der Widerschein des Himmels auf dem stillen Wasser erstrahlte, schien es, als schwebe das Schiff in der Luft.

Gegen Abend traf Ichabod in Mynheer van Tassels Burg ein, die er mit dem Stolz und der Blüte der Umgebung angefüllt fand: alte Pächter, ein mageres Geschlecht mit ledernen Gesichtszügen, in Röcken und Hosen aus grobem Wollstoff, blauen Strümpfen, gewaltigen Schuhen und prachtvollen Zinnschnallen. Ihre munteren verblühten kleinen Frauen in enganschließenden, gekräuselten Hauben, kurzen Kleidern mit langen Taillen und selbstgewebten Röcken, an denen Scheren, Nadelkissen und bunte Kattuntaschen herabhingen. Lebhafte Mädchen, fast ebenso altmodisch wie ihre Mütter, außer daß ein Strohhut, ein schönes Band oder vielleicht ein weißes Kleid auf den Einfluß der Stadt hindeuteten. Die Söhne in kurzen Röcken mit viereckigen Schößen und Reihen gewaltiger Messingknöpfe, und ihr Haar meistens nach der damaligen Mode eingeflochten, besonders wenn sie sich zu dem Zweck eine Aalhaut verschaffen konnten, da man diese im ganzen Land als ein vorzüglich nährendes und stärkendes Haarwuchsmittel betrachtete.

Brom Bones war jedoch der Held des Schauplatzes, weil er zu der Gesellschaft auf seinem Lieblingspferd Daredevil gekommen war, einem Tier, das wie er selbst voll Feuer war und das nur er selbst zu zügeln vermochte. Er war dafür bekannt, daß er bösartige Tiere vorzog, die alle möglichen Tücken hatten und für den Reiter eine ständige Lebensgefahr bedeuteten; denn ein fügsames, gut zugerittenes Pferd erachtete er als eines verwegenen Burschen unwürdig.

Gern würde ich innehalten, um bei der Fülle von Reizen zu verweilen, die sich dem entzückten Blick meines Helden beim Betreten des Staatszimmers in van Tassels Haus darbot. Ich meine allerdings nicht die der drallen Dirnen mit ihren üppigen weißen und roten Farben, sondern die unermeßlichen Reize eines echten holländischen Land-Teetisches in der Herbstzeit. Diese übervollen Platten mit verschiedenen und beinah unbeschreiblichen Kuchenarten, wie sie bloß die erfahrenen holländischen Hausfrauen zu backen verstehen! Da waren die saftigen Krapfen, die weiche Öltorte und die knusprigen, krümeligen Flinsen; süße Kuchen und Mürbekuchen, Pfeffer- und Honigkuchen und die gesamte Kuchenfamilie. Und dann gab es Apfel- und Pfirsich- und Kürbispasteten, außerdem Speckseiten und Rauchfleisch, obendrein köstliche Schüsseln mit eingemachten Pflaumen, Pfirsichen, Birnen und Quitten, gar nicht zu gedenken der gesottenen Alsen und gebratenen Hähnchen und der Schalen mit Milch und Sahne, alles bunt durcheinandergewürfelt, fast so, wie ich es aufgezählt habe; dazwischen der mütterliche Teekessel, der in der Mitte seine Dampfwolken emporsteigen ließ – Gott steh mir bei! Mir fehlt Atem und Zeit, dieses Festmahl gebührend zu schildern, denn es drängt mich allzusehr, mit meiner Geschichte zu Ende zu kommen. Ichabod Crane hatte es glücklicherweise nicht so eilig, sondern ließ jedem Leckerbissen volle Gerechtigkeit widerfahren.

Er war ein gutmütiges und dankbares Geschöpf, dessen Herz sich in dem Verhältnis erweiterte, wie sein Magen sich mit guter Kost füllte, und dessen Geist beim Essen auflebte, wie dies bei manchen Menschen durch das Trinken geschieht. Überdies konnte er nicht umhin, während des Essens seine großen Augen ringsum schweifen zu lassen und beim Gedanken an die Möglichkeit, eines Tages der Herr dieses ganzen Schauplatzes von beinah unglaublicher Üppigkeit und Herrlichkeit zu werden, in sich hineinzukichern. Dann dachte er daran, wie bald er dem alten Schulhaus den Rücken kehren, Hans van Ripper und allen anderen knickrigen Gönnern ein Schnippchen schlagen und jeden reisenden Pädagogen, der sich erkühnte, ihn Kollege zu nennen, zur Tür hinauswerfen wollte!

Der alte Baltus van Tassel bewegte sich unter seinen Gästen mit einem vor Zufriedenheit und guter Laune strahlenden Gesicht, das rund und fröhlich war wie der Erntemonat. Seine Honneurs waren kurz, aber ausdrucksvoll, denn sie beschränkten sich auf ein Händeschütteln, einen Schlag auf die Schulter, ein lautes Lachen oder eine dringende Einladung, doch »zuzulangen und sich selbst zu bedienen«.

Und nun lud die Musik aus dem Gesellschaftszimmer oder der Halle zum Tanz ein. Der Musiker war ein alter, grauhaariger Neger, seit mehr als einem halben Jahrhundert das wandernde Orchester der Gegend. Sein Instrument war so alt und gebrechlich wie er selber. Die meiste Zeit kratzte er auf zwei oder drei Saiten herum, wobei er jeden Bogenstrich mit einer Neigung des Kopfes begleitete, sich fast bis auf den Erdboden beugte und mit dem Fuß aufstampfte, sooft ein neues Paar antreten sollte.

Ichabod tat sich auf sein Tanzen ebensoviel zugute wie auf sein Singen. Kein Glied, keine Faser an ihm blieb müßig, und wer seine lose zusammenhängende Gestalt in voller Bewegung durch das Zimmer hätte herumwirbeln sehen, würde gemeint haben, St. Veit selbst, der gebenedeite Patron des Tanzes, hüpfe hier in höchsteigener Person. Er wurde von sämtlichen Negern bewundert, die in jeder Altersstufe und Größe aus der Farm und der Nachbarschaft zusammengekommen waren und vor allen Türen und Fenstern eine Pyramide glänzend schwarzer Gesichter bildeten, um das Schauspiel mit Entzücken anzustarren, wobei sie die weißen Augäpfel rollten und, den Mund von einem Ohr zum anderen aufreißend, beim Grinsen Reihen elfenbeinerner Zähne zeigten. Wie konnte da der Zuchtmeister der Buben anders als lebhaft und lustig sein? Die Dame seines Herzens war seine Tanzpartnerin und lächelte holdselig als Antwort auf all seine verliebten Blicke, während Brom Bones, von Liebe und Eifersucht gequält, vor sich hinbrütend in einer Ecke saß.

Als der Tanz zu Ende war, fühlte sich Ichabod zu einer Gruppe klügerer Leute hingezogen, die mit dem alten van Tassel an einem Ende der Vorhalle rauchend beisammensaßen, über die alten Zeiten schwatzten und sich lange Geschichten aus dem Krieg erzählten.

Diese Gegend gehörte zu der Zeit, von der ich spreche, zu jenen hochbegünstigten Orten, die an historischen Erinnerungen und berühmten Männern reich sind. Das britische und amerikanische Heer waren während des Krieges in der Nähe aufeinandergestoßen, und infolgedessen war diese Gegend von Marodeuren, Flüchtlingen, Cowboys und allerhand Grenzreitern heimgesucht worden. Es war gerade genügend Zeit darüber verronnen, daß jeder Erzähler seine Sage mit kleinen passenden Zusätzen aufputzen und bei der Unbestimmtheit seiner Erinnerung sich selbst zum Helden jedes Unternehmens aufwerfen konnte.

Da war die Geschichte von Doffue Martling, einem gewaltigen blaubärtigen Holländer, der mit einem alten eisernen Neunpfünder von einer Lehmschanze aus fast eine englische Fregatte erledigt hätte, wenn seine Kanone nicht beim sechsten Schuß geplatzt wäre. Auch war da ein alter Herr, dessen Namen ich nicht verraten will, weil er ein zu reicher Mynheer ist, als daß man ihn nur so obenhin erwähnen dürfte, der in der Schlacht von Whiteplains als ausgezeichneter Fechtmeister eine Musketenkugel mit dem Degen parierte, so daß er sie im wahrsten Sinne des Wortes um die Klinge sausen und am Griff abprallen fühlte; zum Beweis dessen war er jederzeit erbötig, den Degen mit dem etwas verbogenen Griff vorzuzeigen. Da gab es noch mehrere, die sich im Feldzug nicht minder hervorgetan hatten, und unter ihnen war kein einziger, der nicht überzeugt gewesen wäre, daß er wesentlich dazu beigetragen habe, den Krieg zu einem glücklichen Ende zu führen.

Doch all das war nichts gegen die Geister- und Gespenstergeschichten, die nun folgten. Die Umgegend ist reich an derartigen Sagenschätzen. Lokale Legenden und abergläubische Ansichten gedeihen am besten in diesen versteckten, lange bewohnten Winkeln, aber sie werden von der unsteten Menge, welche die Bevölkerung der meisten unserer ländlichen Ortschaften bildet, in den Staub getreten. Außerdem finden die Gespenster in den wenigsten unserer Dörfer Ermutigung; denn kaum haben sie Zeit gehabt, ihren ersten Schlummer zu halten und sich in ihren Gräbern umzudrehen, so sind ihre überlebenden Freunde aus der Gegend fortgezogen, so daß sie, wenn sie nachts emporsteigen, um die Runde zu machen, keinen Bekannten treffen, dem sie einen Besuch abstatten könnten. Dies ist vielleicht der Grund, warum wir so selten von Geistern hören, ausgenommen in unseren langbestehenden holländischen Gemeinden.

Die unmittelbare Ursache der hier verbreiteten Vorliebe für übernatürliche Geschichten war jedoch zweifellos die Nähe der schläfrigen Schlucht. Es lag schon in der von jener verzauberten Gegend herüberwehenden Luft etwas Ansteckendes; sie entwickelte eine Atmosphäre von Träumen und Phantasien, die das ganze Land vergifteten. Verschiedene Bewohner der schläfrigen Schlucht waren bei van Tassel anwesend und schütteten wie gewöhnlich ihre wilden und wunderbaren Legenden reichlich aus. Manche schauerliche Geschichte von Leichenzügen, Trauergeschrei und Wehklagen wurde berichtet, die man in der Nähe des großen, unfern stehenden Baumes, wo der unglückliche Major André gefangengenommen worden war, gehört und gesehen hatte. Man erwähnte auch die weiße Frau, die in der dunklen Höhle von Raven Rock spukte und deren Seufzer man in Winternächten häufig vor einem Sturm vernahm, weil sie dort einst im Schnee umgekommen war. Die meisten Erzählungen drehten sich indes um das Lieblingsgespenst der schläfrigen Schlucht, den kopflosen Reiter, den man kürzlich mehrmals die Gegend hatte durchziehen hören und der, wie es hieß, nachts sein Roß zwischen den Gräbern auf dem Kirchhof anband.

Die einsame Lage dieser Kirche scheint sie stets zu einem bevorzugten Aufenthaltsort unruhiger Geister gemacht zu haben. Sie steht auf einem von Akazien und hohen Ulmen umgebenen Hügel, zwischen denen ihre sauberen, weißgetünchten Mauern bescheiden hindurchschimmern, wie die christliche Reinheit, die durch die Schatten der Einsamkeit glänzt. Ein sanfter Abhang führt von ihr zu einer silbernen Wasserfläche, die von hohen Bäumen umstanden ist, zwischen denen man hier und da auf die blauen Berge des Hudson blickt. Wenn man diesen grasbewachsenen Friedhof sieht, wo die Sonnenstrahlen so ruhig zu schlafen scheinen, sollte man meinen, daß dort wenigstens die Toten in Frieden ruhen könnten. Auf der einen Seite der Kirche dehnt sich eine weite waldige Schlucht aus, durch die ein reißender Bach zwischen Felsbrocken und umgestürzten Baumstämmen einhertost. Über eine tiefe schwarze Stelle des Stromes, nicht fern von der Kirche, führte früher eine hölzerne Brücke; die Zufahrt und die Brücke selbst waren durch überhängende Bäume dicht beschattet, die sogar bei Tage eine gewisse Düsterkeit darüber ausbreiteten, aber nachts alles in schreckliches Dunkel hüllten. Dies war eine der Lieblingsstätten des kopflosen Reiters und die Stelle, wo man ihm am häufigsten begegnete. So erzählte man die Geschichte vom alten Brouwer, einem ketzerischen Geisterleugner, wie er mit dem Reiter, der von seinem Zug nach der schläfrigen Schlucht zurückkehrte, zusammengetroffen und gezwungen worden sei, hinter ihm aufzusitzen; wie sie über Stock und Stein, über Hügel und Moor galoppierten, bis sie die Brücke erreichten, wo sich der Reiter plötzlich in ein Totengerippe verwandelte, den alten Brouwer in den Bach schleuderte und unter Donnergepolter über die Baumwipfel davonsprengte.

Dieser Geschichte schloß sich unmittelbar ein noch dreimal wunderbareres Abenteuer von Brom Bones an, der den galoppierenden Hessen als einen Erzgauner verspottete. Er versicherte, daß ihn eines Abends, als er aus dem benachbarten Dorf Sing-Sing zurückgekehrt sei, der mitternächtliche Reiter eingeholt und sich erboten habe, mit ihm um eine Schale Punsch um die Wette zu reiten, und er sie auch gewonnen hätte, da Daredevil dem Geisterroß weit voraus gewesen sei; aber gerade, als sie an die Kirchenbrücke gekommen seien, habe der Hesse einen Satz gemacht und sei in einem Feuerschlund verschwunden.

Alle diese Erzählungen – in jenem raunenden Flüsterton vorgetragen, in dem die Menschen im Dunkeln reden –, bei denen die Gesichter der Zuhörer nur dann und wann durch das Aufflackern einer Pfeife beleuchtet wurden, prägten sich tief in Ichabods Gemüt ein. Er revanchierte sich mit weitläufigen Zitaten aus seinem unschätzbaren Schriftsteller Cotton Mather und fügte viele wundersame Vorfälle hinzu, die sich in seinem Geburtsstaat Connecticut ereignet hatten, sowie Enthüllungen über entsetzliche Erscheinungen, die er auf seinen nächtlichen Wanderungen in der schläfrigen Schlucht gesehen hatte.

Die Gesellschaft brach nun allmählich auf. Die alten Bauern packten ihre Familien in ihre Wagen, die man noch einige Zeit lang in den Hohlwegen und über die fernen Hügel dahinrasseln hörte. Einige junge Mädchen nahmen auf den Pferden ihrer Verehrer hinter diesen auf dem Sattelkissen Platz, und ihr helles, herzhaftes Lachen, das sich mit dem Hufschlag mischte, hallte im schweigsamen Waldrevier wider, klang schwächer und schwächer, bis es nach und nach erstarb – und der noch kürzlich so lärmende und lustige Schauplatz war ganz still und verlassen. Nur Ichabod blieb noch, der Sitte ländlicher Liebhaber gemäß, um mit der Erbin unter vier Augen zu sprechen, vollständig überzeugt, daß er jetzt auf der Heerstraße zu seinem Glück sei. Was bei diesem Gespräch vorging, wage ich nicht zu sagen, denn ich weiß es wirklich nicht. Irgend etwas muß jedoch, fürchte ich, schiefgegangen sein, denn nach gar nicht so langer Zeit rannte er mit gänzlich verstörter und trostloser Miene davon. – O diese Weiber! Diese Weiber! Hatte die Dirne ihm vielleicht einen ihrer koketten Streiche gespielt? – Hatte sie den armen Pädagogen bloß zum Schein ermutigt, um sich die Eroberung seines Nebenbuhlers zu sichern? – Der Himmel mag es wissen, ich nicht! – Kurz und gut, Ichabod schlich sich mit der Miene eines Menschen davon, der eher einen Hühnerstall als das Herz eines schönen Mädchen hatte im Sturm erobern wollen. Ohne sich auch nur rechts oder links irgendwie nach dem Schauplatz des ländlichen Reichtums umzusehen, nach dem er so häufig hingeschielt hatte, ging er geradewegs in den Stall und trieb sein Pferd höchst unsanft aus dem behaglichen Quartier, in dem es gesund schlief und von Bergen aus Korn und Hafer und ganzen Tälern voll Gras und Klee träumte.

Es war gerade die nächtliche Geisterstunde, als Ichabod schweren Herzens und niedergeschlagen seinen Weg nach Hause verfolgte, an den hohen Hügeln entlang, die über Tarry Town emporragen und die er am Nachmittag so fröhlich durchzogen hatte. Die Stunde war ebenso trübe wie er selbst. Weit unter ihm breitete der Tappaan-Zee seinen düsteren und undeutlich erkennbaren Wasserspiegel aus, auf dem sich hier und da der hohe Mast einer Schaluppe zeigte, die ruhig in Landnähe vor Anker lag. Bei der mitternächtlichen Totenstille konnte er sogar vom gegenüberliegenden Ufer des Hudson das Bellen des Wachhundes vernehmen, aber es war so unbestimmt und schwach, daß es ihm nur seine Entfernung von diesem treuen Gefährten des Menschen vor Augen führte. Hin und wieder erschallte auch weither von irgendeinem Hof zwischen den Hügeln das langgezogene Krähen eines zufällig erwachten Hahnes – aber es drang nur wie ein traumhafter Laut an sein Ohr. Kein Lebenszeichen war in seiner Nähe zu bemerken, nur gelegentlich das schwermütige Zirpen einer Grille oder vielleicht aus dem nahen Sumpf der Kehlton eines großen Ochsenfrosches, der anscheinend unbequem schlummerte und sich plötzlich in seinem Bett umgedreht hatte.

Alle die Geschichten von Geistern und Kobolden, die er am Nachmittag gehört hatte, kamen ihm jetzt wieder scharenweise in den Sinn. Die Nacht wurde immer dunkler; die Sterne schienen tiefer am Himmel zu sinken, und vorüberziehende Wolken verhüllten sie manchmal vor seinen Blicken. Er hatte sich nie so allein und unglücklich gefühlt. Obendrein näherte er sich gerade der Stätte, die man zum Schauplatz vieler Spukgeschichten gemacht hatte. Mitten auf dem Weg stand ein ungeheuerer Tulpenbaum, der wie ein Riese über alle anderen Bäume in der Nachbarschaft emporragte und eine Art Wahrzeichen bildete. Seine Äste waren knorrig und seltsam geformt, groß genug, um für gewöhnliche Bäume Stämme abzugeben; sie bogen sich beinahe bis zur Erde hinab und erhoben sich dann wieder in die Luft. Er stand mit der tragischen Geschichte des unglücklichen André, der nahebei gefangengenommen worden war, in Verbindung und war allgemein unter dem Namen ›Major Andrés Baum‹ bekannt. Das gewöhnliche Volk betrachtete ihn mit einem Gemisch von Scheu und Aberglauben, teils aus Mitgefühl für das Schicksal des bedauernswürdigen Mannes, teils wegen der Erzählungen von seltsamen Erscheinungen, die man dort wahrgenommen, und der traurigen Klagetöne, die man dort gehört haben wollte.

Als Ichabod sich diesem gefürchteten Baum näherte, begann er zu pfeifen; er glaubte, sein Pfeifen werde beantwortet, aber es war bloß ein Windstoß, der scharf durch die dürren Zweige fuhr. Als er noch ein wenig näher kam, meinte er, etwas Weißes in der Mitte des Baumes hängen zu sehen; er hielt an und ließ das Pfeifen sein; doch als er genauer hinblickte, bemerkte er, daß es eine Stelle war, wo der Baum vom Blitz getroffen und das weiße Holz bloßgelegt worden war. Plötzlich hörte er ein Stöhnen − seine Zähne klapperten, und die Knie schlotterten ihm gegen den Sattel: Es waren nur zwei der mächtigen Äste, die sich im Sturm aneinanderrieben. Er kam unbehelligt an dem Baum vorüber, aber neue Gefahren lagen vor ihm.

Ungefähr zweihundert Ellen hinter dem Baume durchschnitt ein schmaler Bach den Weg und floß in eine sumpfige und dichtbewaldete Schlucht, die unter dem Namen ›Wileys Moor‹ bekannt war. Wenige rohe, nebeneinandergelegte Balken dienten als Brücke über diesen Bach. Auf jener Seite des Weges, wo der Bach in den Wald eintrat, verbreitete eine Gruppe mit wildem Wein dicht durchflochtener Eichen- und Kastanienbäume eine höhlenartige Finsternis. Diese Brücke zu überschreiten, darin bestand die schwerste Prüfung. Genau hier war der unglückliche André gefangengenommen worden, und hinter jenen Kastanien und Weinreben hatten sich die kräftigen Milizsoldaten versteckt, die ihn überfielen. Seitdem hat man dieses Gewässer immer für behext angesehen, und den Schulknaben, der nach Einbruch der Dämmerung allein darüber gehen muß, gruselt es.

Als er sich dem Bach näherte, begann sein Herz zu pochen; er nahm jedoch alle seine Entschlossenheit zusammen, versetzte seinem Pferd ein halb Dutzend Stöße in die Weichen und versuchte geschwind über die Brücke zu sprengen; aber anstatt vorwärts zu traben, machte das störrische alte Tier eine Bewegung zur Seite und rannte schräg gegen die Umzäunung. Ichabod, dessen Furcht mit der Verzögerung wuchs, riß die Zügel nach der anderen Seite und stieß wacker mit dem entgegengesetzten Fuß; es war alles umsonst: Sein Gaul ging freilich vorwärts, doch nur, um auf der anderen Seite des Weges in ein Dickicht von Brombeeren und Holundergesträpp hineinzugeraten. Der Schulmeister bearbeitete nun mit Peitsche und Sporn die mageren Rippen des alten Gunpowder, der schnaubend und schnaufend vorwärts schoß, aber gerade bei der Brücke so plötzlich anhielt, daß er seinen Reiter fast kopfüber abgeworfen hätte. Gerade in diesem Augenblick vernahm Ichabods feines Ohr ein Getrampel im Sumpf neben der Brücke. Im dunklen Schatten des Gebüsches am Rande des Baches sah er etwas Ungeheures, Mißgestaltetes, Schwarzes und Turmhohes. Es rührte sich nicht, sondern schien in der Düsterkeit zusammenzukauern, bereit, sich gleich einem riesenhaften Ungetüm auf den Reisenden zu stürzen.

Das Haar des erschreckten Pädagogen sträubte sich vor Entsetzen. Was tun? Umzukehren und zu fliehen, war es jetzt zu spät; und außerdem, welche Möglichkeit gab es, einem Geist oder Kobold, wenn es ein solcher war, zu entrinnen, der ja auf Flügeln des Windes reiten konnte? Indem er sich deshalb den Anschein von Mut zu geben bemühte, fragte er stammelnd: »Wer seid Ihr?« Er erhielt keine Antwort. Er wiederholte seine Frage mit noch erregterer Stimme. Noch immer keine Antwort. Abermals zerschlug er die Flanken des unnachgiebigen Gunpowder, schloß die Augen und stimmte mit unwillkürlicher Inbrunst eine Psalmmelodie an. Gerade in dem Augenblick setzte sich der schemenhafte Gegenstand des Schreckens in Bewegung und stellte sich mit einem Ruck und Sprung plötzlich mitten in den Weg. Obwohl die Nacht dunkel und schauerlich war, wurde jetzt die Gestalt des Unbekannten einigermaßen erkennbar. Es schien ein

Reiter von ungeheurer Größe zu sein, der auf einem mächtigen Rappen saß. Er belästigte Ichabod nicht, bot ihm aber auch nicht seine Begleitung an, sondern hielt sich auf der einen Straßenseite und trabte auf der blinden Seite des alten Gunpowder dahin, der nun seine Furcht und Störrigkeit überwunden hatte.

Ichabod, dem dieser fremde mitternächtliche Gesellschafter keine Freude machte und der sich an Brom Bones' Abenteuer mit dem galoppierenden Hessen erinnerte, spornte jetzt sein Pferd an in der Hoffnung, den anderen hinter sich zu lassen. Der Fremde trieb jedoch sein Pferd zu gleicher Geschwindigkeit an. Ichabod ließ die Zügel locker, ritt im Schritt und wollte zurückbleiben – der andere tat dasselbe. Sein Herz begann zu zagen; er versuchte seinen Psalm wieder anzustimmen, aber die trockene Zunge klebte ihm am Gaumen, und er konnte keine Silbe herausbringen. In dem mürrischen und finsteren Schweigen dieses hartnäckigen Begleiters war etwas Geheimnisvolles und Entmutigendes. Dies klärte sich bald auf eine schreckliche Weise auf. Als Ichabod eine Anhöhe emporritt, wo sich die Gestalt seines Reisegefährten in ihrer gigantischen Größe und in einen Mantel gehüllt plastisch gegen den Himmel abhob, packte ihn das Grausen, als er sah, daß sie kopflos war! – aber sein Entsetzen wuchs noch mehr, als er bemerkte, daß er das Haupt, das auf seinen Schultern hätte sitzen sollen, vor sich auf dem Sattelknopf trug! Seine Angst steigerte sich zur Verzweiflung; er ließ einen Regen von Püffen und Stößen auf Gunpowder fallen, in der Hoffnung, durch eine plötzliche Bewegung seinem Genossen den Rang abzugewinnen – doch das Gespenst sprengte ebenso schnell vorwärts wie er. Dahin jagten sie denn durch dick und dünn, daß bei jedem Satz Kies und Funken stoben. Ichabods lose Gewänder flatterten in der Luft, weil er in der Hitze der Flucht seinen langen dürren Leib nach vorn über den Kopf des Pferdes streckte.

Sie hatten nun den Weg erreicht, der zur schläfrigen Schlucht abzweigt, aber Gunpowder, der vom Dämon besessen schien, machte, statt die Richtung geradeaus beizubehalten, eine entgegengesetzte Wendung und jagte links den Hügel hinunter. Dieser Pfad führte durch einen sandigen, ungefähr eine Viertelmeile von Bäumen beschatteten Hohlweg, der über die in den Spukgeschichten berüchtigte Brücke führt, und gleich dahinter erhebt sich der grüne Hügel, auf dem die weißgetünchte Kirche steht.

Bis jetzt hatte die panische Angst des Pferdes seinem ungeschickten Reiter einen deutlichen Vorsprung bei dem Wettrennen verschafft, aber als er eben die Hälfte der Schlucht zurückgelegt hatte, gab der Sattelgurt nach, und er fühlte den Sattel unter sich fortrutschen. Er ergriff ihn am Knopf und bemühte sich, ihn festzuhalten, aber umsonst! Er hatte noch gerade Zeit genug, sich dadurch zu retten, daß er den alten Gunpowder um den Hals faßte, als der Sattel zu Boden fiel und er hörte, wie sein Verfolger darüber hinwegsetzte. Einen Augenblick trat ihm die Angst vor Hans van Rippers Zorn vor die Seele, denn es war dessen Sonntagssattel; aber es blieb ihm keine Zeit zu kleinlicher Besorgnis. Das Gespenst war ihm hart auf den Fersen, und als ungeschickter Reiter hatte er hinlänglich zu tun, oben zu bleiben. Manchmal glitt er auf die eine Seite, manchmal auf die andere, und zuweilen geriet er mit solcher Gewalt auf das scharfe Rückgrat seines Pferdes, daß er wirklich befürchtete, mitten auseinandergespalten zu werden.

Eine Lichtung zwischen den Bäumen erfreute ihn jetzt mit der Hoffnung, daß die Kirchenbrücke nahe sein müsse. Das zitternde Abbild eines silbernen Sternes auf der Oberfläche des Baches zeigte ihm an, daß er sich nicht geirrt hatte. Er sah die Mauern der Kirche schwach zwischen den Bäumen hindurchschimmern. Er entsann sich der Stelle, wo Brom Bones' gespenstischer Nebenbuhler verschwunden war. Wenn ich bloß die Brücke erreichen kann, dachte Ichabod, so bin ich in Sicherheit. Im selben Augenblick hörte er den Rappen dicht hinter sich keuchen und schnauben; er glaubte sogar seinen heißen Atem zu spüren. Noch ein krampfhafter Stoß in die Rippen, und der alte Gunpowder sprang auf die Brücke; er donnerte über die widerhallenden Planken, er erreichte das andere Ufer; und jetzt warf Ichabod einen Blick zurück, um zu sehen, ob sein Verfolger, der Sage gemäß, in einer Wolke von Feuer und Schwefel verschwinden würde. Da sah er, wie das Gespenst sich in den Steigbügeln aufrichtete und eben im Begriffe war, ihm seinen Kopf nachzuschleudern. Ichabod suchte dem entsetzlichen Wurfgeschoß auszuweichen, aber zu spät. Es traf seinen Schädel mit furchtbarem Krach – er fiel der Länge nach in den Staub, und Gunpowder, der Rappen und der gespenstische Reiter sausten wie ein Wirbelwind vorbei.

Am nächsten Morgen fand man das alte Pferd ohne seinen Sattel und mit dem Zügel unter den Füßen ruhig vor seines Herrn Tür im Grase weiden. Ichabod erschien nicht zum Frühstück – die Mittagsstunde kam, aber kein Ichabod. Die Knaben versammelten sich im Schulhaus und schlenderten müßig am Ufer des Baches umher, aber kein Schulmeister ließ sich sehen. Hans van Ripper fing jetzt an, sich über das Schicksal des armen Ichabod und seines Sattels Sorgen zu machen. Man stellte Erkundigungen an und kam nach emsigem Nachforschen auf dessen Spur. An dem Weg, der zur Kirche führt, fand man den Sattel in den Kot getreten; die Eindrücke von

Pferdehufen, die tief in den Boden gedrungen waren und sichtlich von wahnsinniger Eile zeugten, ließen sich bis an die Brücke verfolgen, und jenseits davon, am Ufer einer breiten Stelle des Baches, wo das Wasser tief und schwarz dahinfließt, entdeckte man den Hut des unglücklichen Ichabod und dicht daneben einen zertrümmerten Kürbis.

Man durchsuchte den Bach, konnte aber den Leichnam des Schulmeisters nicht finden. Hans van Ripper prüfte als Testamentsvollstrecker das Bündel, das alle irdischen Habseligkeiten Ichabods enthielt. Diese bestanden aus zwei und einem halben Hemd, zwei Halsbinden, einem oder zwei Paar Wollstrümpfen, einem alten Paar kurzer Manchesterhosen, einem rostigen Rasiermesser, einem Buch mit Psalmmelodien voller Eselsohren und einer zerbrochenen Stimmpfeife. Was die Bücher und Möbel im Schulhaus anlangte, so gehörten sie der Gemeinde, außer Cotton Mathers Geschichte der Hexenkunst, einem Almanach für Neuengland und einem Traum- und Wahrsagebuch, in dem sich ein Bogen Schreibpapier fand, der mit verschiedenen verunglückten Versen zu Ehren der van Tasselschen Erbin beschmiert und bekleckst war. Diese Zauberbücher und das poetische Gekritzel überantwortete Hans van Ripper unverzüglich den Flammen, und weil er aus dem Lesen und Schreiben niemals etwas Gutes hatte erwachsen sehen, beschloß er, von jetzt ab seine Kinder nicht mehr in die Schule zu schicken. Das Geld, das der Schulmeister besaß – sein vierteljährliches Gehalt hatte er erst ein oder zwei Tage vorher bekommen –, mußte er zur Zeit seines Verschwindens bei sich gehabt haben.

Die geheimnisvolle Begebenheit gab am folgenden Sonntag in der Kirche zu mannigfaltigen Vermutungen Anlaß. Haufen müßiger Zuschauer und Schwätzer sammelten sich auf dem Kirchhof, an der Brücke und an der Stelle, wo man den Hut und Kürbis gefunden hatte. Die Geschichten von Brouwer, von Bones und von zahllosen anderen wurden wieder ins Gedächtnis zurückgerufen, und nachdem man sie samt und sonders gehörig erwogen und mit den Einzelheiten des gegenwärtigen Falles verglichen hatte, schüttelten die Leute den Kopf und kamen zu dem Schluß, Ichabod sei vom galoppierenden Hessen entführt worden. Da er Junggeselle war und niemandem etwas schuldete, zerbrach sich keiner weiter den Kopf über ihn. Die Schule wurde in eine andere Gegend der Schlucht verlegt, und ein neuer Pädagoge herrschte an Ichabods Stelle.

Zwar brachte ein alter Farmer, der mehrere Jahre darauf einen Besuch in New York machte und dieses gespenstische Abenteuer berichtete, die Nachricht nach Hause, daß Ichabod Crane noch immer lebe; er habe die Gegend teils aus Furcht vor dem Geist und Hans van Ripper, teils aus Ärger über den plötzlich von der Erbin empfangenen Korb verlassen, sich in einem entfernten Teil des Landes angesiedelt, dort Schule gehalten und gleichzeitig die Rechte studiert, sei Anwalt, Politiker und Wahlagitator geworden, habe für die Zeitungen geschrieben und sei zuletzt zum Richter am Zehn-Pfund-Gerichtshof ernannt worden. Auch Brom Bones, der kurz nach dem Verschwinden seines Nebenbuhlers die blühende Katrina im Triumph zum Altar führte, machte jedesmal eine sehr verschmitzte Miene, wenn die Geschichte von Ichabod erzählt wurde, und er brach bei Erwähnung des Kürbisses stets in ein herzhaftes Gelächter aus, was einige auf den Verdacht brachte, daß er mehr von der Sache wisse, als er zu sagen für gut finde.

Die alten Bauersfrauen indessen, die in diesen Dingen die besten Richterinnen sind, behaupten bis auf den heutigen Tag, Ichabod sei durch übernatürliche Kräfte verschwunden, und dies ist eine Lieblingsgeschichte, die häufig in der Nachbarschaft abends am winterlichen Kamin erzählt wird. Die Brücke wurde mehr denn je Gegenstand abergläubischer Scheu, und dies mag der Grund sein, weshalb man in den letzten Jahren den Weg verlegt hat, so daß man jetzt am Mühlgraben entlang zur Kirche geht. Da das Schulhaus verlassen stand, geriet es bald in Verfall, und es ging das Gerücht, es spuke der Geist des unglücklichen Pädagogen darin; und der Knecht, der an einem stillen Sommerabend heimwärts schlendert, glaubt zuweilen seine Stimme aus der Ferne zu vernehmen, wie er eine schwermütige Psalmweise singt in der friedlichen Einsamkeit der schläfrigen Schlucht.

Nachschrift

(In Mr. Knickerbockers Manuskript gefunden)

Die vorstehende Geschichte habe ich fast mit denselben
Worten wiedergegeben, mit denen ich sie bei einer Zu-
sammenkunft der Korporation in der alten Stadt der
Manhattoes* erzählen hörte, bei der mehrere ihrer wei-
sesten und bedeutendsten Bürger anwesend waren. Der
Erzähler war ein sympathischer, dürftig, doch anständig
aussehender alter Herr, im Pfeffer-und-Salz-Anzug und
mit traurig humorvollem Gesicht – ein Mann, von dem
ich stark annehme, daß er arm war, denn er gab sich so
viel Mühe, unterhaltend zu sein. Als er seine Geschichte
beendet hatte, ertönte Lachen und Beifall, besonders von
zwei oder drei stellvertretenden Aldermännern, welche
die meiste Zeit geschlafen hatten. Es war jedoch ein großer, vertrockneter alter Herr mit buschigen Augenbrauen
da, der fortwährend eine ernste, beinahe strenge Miene
behielt, dann und wann die Arme übereinanderschlug,
den Kopf neigte und auf den Fußboden blickte, wie
wenn er einige Zweifel in seinem Gemüt hin und her
wälze. Er gehörte zu jenen vorsichtigen Leuten, die niemals lachen, es sei denn, daß sie guten Grund dazu hätten – und wenn Vernunft und Recht auf ihrer Seite sind.
Nachdem sich die Heiterkeit der übrigen Gesellschaft
gelegt hatte und die Ruhe wiederhergestellt war, stützte
er den einen Arm auf die Lehne seines Stuhls, stemmte
den anderen in die Seite und fragte mit leichter, aber
außerordentlich weiser Kopfbewegung, indem er die

---

* New York – *Anm. d. Verf.*

Augenbrauen zusammenzog, was denn eigentlich die Moral von der Geschichte sei und was sie beweisen wolle.

Der Erzähler, der eben ein Glas Wein zur Erfrischung nach seiner Anstrengung an die Lippen setzen wollte, hielt einen Moment inne, betrachtete den Fragenden mit unendlich ergebener Miene und bemerkte, während er das Glas langsam auf den Tisch stellte, daß die Geschichte bezwecke, streng logisch zu beweisen:

»Daß es keine Situation im menschlichen Leben gebe, die nicht ihre Vorteile und Annehmlichkeiten habe – vorausgesetzt, daß man einen Scherz so aufnimmt, wie er gemeint ist;

daß mithin derjenige, der mit gespenstischen Reitern um die Wette reite, auf einen harten Ritt gefaßt sein müsse;

daß folglich, wenn ein Landschulmeister von einer holländischen Erbin einen Korb bekomme, dies ein sicherer Schritt zu hoher Beförderung im Staate sei.«

Der vorsichtige alte Herr zog nach dieser Erklärung seine Augenbrauen in zehnmal dichtere Falten, da ihn diese Schlußfolgerung sehr in Verlegenheit setzte, während der Mann im Pfeffer-und-Salz-Anzug ihn, wie mir schien, mit leicht triumphierendem Grinsen betrachtete. Endlich bemerkte er, das alles sei ganz schön, die Geschichte komme ihm aber doch ein wenig zu unwahrscheinlich vor – es seien ein oder zwei Punkte darin, über die er seine Zweifel habe.

»Wahrhaftig, mein Herr«, antwortete der Erzähler, »was das betrifft, so glaube ich selbst nicht die Hälfte davon.«

D. K.

ÜBER WASHINGTON IRVING

Washington Irving, der als Schöpfer von Rip van Winkle, Ichabod Crane und dem Kopflosen Reiter bekannt geworden ist, hat sich im Laufe seines Lebens nicht nur als Schriftsteller betätigt, sondern auch als Anwalt, Geschäftsmann und Diplomat. Er wurde am 3. April 1783 in New York geboren und war das jüngste von acht überlebenden Kindern eines schottischen Vaters und einer englischen Mutter. Als Irving sechs Jahre alt war, begegnete sein Kindermädchen in einem Geschäft dem damaligen Präsidenten der USA, George Washington, und überredete ihn, seinen kleinen Namensvetter zu segnen. Das war die erste von zahlreichen Verbindungen zwischen Irving und verschiedenen amerikanischen Präsidenten.

Als Jugendlicher lernte Irving die Gegend um den Hudson River im Norden New Yorks kennen, die in seinen späteren Werken eine bedeutende Rolle spielen sollte.

Obwohl er in einer Anwaltskanzlei zu arbeiten begann, galt Irvings Interesse schon bald der Schriftstellerei. Ab dem Jahre 1802 veröffentlichte er etliche Briefe unter dem Pseudonym Jonathan Oldstyle, Gent. Als er 1804 aus gesundheitlichen Gründen eine Reise nach Europa antrat, wurde sein Schiff von Piraten überfallen. In den folgenden beiden Jahren freundete sich Irving im Ausland mit Amerikanern und Engländern an und kehrte erst 1806 nach Hause zurück. Dort nahm er seine Tätigkeit in der Kanzlei wieder auf, fuhr jedoch gleichzeitig fort zu schreiben. Als Koautor war er an der Entstehung von *Salmagundi* (1807–08) beteiligt; außerdem erfand er den Schriftsteller Diedrich Knickerbocker, dessen *A History of New York* (deutsch *Diedrich Knickerbockers humoristische Geschichte der Stadt New York*) unmittelbar nach seiner Veröffentlichung im Jahre 1809 zum Verkaufserfolg wurde.

1817 begann Irving in London mit der Arbeit an seinem *Sketchbook of Geoffrey Crayon, Gent* (deutsch *Skizzenbuch des Geoffrey Crayon*), das auch die Erzählung ›Die Sage von der schläfrigen Schlucht‹ enthält. Das *Skizzenbuch* wurde 1819 in den USA in sieben Fortsetzungen veröffentlicht. Sieben Jahre später reiste Irving als Attaché einer amerikanischen Gesandtschaft nach Madrid, wo er allerdings keine öffentlichen Aufgaben erfüllen mußte. So schrieb er während dieser Zeit eine Biographie von Christoph Kolumbus und besuchte den Süden Spaniens. Dort erhielt er Anregungen für sein Werk *The Alhambra* (deutsch *Erzählungen der Alhambra* oder *Die Alhambra, Erzählungen und Skizzen*).

1832 kehrte er nach Hause zurück und ließ sich im Tal des Hudson River nieder, wo er schließlich drei Kilometer südlich von Tarrytown zehn Morgen Land am Fluß samt einem Cottage kaufte, dem er den Namen *Sunnyside* (›Sonnenseite‹) gab. Dort lebte er zufrieden im Kreise seiner zahlreichen Nichten und Neffen, fuhr fort zu schreiben und engagierte sich auch weiterhin in der Politik.

1842 ernannte ihn Präsident John Tyler während einer politisch brisanten Zeit zum Minister und sandte ihn nach Spanien. Diesen Posten gab Irving 1845 wieder auf und kehrte im darauffolgenden Jahr in die USA zurück. Trotz seiner angegriffenen Gesundheit arbeitete er an einer Biographie George Washingtons, die fünf Bände umfassen sollte. Darüber hinaus überarbeitete er einige seiner früheren Werke. Nach 1856 verließ er *Sunnyside* nur noch selten, obwohl er weiterhin Besucher empfing. Er starb am 28. November 1859 in seinem Cottage in Tarrytown.

Richard Matheson

Echoes – Stimmen aus der Zwischenwelt

01/20052

Horror subtil!

Der Roman von Horror-Altmeister Richard Matheson jetzt im Kino mit Kevin Bacon in seiner besten Rolle. Ein Buch, das an die Nerven geht.

»Es zieht einem förmlich den Boden unter den Füßen weg ... wenn das Unerklärliche ins alltägliche Leben eindringt, wenn das Unheimliche ins eigene Wohnzimmer kriecht.«
Süddeutsche Zeitung

HEYNE-TASCHENBÜCHER

BÜCHER

Peter Straub

*Geheimnisvolles
Grauen beherrscht
seine spektakulären
Horror-Romane.
Ein Großmeister des
Unheimlichen!*

01/10305

H e y n e - T a s c h e n b ü c h e r